科幻小说系列

凤凰石的召唤

〔英〕艾利克斯·伍尔夫 著

郑琴 译

浙江出版联合集团

浙江文艺出版社

Iron Sky series Call of the Phoenix ⓒ The Salariya Book Company Limited (2019)
The simplified Chinese translation rights arranged through Rightol Media（本书
中文简体版权经由锐拓传媒取得 Email:copyright@rightol.com）
版权合同登记号：图字：11-2016-411 号

图书在版编目（CIP）数据

凤凰石的召唤 /（英）艾利克斯·伍尔夫著；郑琴译.
—杭州：浙江文艺出版社，2019.1
ISBN 978-7-5339-5423-9

Ⅰ.①凤… Ⅱ.①艾… ②郑… Ⅲ.①儿童小说—长
篇小说—英国—现代 Ⅳ.①I561.84

中国版本图书馆 CIP 数据核字（2018）第 233410 号

凤凰石的召唤

作　者：〔英〕艾利克斯·伍尔夫
译　者：郑　琴
责任编辑：童潇骁
封面设计：李　佳
插　画：兰　洋
出版发行：浙江文艺出版社
地　址：杭州市体育场路 347 号
网　址：www.zjwycbs.cn
经　销：浙江省新华书店集团有限公司
印　刷：杭州广育多莉印刷有限公司
版　次：2019 年 1 月第 1 版　2019 年 1 月第 1 次印刷
开　本：880 毫米×1230 毫米　1/32
字　数：194 千字
印　张：10.625
书　号：ISBN 978-7-5339-5423-9
定　价：29.00 元

（如有印、装质量问题，请寄承印单位调换）

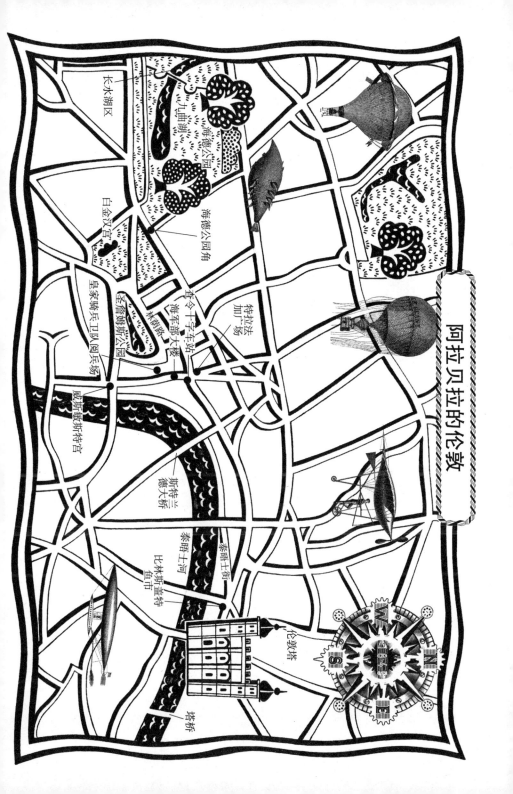

你　犹如燃烧的树脂片

身体里迸发出火花　朝四处纷飞远去

你　无奈地燃烧着

迷茫的是　自由或可寻得

拥有或将化为乌有

不禁发问

灰烬依存　困惑依旧

唯一所剩　会坠入无底深渊吗

灰烬深处　钻石闪耀

永远的胜利　终将迎来黎明

塞浦路斯·诺尔维特（1821—1883）

目录

第一部分

1845年7月19日

第一章　骑手团

　　黄色的烟霞笼罩着巴黎，此时的太阳就像一颗闷燃的珍珠。在清晨的薄雾中，宏伟的建筑群就如幽灵一般闪着微光。整个城市的烟囱里飘着浓白色的烟羽。

　　此时，年轻的雅克正站在蒙马特山上凝视着这一切。在他看来，今天的清晨和平时相比，似乎并无二致。石膏矿山里飘着常见的硫黄烟，街头小贩们正在叫卖，街头的手风琴师弹奏着曲调。蒸汽机车的轰鸣声从远处传来，马蹄踩在鹅卵石上，咯噔作响——这一切都太寻常了。然而今天却并不寻常。雅克可以感觉到自己以及身后的国家都将迎来巨变。

　　他看了看手腕上的表。该走了，否则开会就会迟到了。他的老板可是个对时间一丝不苟的人。他从山上冲下来，路过糕点店和咖啡馆。新鲜出炉的糕点的香味暂时掩住了不太好闻的气味。肖像画画家们把画板排在了路边，身后的栏杆上挂着他们的即兴作品。这时一位画家朝着雅克喊，说他的侧面轮廓很好看。不过雅克只是低垂着头，双手深深地插在裤子口袋里。他决不能在这个街区被人留意，因为老板对于这一点的态度是非常强硬的。

不过当感觉到有年轻女士走近或者闻到香水味的时候，他还是会忍不住瞥一眼，匆忙地瞄一下对方的脸，希望那位女士可能会是他十分想念的妹妹。当然，他从来都没遇见。

雅克转了个弯走到索勒街右边的一条小道上，进了一家咖啡馆。几个人正在桌子旁喝着咖啡下着棋。他们说话的杂音，就像是苍蝇发出的懒懒的嗡嗡声。头顶的吊扇慢悠悠地转着，旋转的链子沾满了油渍吱吱作响。

这时候，雅克看见一个打着领结、穿着制服、留着小胡须的服务员走了过来。

"先生，请坐。您需要什么？"

"有马厩拴铁马吗？"雅克问。他说得又慢又谨慎——这话是他昨晚从一个秘密的以太波频道收到的信息。

那个服务员听完后点点头，示意他跟自己走。他带雅克穿过咖啡馆后面的拱门，沿着阴暗的走廊走到一扇门前。然后很快地在门上敲了三下，停顿了一会儿，又敲了一下。门开了。雅克的老板站在那里——他从十二岁开始就为这个人效力。对这个人，他是又憎又怕。他就是拿破仑的秘密警察局局长，弗朗索瓦·基佐元帅。

"你迟到了！"基佐元帅一把抓住雅克的衣领，将他拉进房间低声咆哮道。虽然基佐比雅克矮了几英寸，但是他的脖子和肩膀强壮有力。他头顶上的黑发越来越少，趴在窄窄的头上就跟黏糊糊的水草一样。雅克小心地观察着他那凶狠的眼神，薄薄的嘴唇紧紧闭着，好像就要喷出毒药了。

"对不起！"雅克咕哝着说。

"我说九点到就必须九点到，"基佐愤然低声说，"如果还有下一次，每迟到一分钟就剁掉你一根手指。现在去找个地方坐下来。"

这个昏暗的房间没有窗户，天花板上那盏脏兮兮的灯是唯一的光亮，还散发着陈旧灯油的气味。另外四个人都在房间里，有坐在凳子上的，还有背靠着已经开裂的土褐色的墙席地而坐的。他们跟雅克一样年轻——也就十来岁的样子。虽然他几乎看不清他们的脸，但是认识每一个人。看到他们都聚在这里，雅克战栗了起来。因为这只能意味着一件事情：接下来的几天将会十分危险！

雅克匆忙缩到角落里，想要调整好呼吸，冷静下来。

"知道你们为什么会在这吗？"基佐问他们。他径直站在房间中间的油灯下，这样每个人都能看到他的脸。

"如果你召集了所有的骑手，那肯定是又有疯狂自杀式的任务了。"亨利·伯恩嘀咕道，他是这群年轻人中年纪最大的。

听完这话，基佐转过去看着亨利，那个样子就像是因为对方的无礼要揍他了。不过他平静了下来，嘴角甚至还挂上了一丝微笑。"疯狂……自杀式……当然了！这难道不是你们的国家希望你们做的吗？这难道不是皇帝希望你们做的吗？你们一直都清楚自己的处境——一名骑手杀手该有的生活。"

几年前，雅克被征招进这个绝密的骑手杀手组织。目前为止，他们已经执行了三次任务，每一次都几乎要了他们的性命。雅克右边脸颊上的那道伤疤就是上一次任务的纪念品。那次任务是摧毁英国南部海岸的一个堡垒。只有在执行任务的时候，他们才会见到彼此，因为基佐一直禁止这五个年轻人相互联系。

"亨利·伯恩，你确实活不长了。不过'火山'号和'狙击'号上的伞兵也活不了多久了，他们夜复一夜地在空中执行轰炸英国城市的任务。他们在牺牲之前能平均执行二十次任务，但是有些连十次都没完成。尽管如此，他们却没有你们骑手杀手的身价……年轻人，再发一次牢骚，你就去加入轰炸舰队，做个二等伞兵！"

说完，基佐轮流审视了他们一遍。他的眼神就像是钢制的陷阱，牢牢地逮住了这群兔子。"接下来我要说的，"他说，"是高度机密的情报。要是落到了别人的手里，就会威胁到我们热爱的帝国。我想我不需要解释这是什么意思了吧。不过，你们需要提醒一下的话，那就这么解释吧。如果我知道你们中的任何一人，把我要说的东西向这个房间外的人透露半句的话，那我不仅会杀了你，杀了你泄露给的那个人，还要杀了你全家，而且要用尽方法慢慢折磨他们。都听清楚了吗?"

大家顿了顿，然后连连点头。

基佐这下满意了。他轻轻弹了弹手杖的顶部，按下一个按钮。一块白色的屏幕就伴随着刺耳的齿轮声，从一面墙上降下来。元帅踮起脚，调整了一下靠近油灯底部的圆盘。然后灯芯就低了点，整个房间笼罩在油灯暗色的阴影之下。

这时，引擎嗡嗡作响。一束明亮得多的光线从房间后面的某个地方射出来，穿过阴暗的房间直照到屏幕上。屏幕上出现了五张脸的照片——两个在屏幕上方，三个在下方。这五个人都是女性，而且都很年轻。

雅克本能地把她们都扫视了一眼，希望有一个会是他失踪的妹妹，但是他失望了。

在他身后的某处，有人在暗中偷笑——他猜应该是亨利。然后就听到棍子在空中快速呼啸而过的声音和一声痛苦的尖叫。基佐揍了他。亨利真是傻，又惹他。

"亨利·伯恩，这些女人的确漂亮。"基佐对这个呜咽的男孩说，"不过她们可是相当危险的。实际上，她们是我们目前面对的最危险的敌人。所以看待她们的时候要带着仇恨，不要有任何欣赏的想法！记住她们的长相。记住她们的名字。"

在每一张露出头和肩部的照片下面都有一个名字。雅克在心里默念这些名字：艾米琳·斯图亚特少校，戴安娜·坦普尔，凯西·蕾，碧翠斯·达洛，阿拉贝拉·韦斯特。这些名字对他而言毫无意义，这些人也是。不过，其中一个叫韦斯特的女孩，引起了他的好奇心。因为她的眼神既明亮又刚毅，既天真又有力量……

"她们是一队英国间谍，"基佐说，"代号'苍穹姐妹团'。她们跟你们一样，执行的是秘密任务，驾驶蒸汽飞艇。上个月她们差点发现了以太盾的秘密……"

以太盾——一种可以抵挡住任何袭击的无形力场！基佐以前跟他们讲过。这个东西对雅克来说就是虚构出来的东西——就像是希腊传说中神赐给英雄的东西。有时真的很难相信这种东西真的存在。

"我敢肯定，"基佐说，"她们今晚又要行动了，尽可能地阻止我方的进攻。顺便提一下，我方的进攻时间是在午夜——比原计划早了七十二小时。我方的舰队就停在格兰维尔，她们会到那里去破坏以太盾生成器，甚至有可能摧毁我方最大的飞艇，'泰坦'。小伙子们，你们的任务就是在她们得手之前抓住她们，把她们干掉。"

第二章　飞行

　　"科曼奇王子"号是一架红色的小型蒸汽飞艇。现在它正静静地划过夜空。锅炉的汩汩声，螺旋桨的嗡嗡声几不可闻。阿拉贝拉·韦斯特坐在驾驶舱内，盯着舱外夜空中的星星。这些星星在一缕云层中闪闪发光。那一瞬间，她觉得它们就好似薄纱丝裙上面镶嵌的珠片。如果是在其他情况下，这景色肯定是非常宜人的——因为在整个晴朗的天空中只有她和"王子"号。但今晚她是在执行任务，前方未知的恐惧正在竭力破坏这个美好的时刻。

　　此次行动命名为"厄倪俄"。厄倪俄是希腊神话中代表战争和毁灭的女神。多么贴切的名字啊！因为阿拉贝拉和她的姐妹团成员们，正飞往法国的格兰维尔港口，就像一群女战神一样从空中带来战争和毁灭。

也不完全是这样！如果她们直接从港口上空飞过的话，那游移的搜索光束会立刻发现她们，并且从容不迫地用大炮将她们一个一个消灭。不行，她们的袭击必须要谨慎小心一点。她们最终会到达海边，祈祷能够保持飞行的绝密和隐蔽，因为就在二十四小时之前，一次硬着头皮往前冲的进攻在那失败了。英国军舰的一支特遣部队被歼灭，成百上千的同胞永远留在了瑟堡半岛的碧波中。

所以，现在整个国家都只能靠"苍穹姐妹团"了。她们得在特遣部队失败的地方取得胜利。她们必须要摧毁以太盾生成器或者是叫ASG。这个东西会用无形的盔甲武装法国的旗舰"泰坦"号，让它刀枪不入。情报已经证实，三天后法国就会发起进攻，科学家们也算出给"泰坦"号装备的以太盾充电的时间就是三天。因此，今晚必须在泰坦安装以太盾之前摧毁发电机。"厄倪俄"行动是英国最后的希望了。如果"苍穹姐妹团"失败了，那就没有什么可以阻止她们国家的战败和被征服了。

为了让自己不再想胃部恶心的感觉，阿拉贝拉已无数次地检查控制装置。在电石灯的微弱黄光下，刻度盘隐约可见，不过数据还是令人放心的：现在的高度是2000英尺，航向210度，航速100节，风向是轻微的东风——没有必要调整……

　　"苍穹姐妹团"的其他几位成员：艾米琳、戴安娜、凯西，还有碧翠斯，都在空中的某处朝会合点独自飞行。这种飞行方式，比编成中队一起飞行更合理。因为敌人的侦察系统更难侦察到单架飞艇。不过，单独飞行会让人觉得相当孤独。因为夜间飞行是很寂寞的，这一点每个诚实的飞行员都应该承认。此时，世界以一种永远不会在地面上发生的方式消失在你眼前。就算是身处地面上最荒芜最寂寥的地方，你还是可以感觉到自己与地面是有某种联系的，自己是被整个星球如慈母般的引力拥抱着的，而不是像现在身处这么高的地方，只有你自己，周边完全是黑暗。阿拉贝拉喜欢这种感觉，但是同时她也惧怕这种感觉。

　　这时候以太通信器发出劈啪声，她的耳机里传来低沉的女性声音："阿拉贝拉，我是艾米琳。"

　　阿拉贝拉感到很惊讶。因为之前她们得到命令，为了防止法国间谍的窃听，在整个飞行途中，以太通信器都必须保持静默。而艾米琳既是"苍穹姐妹团"的组织者也是领导者，她还是阿拉贝拉的姑姑，尽管就比她大三岁。

　　"姑姑！"阿拉贝拉脱口而出，暂时忘记了规定——在执勤时，她应该称呼她为"长官"或者"斯图亚特少校"的。

"调到109.2兆赫，我们谈谈。"艾米琳下令道。

阿拉贝拉把以太通信器上面的仪表旋到她说的频道，接着是一阵静电干扰，最后姑姑的声音又听得见了。

"阿拉贝拉，能听见我的声音吗？"

"可以，长官。声音有点模糊，但是完全听得清。"

"我们得谈谈。"艾米琳说。

"这次谈话安全吗？"阿拉贝拉问。

"尚可，"艾米琳说，"至少几分钟之内是安全的。"

"您想谈什么？"

"在其他人面前不能说的……"

阿拉贝拉等着她接着往下说。

"如你所知，有人把宙斯计划泄露给了法国。"艾米琳说。'宙斯'是昨晚对格兰维尔的法国舰队进行大规模袭击的行动代号。"他们早有准备，"艾米琳接着说，"所以我们才一败涂地。但是所有知道此次行动计划的人，除了军舰上的军官们，就只剩下首相，军事部长，我们的领导乔治·贾勒特长官，还有我们'苍穹姐妹团'了。而我认为政府首脑们和情报部门是不会背叛自己的国家的。我也认为那些参与袭击的军官不会向法国预警自己的进攻，因为这就等同于是自杀。因此就只剩下你、我，还有其他的几名姐妹团成员了。"

阿拉贝拉感到一阵深深而又痛苦的寒战，就好像是吞下了一块锋利的冰块。"你怀疑我？"她问道，声音低哑。

"不，阿拉贝拉。我没有怀疑你。我信任你。毕竟我们还是亲人……我知道你是绝对不会背叛国家的。但是其他几个人：凯西、戴安娜还有碧翠斯，我就不敢保证了。我是想信任她们的，但是我对她们的了解远不及对你的……"这时，又有一阵静电干扰，阿拉贝拉想了一会儿，觉得她们可能断线了。然后又听见艾米琳的声音了："阿拉贝拉，我要你替我监视她们——当我们执行任务的时候。你要密切关注她们。当任务结束时——如果我们还活着的话——我们再谈。"

透过驾驶舱的窗户，阿拉贝拉能看见瑟堡的灯光——她们正前往法国的北部海岸。为了避开驻扎在那里的侦察员的视线，她转向西边。

"我们在慢慢汇合，"艾米琳说，"一会儿，我会在跑道上见到你。记住，一定要保守此次谈话的秘密。"

"我知道，长官。随后见。"

阿拉贝拉驾驶着"科曼奇王子"号，绕过瑟堡半岛的西北海岸，飞过奥尔德尼岛和泽西岛走了一个大弧形。当她朝南转向，朝半岛的西部海岸线飞去的时候，艾米琳的话还在她的耳边回响着。阿拉贝拉，我要你替我监视她们……你要密切注意她们。

姐妹团中有间谍？这真是荒唐可笑！因为她们就像家人一样——尤其是凯西，她俩从小关系就非常好。本来她对于这次任务已经有不祥的预感了，现在的感觉就更加糟糕了。

她很快就飞到了邵泽群岛，这是离格兰维尔仅11英里的一组小礁石和小岛。以前一直是法国的属地，但是几个星期以前一支英国部队秘密地占领了群岛，登陆部队软禁了大概三十个岛民，他们大部分都是渔民。于是，这个岛就变成了监视格兰维尔的基地。不过，法国还没有注意到这里的变化。

阿拉贝拉飞往一个大岛。这个岛大约1英里长，1/3英里宽，是群岛中面积最大的，不过在大海上还是很难看到这黑色的陆地。她终于看到了为姐妹团标注出的跑道。跑道很短，两边点着煤气灯。北部边缘被树挡住了，南边又是个沙滩，因此她的着陆比平时的要猛烈一点。航速是50节，触地的时候有点颠簸，不过没有什么大碍。阿拉贝拉匆忙关闭了引擎，飞机立刻就停在了距离着陆点大概100英尺的地方。

阿拉贝拉推开驾驶舱的窗户，呼吸了一会儿海上咸咸的空气，然后爬到了下翼，轻轻地跳到草地上。她摘下护目镜，脱下皮质飞行帽，栗色的长发散落开来。她朝沙滩看了一眼，一个穿着英国皇家海军制服的年轻人正从沙滩上朝着她跑来，手压着贝雷帽以防被风吹走。

"长官，蒂姆·帕沃斯下士为您效劳，"当他跑到她身边时，敬了个礼，上气不接下气地说，"欢迎来到大岛。我是您的联络员和舵手。有什么事情需要我做的，敬请吩咐……"

"那你就先帮我做这个吧。"她打开机身边上的货舱，指着放在里面的镶有青铜钉饰的一只皮箱说道。

"好的，长官。请问这里面是什么啊?"

"是最重要的东西，下士。请轻放。"

他们一起把箱子从货舱拖了出来放到地上。当阿拉贝拉打开箱子的时候，下士看着里面的东西都傻眼了，一句话也说不出来。里面是个金属小人，大概有3英尺高，穿着迷你礼服大衣和马裤，打着领结，戴着一顶高帽，这打扮就好像要去镇上参加晚宴。阿拉贝拉把这个机器人从箱子里面拉出来，小心地让他直立起来。然后她按了他背上的启动按钮，燃气发动机开始工作了。之前毫无生机的眼睛这会儿发出了黄色的光芒，帽子上面的一根小管子里喷出了一股蒸汽。

"迈尔斯，你好啊!"阿拉贝拉热情地跟他打招呼。

"女士，晚上好!"机器人歪了歪头回复她，"我们已经安全着陆在绍泽岛了。"

"的确是的。这位是帕沃斯下士。"

迈尔斯微微鞠了一躬，关节嘎吱响："下士，很高兴见到你。"

下士困惑地看了看迈尔斯，又看了看阿拉贝拉："他是……活的吗？"

阿拉贝拉皱了皱眉："呃，我还从来没想过这个问题。迈尔斯，你是活的吗？"

迈尔斯眼中黄色的光暗淡了下去，当他在思索这个问题的时候发出了有些低沉的隆隆的声音。"女士，我没法回答这个问题，"最后他说，"因为我不知道你所说的活着是什么样子的。如果我是活着的话，那我活着的状态和你们的是不是有所区别呢？谁又知道呢？我们是否不该把时间浪费在这种哲学的猜测上？毕竟我们又不是法国人。再说了，我是否活着不重要，重要的是我能帮到你们什么。为了能帮助你们，帕沃斯下士你得明白，我的大脑可装备了最新技术的分析引擎，这就意味着不管我是活着的还是怎么样，我的思考比任何人更有逻辑性。"

"他是个会思考的英国人。"阿拉贝拉骄傲地说。

这时候他们身后传来飞机嗡嗡着陆时，颠簸着发出的尖锐的声音。

阿拉贝拉眯着眼睛透过煤气灯的光线，看见了一架黄色的小型机器鸟正朝他们滑行而来。那是戴安娜的"亚马孙女王"号。他们看着她从飞机里爬出来。量身定做的飞行夹克，丝织的围巾，皮革的长裤，戴安娜看起来就跟平常一样完美。半睁半闭的眼中有无限的魅力，脸上带着神秘的微笑，同时也有点傲慢。她会是那个叛徒吗？阿拉贝拉有所怀疑。

戴安娜张扬的美让帕沃斯下士都不知道该往哪里看，只能逼自己盯着她锃亮的黑靴子。"欢迎来到大岛，"他脸红了，"你们都到了，我去给大家沏点茶。"

"哦，那太棒了，"戴安娜优雅地弯了弯手腕，脱下了手套说道，"我能喝掉一杯。"

第三章　铁马队

雅克本不应该惊讶的——因为他早就知道进攻即将开始。不过被这么随意地告知，着实还是令他如同遭到当头棒喝。拿破仑正在让整个世界陷入灾难——无数的人会陷入痛苦和死亡中。

"我们不能再耽搁了，"基佐说，"昨晚英国人企图偷袭我们停在格兰维尔的舰队。"

雅克已经在早报上看到了这个头条消息。格兰维尔之胜利！他们都读过了——整个头版都在写英国对海港"可耻的无缘无故的"突袭，以及他们是如何被"英勇的"法国保卫者击退的。这是终极挑衅，他们忍无可忍。法国人绝对会惩罚这种暴行！

但雅克可不是个傻子。他知道拿破仑·波拿巴一直都在集结进攻舰队，这才是英国"无缘无故"偷袭的原因。几周以来，城市上空的重型装甲飞船激增，吊舱里装备了大炮——所有的飞船都往西朝格兰维尔飞去。拿破仑正在集合他所有的力量准备给老对手最后一击。

在过去的几周里，拿破仑的宣传机器正用极其狂热的尖刻话语进行一波又一波的反英宣传。他们想要让厌战的人们再一次对接下来的军事冒险行动充满信心。曾经，民众们只要听到拿破仑的名字就够了。多年以前，人们在香榭丽舍大街上欢呼，每家每户的窗户上都挂着国旗。这次雅克什么都没看见，因为民众已经厌倦了战争。拿破仑确实曾建立了一个帝国，但百姓的生活并没有富裕起来，反而多年来，缺衣少食，条件艰苦，只能把希望寄托在将来。雅克也经历了最痛苦的事情——他在战争中失去了双亲，现在连妹妹也失踪了。

但是拿破仑关心的是什么呢？他在乎自己带来的伤害吗？实际上，最终整个帝国都是他的形象工程。他自始至终关心的只有自己。而民众只是为他的军队服务并且歌颂他而已。

不能再这么下去了。

雅克暗自思忖，自己是否可以亡羊补牢做点什么来阻止这场进攻。杀掉基佐有没有用呢？可能没用。

基佐说过，"苍穹姐妹团"今天晚上就会到达格兰维尔，她们会摧毁以太盾生成器，有可能也会摧毁泰坦。

那要是雅克破坏这次行动的话，也就是说让"苍穹姐妹团"击碎拿破仑的梦想会怎么样呢？这可能是他力所能及的事情……

"你是怎么知道姐妹团会去那里的呢？"艾萨克·德雷福斯问，这是个身材高大的鬈发男孩，擅长套索和制作炸药。

"相信我，她们会去的，"基佐说，"英国人很清楚，我方的进攻迫在眉睫。他们昨天晚上的行动失败之后，没有时间再组织一支可进攻的军队，只能派遣可以动用的最好的攻击队，那就是这些女的。而所有的这些推测都已经得到了我们在伦敦方面最高等级的特工的证实——她恰好是'苍穹姐妹团'的一员。"

听到这话，他们惊讶地咕哝了几声。

"你是说就在这些女孩中？"艾萨克问，"就在这些我们要杀掉的女孩中？"

"确实如此。"基佐说。

雅克又盯着那五个面孔看了一遍，想知道谁是那位双面间谍。不知是为什么，他希望那个人不是阿拉贝拉女士。

"她是谁？"杰勒德·梅斯尼尔问道，这是位技艺高超的神枪手。他的脸轮廓分明，身材修长、柔软，老是让雅克想起黄鼠狼的样子。

基佐的手指在靠近屏幕的地方徘徊了一会儿，似乎要指出那个人。然后他把手放下了。"我不会告诉你们的，"他说，"这跟你们要执行的任务无关，而且你们知道后是会怀疑犹豫的。我要你们明白这些女的都得死。"

"包括那个双面间谍吗？"艾萨克皱着眉头问。

基佐点点头，脸上的笑容跟冬天的海水一样阴冷："她已经完成了她的使命。我们不需要她了。"

在蒙马特咖啡馆的地下室里有个临时搭建的马厩。不过里面没有稻草味和马粪味，而是弥漫着金属润滑脂、磨光剂和煤屑的气味。五匹威猛的马站在幽暗的光线中，跟雕塑一样一动不动，寂静无声。马身闪闪发光，肌肉线条完美。

骑手们大笑着一个接一个骑上马，戴上三角帽，调整好面具，用脚后跟踢了踢控制杆，这些野兽就开始生龙活虎起来。它们发出缓慢的当当声和咝咝声，活塞开始工作了，内部的齿轮也开始转动，铁质的四肢优雅地活动起来。它们一个接着一个从地下室的阴暗处小跑而出，冲上斜坡，朝蒙马特安静的街道奔去。

雅克是最后一个上马的，他的马叫"飞马"。骑在马上时，他总是能感到一种奇怪的平静感。坐在高高的位置往下看，这个世界似乎变得可控得多，也没那么恐怖。从十二岁起，他和"飞马"就是搭档了，他的驭马技术比任何一个骑铁马的人都要好。他能让它跑得比蒸汽火车还要快，能让它跃过10英尺高的墙，还能让它立刻180度转弯。他对"飞马"的构造了如指掌，小到最新的弹簧和链轮，他能在一天之内把它拆掉再重新组装起来。除此之外，他还了解它性格上的怪癖和奇特的地方，因为即使是机械马也是有性格的——这一点，所有的骑手都赞同。

他正准备跟着其他人跑上斜坡，这时候基佐喊他，叫他等一等。雅克的后颈汗毛直竖。为什么元帅会一路跟踪他到这里呢？他有没有发现自己之前谋反的想法？当他把"飞马"掉了个头，朝着基佐站的地方小跑过去的时候，雅克尽量让自己的表情显得很无辜。

"我有你妹妹的消息了。"基佐说。

雅克听到后，震惊得合不拢嘴巴。"你已经找到她了？"他大声叫道。在那一刻，他完全忘记了自己正在跟谁说话。

"并没有，"基佐笑了笑，"不过我得到消息，她还好好地活着。"

雅克高兴坏了，这是他头一次觉得自己的上司有人情味："长官，谢谢，太谢谢了！"

"你知道吧，"基佐说，"她当时正跟你的婶婶一起在'拉菲特'号巡洋舰上……"可是当他看到雅克一脸茫然的样子时，元帅犹豫了一会儿，"难道你不知道这些吗?"

雅克低着头看着马鞍的鞍桥，突然觉得很羞愧。"长官，我们当时吵了一架，"他承认，"她突然就走了。我不知道她去了哪里，更不知道她就在'拉菲特'号巡洋舰上。"

自从那个嗜虐成性的英国人艾伦森，当着她的面杀掉她的父母之后，玛丽就一直有点疯。当时雅克并不在场——如果他在场的话，他可能也会被逼疯。这件事使得她极端地反对英国人，而雅克呢，只是反对战争而已。因为这个分歧，两人激烈地吵过很多次……

"噢，"基佐说，"结果'拉菲特'号巡洋舰被空中海盗捕获了。昨天，英国人占领了海盗们所在的漂浮城市塔拉尼斯，把所有幸存的囚犯都带了回去。不过我很抱歉没有你婶婶的消息。但是，我可以肯定你的妹妹玛丽·达盖尔在幸存者名单上。现在被英国拘留了。"

雅克觉得希望小了很多："英国人抓住她了。"

"时间不会很久的，"基佐欢快地说，"要是按计划发起进攻，那么你妹妹，还有每个现在被困在英国监狱的法国囚犯，很快都会回家的。"

"但是英国人在那之前很可能就会杀掉她的。"雅克愁眉苦脸地小声说。然后他抬起头："长官，我想自愿参与解救法国囚犯的任务。"

　　基佐笑了起来，露出瘦黄的牙齿。这可是令人不安的景象。"有这可能，"他说，"要是你在今晚的格兰维尔行动中表现好的话，我们好商量。不过要是你没能阻止'苍穹姐妹团'的话，谁知道接下来会有什么灾难呢? 我方的进攻肯定泡汤了，要是那样的话你就再也见不到你妹妹了。"

第四章 奇怪的航行器

"苍穹姐妹团"成员一个接一个地到了——艾米琳驾驶着紫色的空中之鹰，"女公爵"号；凯西驾驶着绿色的蒸汽滑翔机"曼陀罗苏丹"号紧随其后；最后是碧翠斯，开着棕色的改装机。她平时驾驶的飞机近期撞机了，现在正在维修中，所以改开了一架改装机。

帕沃斯下士领着她们走过几个沙丘，离开沙滩，朝着狭窄的木码头走去。迈尔斯跟在后面，当啷作响地大踏步往前进。停泊在码头的是个奇怪的航行器，阿拉贝拉从来没见过。它的外形从某些方面来看，就像是潜伏在浅滩上等待猎物靠近的肉食鳄鱼。颀长的身形逐渐隐没在水里，尽管如此，还是有几个像眼睛一样凸起的舷窗从水中伸出来。前部窄窄的鼻子渐渐倾斜入水。这个航行器的身上没有鳞屑，有的却是在月光下黑沉沉的闪着光的铆接黄铜板。脊柱上是像骨头一样的铁脊，这让这个水生爬行动物看起来更可怕了。

"女士们，请上船。"帕沃斯下士边安慰众人，边打开了"眼睛"后面的圆形舱口，"它是'克拉肯①'号，不过它不会咬人哦。"

她们爬下一部短梯，到了航行器里面。阿拉贝拉帮着迈尔斯进去了，把他交给凯西。航行器的内部有股汽油和蒸汽的味儿，这味道让她回想起曾经送"科曼奇王子"号去维修的那个车间。灰色的墙上排列着复杂的管道、压力阀和刻度盘，还有鲜红的轮组。重型的圆形钢结构沿着整个"克拉肯"号，按一定的间隔排列着，支撑着船身。尽管航行器的中间是宽敞的，但是从船头到船尾还是逐渐变得狭窄。"克拉肯"号前端底部的一半是个弯曲的巨大的竖框窗户，大致就在鳄鱼嘴巴的位置。透过这扇窗户，阿拉贝拉瞥到了月光照耀下的一块沙质海床。就在她们所处位置的旁边，在潜水器相对宽敞的中间区域有个凹进去的圆坑，周围放着漂亮的装着软垫的红色皮椅。这些圆形的座椅围着一个矮圆的桌子。

帕沃斯下士到船尾的厨房区域，忙活沏茶去了。姐妹们

---

① 克拉肯，挪威传说中的海怪。

聚到桌子旁。艾米琳把格兰维尔的详细地图铺在桌子上，开始带她们熟悉计划的步骤。

阿拉贝拉就坐在凯西的旁边——她身材高大，金发碧眼，强壮得就跟一头母狮子一样。有这位朋友在身边，她总能安心。但今晚不一样——此时她的脑子里想的是凯西可能是那个叛徒。"贝拉，没事的。"凯西小声对她说。阿拉贝拉僵硬地朝她笑了笑，希望自己的缄默不语是因为紧张。

碧翠斯总是团队中最不起眼的那个人，这会儿就坐在阿拉贝拉的另外一边，一言不发地听着艾米琳的部署。而戴安娜正靠在座椅上，小声地跟身后的帕沃斯下士聊着天。

"戴安娜，注意力集中点。"艾米琳说。

"长官，这个计划我们都已经听了两遍了。"戴安娜噘着嘴说。

"但是你现在必须得再听一遍。"

戴安娜气冲冲地把注意力放到地图上。

帕沃斯下士把热气腾腾的茶递给姐妹团后，暂时消失在梯子上面，去解缆绳。然后，他坐到那扇巨大的竖框窗户前面掌舵的位置，发动了"克拉肯"号的引擎。一阵刺耳冒泡的声音和嗞嗞作响的活塞声传来，这个潜水器就从码头上消失，进入了公海。当他们慢慢向前开的时候，闪烁的月光组成的帘幕飘过深蓝色的海域，偶尔还有闪着银光的鱼游过，阿拉贝拉被这一切惊呆了。他们潜得越来越深，四周的光线慢慢隐入黑色。帕沃斯下士按了按他脑袋上方的柚木仪表盘上的按钮，外面的煤气灯亮了，一束绿色缥缈的光线射向大海深处。

艾米琳从桌子下面拖出一个箱子，把里面的黑色上衣和裤子交给姐妹们。"穿上，"她先对帕沃斯下士说，"下士，接下来的几分钟，希望你一直盯着前面。"

"好的，长官。"

换好衣服后，艾米琳提醒她们，登陆后的行动必须快速无声。

"恐怕你得留下来陪帕沃斯下士了，"阿拉贝拉对迈尔斯说，"你行动太慢了，还老是发出当啷声。"

迈尔斯抬头看看她，眼睛里的光线暗淡了下去。阿拉贝拉担心自己可能伤害到他的感情了，随后她又提醒自己，这个会思考的机器是没有受伤的感觉的。

"胡扯，今晚我们需要迈尔斯一起行动。"艾米琳说。说完，她从箱子底部拿出两个沉重的钢制品。每个都是8英寸长2英寸宽，各自有一排四个链齿轮子。轮子的周围则是一串嵌在链齿凹槽中的薄钢板。

"这是什么?"阿拉贝拉问。

"卡特彼勒履带，"艾米琳说，"可以让你的机器人行动起来快速无声。"她跪下来用扳手和几个螺栓将其固定在迈尔斯的脚外部。

"完成了！"终于，她靠在脚后跟上说道，"现在要不要测试一下？"

她们给迈尔斯腾了点空间，他开始用新的脚板顺畅地往前滑，突然加速之后嗖的一声——飞到了船尾的厨房，又砰的一声——撞上了煤气炉，往后摔倒，又撞飞了平底锅，沸水溅到他的礼服外套和裤子上流了下来。

看到这个场景，戴安娜爆笑起来。阿拉贝拉跑过去，把这个满身沸水的金属人轻轻地扶了起来。

"也许速度应该再慢点，再小心点？"艾米琳建议道。

"迈尔斯，你还好吧？"阿拉贝拉问他。

"女士，我没事。"帽子烟囱里喷出几次烟后，他用肯定的语气说，"可能我在推动新鞋子的时候，用力过度了。我没想到驱动轮这么有力度。"

"我可不想你生锈。"阿拉贝拉说着，抓起一块抹布，替他擦掉外套上面的热水。

"女士，不要因为我精疲力竭了，"迈尔斯说，"我这件外套是用极耐穿的防水材料做的。"

"那要是你这么说的话，好吧……"

"快看！章鱼！"凯西的声音从她们头顶传来。

阿拉贝拉抬起头，不过她没看到凯西，倒是看到了一个可以从梯子爬到上层甲板的入口，之前她一直都没注意。在确定迈尔斯的确没事之后，她爬上了楼梯去找凯西。

所谓的"上层甲板"其实就是个休息区，有六个床铺那么宽，没什么别的东西。不过两边的侧墙倒有着壮观的观察窗——也就是鳄鱼的"眼睛"。凯西就站在其中一扇窗户前面，阿拉贝拉过去和她一起看。她俩都盯着一个长着许多触角的大型动物。在"克拉肯"号煤气灯的光线中，它的脑袋像一只凸起的袋子，眼睛是深黑色的。这个动物好像对潜水器很好奇，所以一边跟着潜水器一边沿着海床攀爬。身上的肉起伏不歇，触角就好像是嬉戏的蛇一样弯曲旋转着，背面还能看得到成百上千的苍白的吸盘。

"我在书里见过它们的图片，不过看到活的感觉可不一样。"凯西小声说。

"我完全赞同。"阿拉贝拉惊奇不已。

突然，一条硕大的5英尺长的鱼游到了窗户边，把光线都挡着了。

两个人都吓得后退了一步。这个怪物的脸特别大，眼睛又肿又大，嘴唇厚实。

"那是什么?"凯西大声叫。

"我不知道，"阿拉贝拉说，"但是它看起来有点像……像是拿破仑·波拿巴，你觉得呢?"

她们对视了一眼，嘴角的笑容荡漾开来。紧接着，两个人放声大笑。后来躺倒在床上笑得停不下来，阿拉贝拉甚至都不知道为什么她俩笑得这么开心。可能这就是她们面对即将到来的恐惧的一种减压方式吧。她看着凯西那笑得起皱纹的脸，眼泪甚至都从脸颊上流下来了。突然间，她觉得需要再次确认自己的朋友是清白的。

"凯西?"等到她们终于慢慢止住笑的时候，阿拉贝拉叫道。

"嗯?"

"你确实……是爱国的……对吧?"

凯西脸上的笑容消失了，她皱着眉头："当然了，阿拉贝拉。你这问题问得也太奇怪了吧。"

"对不起，"阿拉贝拉脸红了，"就当我没有问过。"

她现在唯一想看到的就是凯西的笑容，所以她满脸堆笑道，"不过，它长得真像博尼，是吧?"

凯西点点头，但是脸上的表情还是没变化。

唉，真是的，我还是冒犯她了。阿拉贝拉有点焦躁不安了。

就在这时，碧翠斯探头进了这个小船舱。"楼下有人找，"她说，"我们快到格兰维尔了。"

第五章　突袭

　　帕沃斯下士熄灭煤气灯的时候，外面一片漆黑，"克拉肯"号浮出了海面。艾米琳把以太波发射器分发给姐妹团成员们。这个微型设备还没有一颗珍珠大，可以固定在衣服里。它们每三分钟就会以秘密频率发送一次嘟嘟声，这样伦敦方面就能监控到她们的位置。

　　碧翠斯的任务是带领她们突入港口，而戴安娜则要把她们带到以太盾生成器的位置，阿拉贝拉负责安放炸毁发电机的炸弹，迈尔斯负责侦察工作，艾米琳和凯西警戒安全。

　　艾米琳把黑色的帆布功能腰带交给她们，那上面有实用工具和救生用品。她给了戴安娜一盏电石灯，还给了阿拉贝拉十四根炸药，每根的引线都能烧五分钟——希望这个时间够她们跑到安全的距离。"如果出现问题，我们就要随机应变，"艾米琳说，"真正重要的是摧毁ASG，完不成这个任务就不能离开，明白吗？"

她们全都清楚！艾米琳是礼貌性地告诉她们，她们是可以被牺牲掉的。如果要跟ASG同归于尽的话，那么就一起毁灭吧。

阿拉贝拉不再害怕。现在她能感受到自己背包里炸药的分量，她已经知道了自己该做什么，全部心思都在这个任务上。

这时，从下面传来震动的刮擦声。

"'克拉肯'号有轨道，"帕沃斯下士解释说，"很像迈尔斯的新鞋子，不过要大得多。它是水陆两用的，现在我们正在登陆。"从他面前的窗户，能看见起沫的白色海浪和沙滩："前方有些岩石可以作为掩护。我会停在那里，让你们出去。"

"克拉肯"号停下后，姐妹团成员们爬了出来，一个接一个地从潜水器光亮而潮湿的表面滑下来，轻轻地落在沙滩上。阿拉贝拉帮着迈尔斯出来之后，抬头看了看她们刚才乘坐的这个机器。月光下，"克拉肯"号湿漉漉地闪着光，看起来就像是一头巨大的史前肉食动物，长着凶残的鼻子，颀长的铜色身形。

她们现在身处一个多岩石丛生的海岬的阴暗处。前面是400码灰色的沙滩，再往前就是——格兰维尔。此时，搜索的光束布满了港口上方的夜空，照亮了在大型运输船只下面翻滚的海浪。那是"尚普兰"号和"卡地亚"号，长长的牵引绳把它们绑在铁柱的碇泊塔上。在它们的下面，巨型的轮船排列在码头周围，笼罩在黑色烟囱的烟云之下。仓库、工厂，还有城市建筑就在码头的后面。那里的建筑风格混杂，既有高耸的哥特式大厦又有脏兮兮的铁皮棚子。

　　姐妹团成员分散开来，沿着沙滩伏低身子奔跑向前。阿拉贝拉本来觉得，考虑到她的机器人朋友，她得控制一下速度，不过事实并不是这样。迈尔斯装备上功效强大却安静得出奇的卡特彼勒履带后，疾驰而去，她得要全速冲刺才能赶上他。

　　今晚的月亮对于她们来说可不那么友好。月色皎洁，众人在柔软起皱的沙滩上快速移动的影子被照得清清楚楚。不过幸运的是，没人盯着沙滩。港口安全部门的全部重心都放在了空中——因为法国人猜想，如果有袭击的话应该是在空中。

　　当渐渐逼近通向海港的一条小道时，姐妹团成员隐蔽在一艘被拖到沙滩上的帆船后面。从舷缘往外瞄，她们看到在小道的尽头，有几个全副武装的人正守卫着海港的入口——一扇上了挂锁的大门，上面还装着铁丝网。艾米琳对凯西点头示意，然后她俩就从帆船后面跑出来，开始攀爬随意堆在小道两旁的岩石——艾米琳往左，凯西往右。

阿拉贝拉蹲在帆船后面，在黑暗的光线下，她一会儿就看不到两人了。一阵平静之后，突然，她俩竟然像蝙蝠一样从高处飞下，落到那些守卫身上，将他们打倒在地。

碧翠斯把这个作为行动的信号，她马上跳起来，朝着小道跑去。当那些守卫还没搞清楚情况的时候，凯西和艾米琳就给他们来了个十字锁喉，用手臂搂住他们的脖子，使劲挤压。守卫们还没来得及发出声音，就在几秒钟之内失去了意识。碧翠斯从其中一个守卫的腰带上取下一串钥匙，开始开挂锁。

戴安娜、阿拉贝拉还有迈尔斯疾走到她们那里。等她们到的时候，大门已经打开了。她们进去了！计划到目前为止进展顺利。现在戴安娜领路，带着她们穿过一排大型库房投下深紫色阴影的区域。

她们左边的码头被汽灯的黄色光线照亮了，那里就像是蚁巢，工人们推着手推车，来回地装运东西。他们从船上和仓库里搬出货物，卸到飞艇碇泊塔底部的大铁笼里。铁笼子一装满，那些像手风琴一样的大门就当啷关上。随后，铁笼子冒着蒸汽叮叮当当响起来，开始沿着碇泊塔慢慢往上移，直到被卸载在等候的空中运输机上。这样忙碌的场景在此刻只能说明一件事：法国的进攻一触即发。阿拉贝拉脑子里有一种隐约的担忧：情报部门说法国的进攻是在三天之后，可是为什么他们现在就装载空中运输机了呢？

可是对于她和其他人来说，目前急需担心的是：在这样忙碌的背景下，她们随时会被发现。而现在唯一的希望就寄托在快速无声的行动上了。阿拉贝拉把自己想成是个一闪而过的影子——人们有可能瞥到她，但是等他们转过来看的时候已经消失了。她们快速跑过一条石子路，滑过拐角，跑进高大建筑之间狭窄的巷子，然后绕了个弯，上了暗渠上面的桥。工厂排污管道利用这暗渠把污水排入散发着恶臭的近海。阿拉贝拉很快就在海港的街道里迷路了，但是戴安娜记下了计划中的路线。她的脑子就是个活地图。不过此时阿拉贝拉脑子里的念头又开始折腾了：戴安娜可信吗？她到底要把众人带到哪里去？

这时候，云团大小的飞艇就在她们的上方徘徊着——灵活而致命。阿拉贝拉认出它们是"巴隆"号和"斯特拉"号——侦察机。它们的搜索光束在地上来回徘徊，逼得姐妹团和迈尔斯为了躲避，只能在一个有柱廊的平台下面快速移动。

就在此时，她们听到了令人恐惧的声音：站住！

第六章　旗舰

　　那个吼声从她们的后方传来，回荡在她们正在走的石头过道里。阿拉贝拉想加快脚步，逃离他。不过走在她前面的戴安娜和艾米琳却突然停住回过头来。戴安娜走近那个脸色灰白，手里拿着枪的守卫时，脸上闪过迷人的微笑。那个守卫当时正从她们右边的房子里面出来。

　　"你们是谁?"守卫查问道，"到这里来干什么?"

　　尽管戴安娜的脸上掠过一丝绯红，但还是几乎看不出她的紧张。"先生，"她用标准的法语说，"我们是国家安全局的人。基佐元帅派我们到这里来调查英国间谍可疑的渗透活动。现在正在追捕一名入侵者。你一定要让我们过去，否则的话他就逃走了。"

　　那名守卫起疑地皱了皱鼻子，然后顶了顶枪："我没接到任何通知。请出示你们的证件。"

"先生，恕我冒昧，我也可以要求看你的证件。"戴安娜说着，语气明显冷淡了不少，"但是我们没时间纠缠这些繁文缛节。我们得去追嫌疑人。如果你再耽误我们的时间，我就只能报告给元帅了。一旦他知道自己授权的安全行动被你给妨碍了，我都不敢想你以后的前途会变成什么样。"

这时，守卫的眼中出现了短暂的迟疑——她震慑住他了吗？然后守卫更用力地握了握枪，朝她们走得更近了。

房子里面有人问："约翰，一切都好吗？"

阿拉贝拉紧张得后颈汗毛直竖。要是现在另外一名守卫过来的话，那局面就不可控制了。这时她注意到，凯西已经悄悄从视线中消失，溜到那名守卫左边的阴暗处了。

"我正在处理。"当他走到和戴安娜面对面的时候，他回应自己的伙伴道，"女士，如果有入侵者的话，我们应该发出警报，对吧？我的手下可以帮你们一起搜索。"从他脸上的笑容可以看出，他觉得有点不对劲。

"那太感谢你了，先生。"戴安娜镇定地说，"不过一旦你拉响警报，那名嫌疑人为了逃离我方的追捕，毫无疑问会吞下毒药跳进海港。到时候我们需要的情报也就随他而去了。现在他还不知道我们在追捕他，我们希望他最好一直别知道。"

那名守卫对着这个似乎总有理由的女人做了个怪脸。

"那还是请出示证件，"他粗声地说，"然后我就放你们继续执行任务。"

戴安娜叹了口气："迈尔斯，给这位先生看下我们的证件，好吗？"

迈尔斯朝她滑去，礼帽里喷出阵阵蒸汽，焦虑不安。因为他根本就没有证件——也不知道自己此时该做什么。不过戴安娜的这个计谋还是奏效了。因为只要看一眼这个小小的长着金属脸的人，那个守卫就惊得后退了一步。而他一瞬间的分神正是凯西所需要的。她跑了两步，从后面跳到他的身上，左手抑住他惊讶的叫声，右手用力压着他的脖子。片刻之后，他就瘫软在地上了。

"约翰？"他伙伴的声音从里面传出来。

戴安娜转过身，往有柱子的拱廊冲去，其他人紧随其后。阿拉贝拉明白，这个不幸的插曲让今晚的成功概率大大降低了。因为另外那名守卫很快就会发现他的伙伴倒在地上了，然后拉响整个海港的警报。她们的行动也就不再是秘密的了。

拱廊的远处是个巨大的广场，那里飞艇的碇泊塔林立，好似刺猬背部的刺。碇泊塔顶是密密麻麻的舰队，把天空都遮得严严实实。整个广场被数以千计的煤气灯照亮，在铜制小船的底部投射着奇诡的光。装备铁甲的气囊在100英尺上方聚集。阿拉贝拉头一次见到这么多致命的军舰，倒吸一口凉气。她看到了许多艘高速轻装的"狙击"号、"德萨利纳"号、"匕首"号和"龙卷风"号，还有约三十艘配备大炮的重装军舰"沃尔坎"号。中心位置是一艘阿拉贝拉有生以来见过的体积最庞大、最恐怖的飞船，像是这个空中蜂群的蜂王一样。她曾经听说过"泰坦"号，那是法国舰队中的旗舰。但当亲眼看到它恶魔般的外形时，她还是大吃一惊。这是一艘可在空中航行的豪华大帆船，金色的船身优雅地往上弯曲，一直延伸到环形尖头的船尾。整个外形就像一只昂首挺胸的傲慢的大天鹅。但当她看到从三层炮门上伸出的成百上千的大炮炮口时，她觉得"泰坦"号真是优雅、傲慢又致命。在煤气灯的照耀下，整艘船闪闪发光。这场景让她联想起三天前的情形，当时，Z特工——本·福雷斯特在他自己身上演示以太盾。那会儿他也是这么闪闪发光……等她意识到这到底意味着什么的时候，阿拉贝拉内心震惊不已：难道"泰坦"号已经装备上以太盾了吗？难道她们来得太晚了吗？

"贝拉，快点，"凯西拽着她的胳膊说，"我们可没时间站在这里傻盯着看了，还有任务要完成。"说完，她把阿拉贝拉拉向其他人。

"以太盾，"阿拉贝拉语无伦次地说，"'泰坦'号已经装备上了！”

“那我们最好赶快摧毁发电机，对吧？”凯西说。

其实凯西理解错了。她不明白，要是“泰坦”号已经装备上以太盾了，那么就算是摧毁发电机也没什么用了。但阿拉贝拉已经没时间跟她解释了，因为此刻，整个广场上响起了令人绝望的声音——警报！

这时，海港里所有的工人、守卫、军官都恐惧地盯着空中看。更多的守卫从建筑物中涌出，有些跳上炮位，搜寻着空中敌人的踪影，有些列成巡逻队，手持步枪，严阵以待。

阿拉贝拉、凯西和迈尔斯跟着其他人跑。碧翠斯和艾米琳跪在地上，准备把广场边缘沥青地上一块沉重的铁栅栏举起来。戴安娜站着放哨，因为体力工作不是她的强项。凯西和阿拉贝拉去帮忙了。此时，海港的喇叭里大声播报着命令。工人们被勒令放下手上的工具和手推车，站成队列以便检查。蒸汽吊车也停在了半空中。碇泊塔的电梯嘎嘎地停止运行。警报响起的几分钟之后，格兰维尔街道和码头区域里唯一的声音，就是守卫靴子踩在碎石上沉重的脚步声和军官们发号施令的呵斥声。海港的整个安全部门正在全力搜寻一群来路不明的入侵者。

然而，此时的入侵者们已经在地下了。

第七章　爆炸

　　当时，守卫们嘈杂的声音，刚好回荡在姐妹团成员藏身之处上方的石头路面，而她们在漆黑中挤成一团等待着。后来，戴安娜摸到了电石灯上的开关，灯亮了起来。她们这才看到自己身处一条弯弯曲曲的隧道里，墙是用砖垒起来的，里面的高度仅供她们站直。

　　"戴安娜，怎么走?"艾米琳问她。

　　"长官，"阿拉贝拉突然插话道，"行动之前，我有紧急消息需要向您汇报。"

　　"什么消息?"

　　"我觉得……我觉得'泰坦'号已经装备上以太盾了。"

　　"不可能，"艾米琳坚决地说，"你肯定弄错了。"

　　"我刚才看它的时候，它好像发着光。我回想起本，就是Z特工装备以太盾之后的样子。"

"亲爱的，那是光线的问题，"艾米琳向她保证，"煤气灯照得船身闪闪发光，所以你肯定眼花了。走吧，我们不能再耽搁下去了。"

戴安娜带着她们往北走，远离码头区域。随着她们不断前进，灯光渐渐驱散了隧道里的黑暗，众人能看清砖墙隧道里更多的地方。

阿拉贝拉也决定停止猜疑，专心执行任务了。毕竟情报部门说，法国的进攻应该是在三天之后，没有理由不相信他们的情报的。况且有时候眼见未必为实。比方说她在开"科曼奇王子"号的时候，有很多次误把云团错看成法国的飞艇。她在跑的时候，听到迈尔斯嗡嗡地跟在身边，倒是有一种奇怪的心安。"迈尔斯，你能算算我们的成功率吗？"她问道。

"女士，你是说完成任务的概率还是我们活下来的概率？你也听到艾米琳女士说过的话了，那是两回事。"

"两种都算，"阿拉贝拉说，"分别算。"

"算这种事情的概率太难了，"他说，"因为有太多未知因素了。我想说概率'很低'，不过可能太乐观了。"

这时，戴安娜突然停了下来，把灯给熄灭了。

"怎么了?"艾米琳问。

"前面有人。"戴安娜说。

其他人听了听,没一会儿就传来了行军靴的回声,还看到了煤气灯微弱的灯光。

"肯定最少有十个人。"艾米琳说。

"人数太多了,我们没法对付,"凯西说,"我们得后退,去试试其他路。"

"没有退路了。"戴安娜说。

"无论如何,我们都不能回头,"碧翠斯为整个队伍殿后,她说道,"你们听……"

此时,她们的后面也传来了脚步声。原来守卫们正从隧道的两头往中间奔来。阿拉贝拉濒临绝望。这次真的是要完蛋了。

"姐妹团,有什么建议没?迈尔斯,你呢?"艾米琳问道,透着令人钦佩的平静。

"我有个建议,艾米琳女士,"迈尔斯说,"尽管成功的可能性很小,我还是想说是因为——"

"迈尔斯,没关系的,"艾米琳打断他的话,"我们已经没有其他办法了。说说你的计划。"

"首先,有人得要卸掉我的一条履带。"

"我来。"艾米琳拿出工具带里的扳手开始卸。

在她们的前方,守卫们说话的声音都能听见了。

在艾米琳忙活的时候，迈尔斯对阿拉贝拉说："女士，能否给我一根你带的炸药——"

"炸药？迈尔斯，"戴安娜低声怒喝，"在地道里用炸药？你是想要把我们都炸死吗？"

"他说得对，"艾米琳瞬间就明白了迈尔斯的计划，"这是我们唯一的机会。"

这时候，履带已经卸下来了。阿拉贝拉颤抖着手拆下一根炸药。艾米琳用刀把引线切短，就剩下几英寸长，引爆时间不超过十秒。然后她用胶布把炸药捆在迈尔斯那个履带的一侧。

"你想要炸死他们，"凯西喉咙干涩地低声说，"这真的太可怕了。"

艾米琳冷冷地看了她一眼，把火折子往地上猛擦，接着打开盖子，把炙热的顶部靠近炸弹的引线。引线一迸出火花，艾米琳就把履带摆好，正对着迎面而来的守卫们。

"后退！"艾米琳用法语对她们大喊，"快玩命跑！"她按下开关，履带携着咝咝作响的炸药，在隧道里飞奔而去。

阿拉贝拉噙着泪数到十。她甚至能听到前面那些守卫在可怕地小声嘀咕。她和姐妹团的成员们屏住呼吸，双手盖住耳朵。就在最后一秒的时候，阿拉贝拉想起来了还有迈尔斯，于是把他拉倒在自己身边。

片刻之后，巨大的爆炸声就好像是在她脑子里产生了压力波。隧道里掀起一阵气流，把她从地面上冲了起来，滚烫刺痛的灰尘布满了她全身。甚至于她都能感觉到后面那些不断接近她们的守卫，也像被撞的柱子一样轰然倒地。

阿拉贝拉抬头看了一会儿，才看到艾米琳满身煤灰，正大声叫她，不过自己什么也听不清。空气里弥漫着像烤焦的太妃糖一样又甜又黏的气味。阿拉贝拉一时惊得动弹不得，艾米琳把她拖起来站好。戴安娜边咳嗽，边抱着自己的脑袋。艾米琳拿起她身上的电石灯，领着大家继续往隧道里面走。姐妹团成员都竭尽全力蹒跚着慢慢跑。而迈尔斯没了履带之后，为了能跟上大家也只好用劲跑了。那样子就好像是在玩滑板车的小孩，摇晃着没法平衡，不停地撞到墙。

在电石灯摇曳的光束中，阿拉贝拉瞥到了那些满是灰尘的尸体，四仰八叉地躺在隧道里。她数了数有六个人，不过可能不止这么几个。看到这些尸体，她有点害怕，然后又想了想那些即将陷入痛苦的家庭。当初她加入"苍穹姐妹团"的时候，从来没想到事情会变成现在这个样子。她们本该是好人啊，拯救英国协助击败拿破仑，可现在却像是在谋杀，这种感觉真的很不好。

阿拉贝拉失聪的耳朵渐渐听得到声音了，有她们的脚步声，还有远处传来的呼喊声。有人还在追她们，所以她们不能停下。姐妹团成员在隧道里转了个弯，阿拉贝拉看到有微弱的光线，从右前方隐约照射过来。

她们抵达了光线的源头：原来是个换气扇的栅栏。嵌在砖墙里，只有不到2平方英尺。栅栏的另一边是机械发出的嗡嗡声。

"我们到了！"戴安娜大口喘着气说。

阿拉贝拉凝视着她们身后的暗处。那些追赶她们的守卫的脚步声此刻已经更大了。她觉得都能看到一束银光在墙的拐弯处一闪而过。"我们要抓紧了。"她小声说。

凯西的手指穿过铁网往上拉，搅起一团陈旧的隧道灰尘，她咳嗽起来。

"安静！"戴安娜沙哑着说，"这东西那面也可能有人。"

凯西从墙上拉栅栏的时候，栅栏发出低低的刺耳的声音，不过她对此可无能为力。

阿拉贝拉听到隧道深处传来跑步声和法国人的咒骂声。他们肯定看到了死去的伙伴们，现在急切想要复仇。

凯西第一个穿过那个洞，她扭动着身体才挤到房间里。接着，大家听到她落到似乎是金属的地面上，她呻吟了一声。戴安娜紧随其后，然后是碧翠斯。接着阿拉贝拉把迈尔斯举起来，传给凯西。

"你先走。"艾米琳对阿拉贝拉说。

在她们身后，墙拐弯处的煤气灯光线已经很清楚了。那些守卫离弯道只有几码远了。阿拉贝拉冲到洞口，手脚并用地往里挤，然后笨拙地掉在排气口下面几英尺的坚硬地面上，全身都疼。艾米琳立马就跟了过来，几乎就落在她身上。

"那些守卫看到你了吗?"阿拉贝拉问。

"没有，"艾米琳说，"但我们得马上把洞口堵起来，否则他们就会知道我们在这里了。"

姐妹团成员开始在自己身边拼命找东西来堵住换气口，但是她们所处的方形钢制平台上什么都没有。这时候阿拉贝拉想到了自己的背包。她快速把炸药从背包里拿出来，然后用空背包堵住洞口，确保没有空隙。

她们就蹲在换气口的旁边，一言不发地听着动静，无比紧张。守卫们的脚步声越来越近了，但没有停留，咔嗒咔嗒地消失在远处，这让大家如释重负。

"阿拉贝拉，你反应真快。干得好!"艾米琳说。

做了件有助于任务的事情，阿拉贝拉觉得很高兴，因为之前她一直觉得自己在拖后腿。这时，其他人已经走到平台边上了，这个平台大约10平方英尺，周围有栏杆。当凯西看到栏杆那边的场景时，倒吸了一口冷气。她脸色苍白，都无法站稳了。阿拉贝拉担心她可能是不舒服。戴安娜和碧翠斯显得都很恶心难受，迈尔斯也焦虑地喷出了蒸汽。"女士们，别看，"他建议道，"快看别的地方，不然你们的身体就会出大问题了。"

碧翠斯和戴安娜照做了，可是凯西已经晚了，狂吐了起来。阿拉贝拉朝她们跑过去，既害怕又特别好奇她们到底看到了什么。

第八章　以太空间

阿拉贝拉发现自己正站在一个硕大房间的高处。混凝土的地面，满是油坑，脏兮兮的，黄砖砌成的墙上到处是烟熏的痕迹，管子和电线遍布整个墙面。一个体积巨大的东西，摆在房间中央，把房间塞得满满当当。一个离地大约10英尺的平台，四周绕着围成圈的五根柱子，每根有20英尺高，从上到下被铜线精细地缠绕着。屋顶上的管子里，流着发光的深金色液体，注入柱子之间的空间里。

阿拉贝拉就跟其他人一样，是模模糊糊留意到那东西的，不过真正让她留意并感觉胃里开始翻江倒海的，倒是五根柱子之间的那个形状，它发出低沉的嗡嗡响声，颤动不已。金色的液体就是流进这个形状里的。三天前她曾经亲眼目睹过这样的形状，当时本·福雷斯特在塔拉尼斯演示过以太空间的奇迹。她还记得，盯着它看会让人产生恶心的感觉，但是眼前的这个，体积至少要大五十倍，相应地，胃里也会难受得多。

这到底是个什么玩意呢？其实她也说不太清楚。因为它既是某个东西，又什么都不是，这才是麻烦所在。它可以是你能想到的每种形状、颜色、质地和大小。比如说，它是柔软的黄色立方体，是光滑的绿色球体，是闪闪发亮的蓝色椭圆形。也可能不是它们之中的任何一种，又可能是三种都是，所以它既是这么多东西，又什么都不是，这使肉眼没法分辨它到底是什么。这就很难给它定位，让人自然而然产生挫败感，就好像本·福雷斯特在演示时说过的话，人类的大脑是没法理解以太空间的。

阿拉贝拉闭上眼睛，晕眩感已经完全攫住了她。难受片刻之后，她彻底失去了方向感，甚至都不知道地板和天花板在哪里。这就像是坐在飞艇里螺旋下坠时的感觉。她抓着栏杆，双手使劲地挤压，才恢复正常的方向感。她睁开双眼，惊恐地发现自己正在陡峭的台阶边摇摇欲坠，要是没抓着栏杆，肯定已经摔死了。

"你没事吧？"艾米琳问她。

"还好，"阿拉贝拉站起来喘着气说，"就是这个！这就是以太盾生成器。"

"你确定吗?"

"是的,尽管我之前见的那两个跟它比起来,相形见绌……我——我很抱歉,我应该早点记起以太空间的样子——就是那个柱子之间可怕的……发出嗡嗡声的东西,我应该早点警示大家的……"

"没事,"艾米琳直率地说,"幸运的是没有人受到很大的影响。现在我们到下面去吧,部署好炸药,然后逃离这个地方。"

艾米琳替阿拉贝拉拿着炸药,阿拉贝拉则扛着迈尔斯。一行六人,沿着陡峭狭窄的金属台阶朝下面30英尺处的混凝土地面走去。当她们正往下走的时候,众人才第一次发现,原来房里不止她们几个人,还有两个穿着工作服,戴着头盔和护目镜的技术人员。他们正站在靠近发电机底部的大型控制面板前。面板上布满了刻度盘和闪光的指示灯。不过幸运的是,因为这个巨型机器发出的噪音,他们还没注意到有人入侵,即使当凯西和艾米琳从背后偷袭他们的时候,仍然没有发现。她俩小心翼翼地重击了两个技术人员的后颈,他们很快失去了意识。

阿拉贝拉立刻开始工作,她把炸药放在平台的柱腿上。

四个柱腿，每一个绑了三根炸药。她算了一下，这个数量足够把这个装置掀起来摧毁掉了。现在还剩下一根炸药，她正准备加在其中的一个柱腿上。突然，阿拉贝拉留意到了什么。她从平台的下面走出来，用手挡住以太空间往上看。

那场景吓到她了，同时她也再一次相信，就算她们摧毁以太盾生成器，她们也无法达到想要的目标。现在有别的事情需要去做。不过要是艾米琳不同意的话，那就只能独自行动了。所以在确认姑姑没看到后，她偷偷地把剩下的那根炸药藏在衬衫下面，固定在裤子的腰带上。

"准备好点燃引线了没?"艾米琳问她。

"呃，准备好了，"阿拉贝拉很快地把衬衫拉好说道，"但是你有没有觉得生成器有点古怪?"

"什么意思?"

"我们第一次进到这里听到的那个嗡嗡声，现在声音小多了。"

"没注意。"艾米琳说。

"而且天花板上那根管子里流出来的金水，量也慢慢变少了，从小河都变成涓流了。机器的运行好像平缓了下来，这只意味着一件事：它的任务已经完成了。'泰坦'肯定已经装备好以太盾了。"

"阿拉贝拉，你又擅自下结论了，"艾米琳严厉地说，"即使有关以太盾生成器的东西，你说得都对，那也仍然可能有别的原因。也许金水的流量波动是有规律的，又或者是因为这两名技术人员，没有继续监控发电机的缘故。反正我不清楚到底是什么原因，但我现在能肯定的是，你想要证明我们此刻的任务是徒劳无功的，应该终止。阿拉贝拉，要不是因为我很了解你，我都要开始怀疑你的忠诚度了。"

听到她说这些，阿拉贝拉脸红了："长官，我真的……"

"够了，"艾米琳把火折子交给她说道，"点燃引线吧。"

艾米琳的话是阿拉贝拉从没预料到的。其实她只是想尽到自己的责任，说出对这个任务的疑惑。可艾米琳几乎都要把她当成间谍了！

她走到第一根引线所在的地方，准备点燃火折子，觉得既麻木又困惑。

"等等！"凯西盯着那两个已经毫无意识的技术人员说，"不能让他们两个人死在这里，我们手上沾的血已经够多了。"

艾米琳似乎因为在短时间内有人第二次挑战自己的权威而被激怒了。"凯西，你别忘了要以大局为重，"她说，"要是我们没有杀掉那些在隧道中的守卫，这次任务肯定已经失败了，法国也会继续入侵我国。到时候，不论是法国人还是英国人，无数生命都会牺牲。所以有时候，你不得不犯小恶以防大恶。"

"你说得对，我错了，长官，"凯西低下了头，"可是，死了这两个人，也防不了什么大恶小恶……"

艾米琳考虑了一会儿，然后耸耸肩："好吧，我们找个炸不到他们的地方，把他们放到隔壁房间去。"

艾米琳在烟熏的黄色墙壁上快速找了一遍，都没找到像门一样可以打开的东西，最后她才看到了一个壁龛，宽约8英尺，深4英尺，高4英尺，也是用脏兮兮的黄砖垒成的。她走过去查看了下，却还是没有找到什么开口或者是门。

"太奇怪了，"艾米琳说道，"我们好像是在一个完全封闭的地方，唯一的通道就是我们进来的那个排气扇栅栏，不过明显已经很多年没有动过了。那这两个技术人员是怎么进出这里的呢？"

其他人都茫然地看着她。

"不过我们不关心这个秘密，"艾米琳耸耸肩道，"因为知道怎么离开这儿才是最重要的。这下面没有地方可以掩护他们，所以我们得把他们扛上台阶丢在隧道里。阿拉贝拉，你该点燃引线了。给我们留五分钟的时间，应该够清场了。"

阿拉贝拉把引线剪到所需要的长度，然后点燃了火折子，把炙热的尖头靠近第一根引线。与此同时，其他人开始走台阶到平台上去，不过走得有点慢，因为还扛着两个毫无意识的人。阿拉贝拉在确认所有的四处引线都已经完全点燃之后，自己也爬上了金属台阶。到达平台后，艾米琳拿出之前堵在洞口的背包还给她。艾米琳正准备挤到洞里去的时候，突然停了下来，往后退了几步。她吞了吞口水，脸色微微发青。

"长官，为什么不走了？"戴安娜问她，"你知道我们没有时间来……"可是那时候，戴安娜也停下来，后退了一步。

洞里伸出步枪的枪口，正瞄准了艾米琳的前额。

第九章　没有出口的房间

隧道里闪着光，第一杆枪枪口旁边又出现了另外的三杆枪。阿拉贝拉看到几张苍白的脸卡着枪托，瞄准器旁边乌黑的眼睛闪闪发光。

"姑娘们，请退后。"隧道里传来生硬的带着鼻音的说话声。

可是平台上的人都没有动。

"快出去，不然我就一个个打死你们。"那声音带着警告说。有人用劲扣扳机的时候，步枪咔嗒一声。

艾米琳往前走了一小步。凯西则偷偷地往墙边移。到了墙边以后，她背靠墙慢慢靠近洞口。

"为什么要打死我们？"艾米琳问。这时候她已经明白了凯西的策略，现在正拖延时间好让她到位。

"因为你们是英国的间谍和破坏者。"这声音听起来已经恼怒了。枪口往前推了推，现在距离艾米琳的眼睛只剩下一寸了。"你!"那个人怒吼道，"你有五秒钟可以退后，不然就一枪崩了你。五……四……"然而艾米琳还是没有动。"三……二……"

凯西到了洞口，举起手。

"一……"

她使劲地往洞口一推，四个枪口都指向了上面的角落。之前瞄准艾米琳的那杆枪，啪地响了一声，她们头顶的天花板上掉下来一大片石膏。不过，凯西要做的事还没完呢。接下来，她双手一把抓住四个枪口，用尽全力往自己的方向一拉，四个守卫的脑袋猛地撞到隧道洞口上方的墙上，疼得大喊大叫。

艾米琳把那几个撞晕了的守卫推回隧道里，腾出点地方准备从缝隙里挤进去。但是她又退了回来，满脸震惊。她一言不发地把背包从阿拉贝拉身上抓过来，一把堵住缝隙。"追兵更多了，"她轻声说，"两个方向都有，来了许多人。姐妹们，我们的任务……我们的任务，就是要守住这里，不让他们进来中止爆炸。最重要的是，我们必须保证要毁掉以太盾生成器。"

"你的意思是我们得死在这里了。"碧翠斯抱怨着说。

"不会的!"戴安娜尖叫起来,"肯定有其他路的。我不想留在这里,像温驯的羊羔一样牺牲自己。"

"阿拉贝拉,我们还剩下多少时间?"艾米琳问。

阿拉贝拉看了下计时器,眨眨满是泪水的双眼:"长官,两分半钟。"

戴安娜跑下台阶。"肯定会有其他路,可以离开这儿的。"她大声叫喊。

"她说得对,"艾米琳咬了咬嘴唇,"剩下的所有时间,我们都要用来找出口。墙上某个地方可能有隐蔽门。"

等她们带着那两个人回到下面的时候,一分钟已经过去了。戴安娜在房间里四处跑动,随机地按着墙面,抱着微弱的希望,希望有门出现。

"迈尔斯,"艾米琳说,"充分利用你那个超凡绝伦的脑袋。像这种地方,他们会把门藏在哪里呢?凯西,看看能不能把他们中的一个弄醒,逼问他怎么出去。阿拉贝拉和碧翠斯,我们开始找吧。"

阿拉贝拉从发电机后面的那堵墙开始找,不过她还是时不时地看着那些被烧得越来越短的引线。她看到戴安娜蹲在一根引线旁边,用小刀准备割断引线。正在那时,艾米琳也看到她了。

"把刀放下，戴安娜！"艾米琳吼叫起来，"现在不是懦弱的时候。"

戴安娜转过来看着她，眼圈红红的。"我只想，想给我们争取一两分钟。"她啜泣着说。

"我们不能延误爆炸的时间，"艾米琳说，"隧道里的那些士兵随时都能进来。"

"你想死，是吧，艾米琳！"戴安娜突然大叫起来，"你想为英国殉国。都是为了这个，对不对？你想要我们都殉国！可是我不愿意！我想活着！"

说完，她盯着那根引线看，眼里充满恐惧。

艾米琳走过去，打了她的下巴一拳。戴安娜摔倒在地，手上握着的刀也掉了。

阿拉贝拉转过身，逼自己继续找门。

这时，凯西说道："长官，有个技术人员想要说话。听起来像是说'ascenseur①'。"

"电梯。"艾米琳翻译道。她抬头看看天花板："肯定有架电梯可以从这里出去。有这种可能，因为我们现在是在地下。迈尔斯，你有什么想法吗?"

①法语，意为"电梯"。

"女士，没有。"迈尔斯不高兴地喷出一股蒸汽。

"我们还剩多少时间，阿拉贝拉?"

"三十多秒，长官。"这时，阿拉贝拉已经准备赴死了。至少过程很快，她想。虽然很可怕，但是结束得快。她还在想，自己要不要离炸药近一点，这样就能确保死得很快。最坏的结局就是慢慢死去了。

她朝发电机走去，然后留意到一根黑色的粗管子，直径大概有6英寸，从平台下面蜿蜒而上，沿着地面一路拖到了墙上，消失在天花板上。毫无疑问，这根管子是用来给"泰坦"输送以太能量的，恰巧从小壁龛的右边通过。可是像那样的一个小壁龛，有什么用处呢? 它肯定是有用处的。她走近了看，发现壁龛最下部与地面接触的地方，有一条细缝。突然，她脑海中冒出"电梯"这个词，这下明白了。

阿拉贝拉走到壁龛里，开始用手摸那些砖块。几秒钟之后，她就找到了。在脏兮兮的黄色的墙上，有个磨损严重的黄铜小按钮，很容易被忽略。她按了下去，听见液压装置的嘎嘎声。随即，壁龛的地面开始上升。

"快!"她叫其他人。

凯西、碧翠斯还有艾米琳抬头看，痛苦的脸上立即喜笑颜开。她们三个人把戴安娜和两个昏迷的人拖向电梯。阿拉贝拉在等她们的时候，无比清醒地意识到火焰噼里啪啦地离炸药越来越近了。引线实际上已经烧光了，离爆炸只剩几秒钟。

"快啊!"她催着她们。

迈尔斯正艰难地抬起脚,往不断上升的壁龛边缘爬。阿拉贝拉俯下身子帮他。当其他人都爬上来之后,空间变得异常紧张。阿拉贝拉觉得自己在角落里快被挤成鱼干了。

电梯消失在竖井里之前,她看到的最后一幕,就是那些士兵已经突破了平台上面的洞口。她们升到了竖井里,周遭一片漆黑。一秒钟后,下面发生了猛烈的爆炸,热浪袭击了他们。阿拉贝拉蹲在地上,膝盖和脚趾都烫伤了。她还听到了周边砖块噼啪破裂的声音。墙面在爆炸中已经变形,可怕而又刺耳的摩擦声随即响起,慢慢停下的电梯被卡在了竖井里。

壁龛内部的温度很快就高得令人无法承受了。狭小空间里的空气,像火一样炙烤着阿拉贝拉的肌肤和肺。在那令人窒息的黑暗中,有人呻吟,有人尖叫。在这地狱般的时刻,这个电梯似乎将会变成他们的坟墓或者是烤箱。然后,她感到一只满是汗的手捏着自己的手臂。"凯西!"她想要叫出声音来,但是这个名字,就像是灰堵在她的喉咙里。

然后,随着一阵刺耳的锉磨声,竖井不堵了,壁龛又继续往上升。很快,上面飘下冰凉的空气,驱散了壁龛里的热度，她们又能呼吸了。凯西的手还放在她的胳膊上。"谢谢你，贝拉，"她虚弱地说，"是你救了我们。"

"思维很敏捷，阿拉贝拉。"艾米琳赞道。

上面透出微弱的光线。她们快到地面了。

"不过，我们显然还没有脱离险境，"艾米琳说，"但不管现在会如何，至少我们已经完成了使命，可以安心了。以太盾生成器已经被摧毁了……"

第十章　五座雕像

过了一会儿，姐妹团升到了地面。这里其实是位于海港中心的主广场。电梯的混凝土地面和周围结合得很完美，就好像是另一块铺路石板。在她们头顶上方很高的地方，通过铁梁错综复杂的格子，能瞥见巨大飞船上的小艇金色的艇身。那些格子向上攀缘，就好似一棵高大的金属树上交错的树枝。阿拉贝拉认出那艘小艇是属于"泰坦"号的，也就是说她们现在已经在法国旗舰碇泊塔基地的内部了。碇泊塔的右边是一幢引人注目的建筑，四条稳固倾斜的腿支撑着碇泊塔，每条都比以太盾生成器的柱子要高得多，也要粗得多。

虽然她们的位置很显眼，但幸运的是还没有人发现她们。站岗的守卫们分布在广场四周不同的位置上，附近没有人。

"你还能动吗，戴安娜?"艾米琳问道。

戴安娜看起来昏昏沉沉的。她轻轻地摸了摸自己的下巴，死瞪着艾米琳，忍着什么都没说，只是点了点头。

"想不被发现地离开这个广场，有点难，"凯西说，"那些守卫好像把这都围起来了。"

"那个地方怎么样?"碧翠斯指着一条无人看守的侧道问，那里距离碇泊塔北边大约20码。

"好地方，碧翠斯，"艾米琳说，"我们可以通过那些小巷子，绕回到海滩。一旦以太盾生成器被毁掉的消息散布开来，就会天下大乱，我们正好趁此混乱之际逃脱。"

她们站了起来。艾米琳本想去扶戴安娜，但是戴安娜没让她扶。

"他们怎么办呢?"凯西指着那两个揉着脖子，迷迷糊糊四处张望的技术人员问道。

"就留在这里吧，"艾米琳说，"快点。"

她们小心翼翼地从碇泊塔的阴影处走出来，阿拉贝拉看到一根黑色的厚管子，径直从铺路石板里伸出来，沿塔中心不断上升。这肯定是她在发电机房见过的那根管子的延伸部分，用来给"泰坦"号的以太盾提供以太能量。她又抬头看了看悬在她们头上的那艘金色的大船，那样子就像是无比巨大的圣诞树上面挂着的小玩意。它肯定是在发光，阿拉贝拉确定这不是光线产生的幻觉。不过，现在她不打算告诉艾米琳，因为她可不想再次引起姑姑的怀疑。毕竟之前自己已经警示过她，尽到了自己的责任，现在该是自己动手的时候了。她可以用藏在衬衫底下的那根炸药来执行自己的计划。不过，这会儿她得先想办法跟大家分开。

她们胆战心惊地冲过广场，终于到了侧道这个安全的地方。这里不像广场，一路上都没有灯，两旁高大的建筑物将这里遮得一团漆黑。当她们往前走的时候，阿拉贝拉很惊讶地辨认出一排高大的雕像，总共有五座，分散在街道上。艾米琳举手示意其他人停下来。这五座雕像的形象都是骑着马的人，不过它们都没有底座，而是直接放在路面上，铸铁的蹄子直接踏在鹅卵石上。

阿拉贝拉觉得很好奇，她正准备走向最近的那座雕像，迈尔斯拦下她，小声地警告："女士……不要去。"

那时，她看到其中一匹马的鼻子里喷出了一缕蒸汽，她吓得心跳都漏了半拍。它是活的，全身由金属制造……难道它是……是机器人吗？

她已经没有时间来考虑了，因为那些骑士动了起来。阿拉贝拉现在明白，原来那些人不是金属做的，他们有血有肉，是活生生的人。他们举起枪，瞄准姐妹团，动作如同一人。

一声枪响，凯西自我防御式地条件反射，跳到了一旁，一阵火光照亮了街道。子弹没有伤到她，只是擦在了鹅卵石上。她跳向那个射手，想要把他从铁马上拽下来。同时，艾米琳也在对付离她最近的骑手。她从功能腰带上面拉出一瓶辣椒粉，喷到他的脸上。他捂着眼睛，疼得叫了一声。

"快跑！"街上突然枪声大作，艾米琳朝大家喊。

机会来了！当阿拉贝拉冲回街上，与迈尔斯一起狂奔起来时，她这么想道。要是我能离开这儿……

阿拉贝拉跑着之字形，不断地躲避着。子弹从她身边飞过，在空气中发出噼啪的爆裂声。她拐进一条侧巷，跑了50码，到了个岔路口。与侧巷交叉相连的这条街上都是破旧的农舍——她猜那可能是码头工人的住所。其中的两间农舍之间有一条长满草的铁轨，最终延伸到一条已经废弃的铁道。铁轨上停着一节锈迹斑斑的旧货车皮，车身上喷着污损的口号。

"我们可以躲在下面。"阿拉贝拉对迈尔斯建议道。

迈尔斯鞋子不合脚，所以他靠着，但是不知怎么的，阿拉贝拉还是从他的姿势中感到一丝疑惑。

"就一小会儿，"她劝道，"只要确保我们平安无事就好。"

"那好吧，女士。"迈尔斯说。

阿拉贝拉帮着他越过金属铁轨，藏到脏兮兮、油腻腻的车皮下面。接着她坐在枕木上，靠着车轮，让自己的心跳慢慢回到正常的频率。夜晚的微风吹皱了铁轨间的杂草，也让她冷静了下来。阿拉贝拉已经想好，他们先在这里等一会儿，然后再回到广场上去，至于"泰坦"号……

迈尔斯身材矮小，所以他在车皮下面能站直。他就站在她边上，微微斜着身子，脸上如平常一样，毫无表情。他本就是没有感情的，这点阿拉贝拉是知道的。他只是一台会思考的机器，仅此而已。但是阿拉贝拉却觉得，今晚她在他身上发现了各种感性的方面：坚忍、甘于牺牲、勇敢无畏，甚至还有淡淡的忧伤。

"迈尔斯，你今晚真的很勇敢。"她说道。

"什么？"

"就那么放弃了履带。是你挽回了任务。"

"我到这儿来是为了服务的，女士……要是我能这么说的话，那你的贡献，尤其是发现电梯的贡献，不说更大，那也是跟我放弃履带一样大的。"

"谢谢，"她说，"迈尔斯，跟我说说你今晚感觉如何？有没有害怕？对圆满完成任务满意吗？不过，和你这种会思考的机器人谈感受，是不是不合适呢？"

迈尔斯在思考这些问题的时候，发出咔嚓声和呼呼声。最后他说："的确，我是会思考的，但更确切地说，我是个英国人。英国人没有谈论感受的习惯，至少现在是没有的。"

听他这么说，阿拉贝拉笑了笑。又静静地过了几分钟，她正打算把自己的行动计划告知迈尔斯，突然，她听到了点噪音：碎石上面有跑步声。有人来了！

阿拉贝拉把迈尔斯往车轮后面拉了拉，使两个人都完全藏好。然后，她从锈迹斑斑的铁轮辐里往外瞄，她失望地看到了原来是艾米琳、凯西，还有碧翠斯。而碧翠斯没过多久也发现了她们。

"你在这里啊，阿拉贝拉！"当她们走到车皮边时，艾米琳说，"我们到处找你！你现在可以出来了，我们暂时是安全的。"

"噢，贝拉，"凯西抱了抱她，"我刚才担心死了，怕你出了什么意外。"

"我也担心你啊，"阿拉贝拉边说着，边掩饰着因为被发现而产生的失望情绪，"我们能完好无损地摆脱那些骑手，真是太好了。不过……戴安娜呢？"

"我们以为你知道她去哪里了。"艾米琳说。

"你们觉得她会不会被击中了？"阿拉贝拉问道。

艾米琳摇了摇头："当那些骑手袭击我们的时候，有可能当时她就没跟我们在一起。"

"你是什么意思?"

"自从我们离开碰泊塔,就没人记得见过她。"凯西说。

阿拉贝拉盯着她们:"你是说她独自跑路了?"

"有可能。"艾米琳冷冷地说,阿拉贝拉都能猜到她现在在想什么:还在生艾米琳气的戴安娜,决定独自行动了。又或者更糟糕的是,她就是那个叛徒,为了跟法国这边的幕后老板联系,才故意撇下她们的。

"我们不能妄下结论,"凯西说,"有可能她被那些技术人员抓住了呢。"

"有可能……"阿拉贝拉跟着说,不过她想不起来,在刚才的争斗里有人抓她。

这时,她们身后传来了一声重击。听起来,好像是车皮内部的声音,又好像是铁轨后面杂草里的声音。阿拉贝拉的第一反应就是野兽。

"我们最好离开这里,"艾米琳轻声说,"希望戴安娜自己能回到'克拉肯'号,我们会在那里跟她会合。"

说完,艾米琳、碧翠斯,还有凯西开始沿着铁轨往南走。迈尔斯正要跟上去,此时,阿拉贝拉按了按他的肩膀。

"等等!"她低声说。她带着他绕到车皮的后面,越过铁轨，藏到了远处的灌木丛里。灌木丛长得又高又密，足够把人遮得严严实实。

"女士，这是要干吗?"

"我们不回'克拉肯'号。"

迈尔斯一言不发，只是呆呆地用玩偶一样的眼神看着她。他眨了一下眼睛，这才能看出迈尔斯那强悍的大脑还在飞速地运转。"我想，你是想用藏在衬衫下的那根炸药，炸掉'泰坦'号吧。"他说。

阿拉贝拉往回缩了缩，警觉地碰了碰那根炸药："你是怎么知道的?"

"贝拉?"是凯西在叫她。原来她回来找他们了："贝拉? 迈尔斯? 你们在吗?"

阿拉贝拉盯着迈尔斯，手指放在嘴唇上示意不要出声。她们一直静静地等着，直到凯西离开了。

"我数过了，之前一共用了十三根炸药，"迈尔斯说，"所以我知道还剩一根。很明显是你藏起来了。"

"那你是怎么知道我的计划的?"

"因为你觉得就算我们毁掉了以太盾生成器，也还是太晚了，'泰坦'号已经装备上以太盾了。"

"那你认为我的判断对吗?"

"根据证据来看，你的判断正确率是87%。"

阿拉贝拉生气地抿紧了嘴："如果是这样的话，你为什么不早点支持我呢?"

"女士,很抱歉,我的程序中没有设定去仲裁人与人之间的纠纷。我的职责是提供意见,要是你或者艾米琳女士询问过我的意见,那么我肯定会提供。不过我不能保证她就会采纳。因为出于某种原因,我似乎被冠以'过于悲观'的名头了……"

"可能会那样,但是迈尔斯,你给我一点支持也是好的啊!尤其是当我被怀疑是否忠诚于国家时。下次不要这么害羞了,好不?"

这时,她们身后传来了一阵刺耳的咔嗒声,阿拉贝拉缩了缩。那声音听起来就好似滑动门打开了。她转过身,可是没看到车皮这边有门。她小心翼翼地再次越过铁轨,迈尔斯就跟在她身后。因为她记得在车皮的另一边看到过一扇滑动门,不过她很确定那门是关着的。

可是现在,那扇门却是半开着的。

第十一章　幸存者

"迈尔斯，"阿拉贝拉颤抖地说，"你能看到门里有什……什么吗?"

迈尔斯双眼闪亮，变成一对小型汽灯，两道黄色的光束射向车皮内的黑暗深处。

"看不到，女士。"

迈尔斯低声嘟囔着。阿拉贝拉迅速后退了一步："是一种动物吗? 你认为呢?"

"我的动物学知识无疑是欠缺的，我的女士，所以我真不知道有什么动物可以打开滑动门。"

"那会是什么呢?"

迈尔斯焦急地喷出一股蒸汽："为了在这儿完成我们的任务，我们还是不要原地不动地来查明真相了。"

"阿拉贝拉·韦斯特女士。"

阿拉贝拉愣了一下。车皮内一名男子朝她低声呼喊，声音沙哑。在这样一个地方，听到自己的名字以这种熟悉的方式被喊出来，她心中震惊不已。而且这个人讲话带有明显的英国上层阶级口音。

难道她曾经听过这个声音？她在做梦吗？

"你是谁？"她颤抖着喊道，"自报家门吧。"

迈尔斯双眼射出的光束动了动。"快走，我的女士，"他急忙说道，"立刻走！"

话音未落，黑暗中突然伸出一只苍白肮脏的手，抓住了阿拉贝拉的衬衫，使劲把她往车皮边拽。阿拉贝拉顿时觉得脸上火辣辣地疼。

"给我点水，我就会感激你。"耳边传来沙哑的低语，离她的头只有几英寸远。

阿拉贝拉的右手臂被按在车皮上不能动弹，所以她只能用左手笨拙地去摸腰带上的水壶，然后通过开着的门递进去。水壶立刻被夺去了，几秒钟之后，她听到咕嘟咕嘟的喝水声。

"放开我！"阿拉贝拉强烈要求道。

咕嘟咕嘟的喝水声戛然而止，传来更多身体移动的声响。车皮内那个抓她的人的脸庞隐约可见——一个四十多岁的男子，严肃英俊的面孔上满是瘀青。借着抓住阿拉贝拉的力量，他将自己撬出车皮，笨拙地摔到铁轨旁的石头上。撞到地面后，他痛苦地皱起了脸。此时，阿拉贝拉看到他受了很严重的伤，从右肩到胸部有一大片深红色的血迹。他穿着红色夹克和黑色裤子，这是英国皇家航空舰队中高级军官的制服。那件夹克虽然肮脏不堪，但却华丽耀眼，上面钉着铜纽扣、金色的肩章及勋章，里面配着满是血污的白背心。

阿拉贝拉尝试推开他，但是他野蛮地紧抓住她的衬衫不放，将她的背部使劲地往车皮上推撞，撞得她呼吸困难。他身形高大肥胖，尽管受伤严重，身手却惊人地敏捷灵活。

"看来你还跟以前一样争强好胜，阿拉贝拉女士。"他假笑道，笑着笑着就开始不停地咳嗽。

"你怎么会认识我?"阿拉贝拉问道。

"我认识你爸爸，"男子一边说，一边擦着嘴唇上的血，"艾尔菲和我，我们曾经是好朋友，我曾是你们家的常客。我最后一次看见你时，你大概六七岁的样子，那时看起来就不太好管。"

"你叫什么名字?"

他笑了笑，牙齿上还流着血："亨利·艾伦森上尉。"

一听到这，阿拉贝拉内心就僵住了，但是她极力让自己保持面色如常，不让人看出半点恐惧。她最近经常听到这个名字。艾伦森是一个残酷成性的英国军官，曾对海盗头目、空中总督奥丁以及科莫多斯·贝恩动用酷刑，并将他们变成粗暴之人。他还当着阿拉贝拉在塔拉尼斯遇到的法国女孩玛丽·达盖尔的面，杀害了她的父母，从此永远地改变了女孩对英国人的态度。鉴于他所引起的种种憎恨以及各种毁灭行径，阿拉贝拉几乎不能相信这样一个恶魔竟然是人类。然而，他现在就在自己面前，掌控着自己的命运。

　　"我知道，你现在是'苍穹姐妹团'的一员。"艾伦森声音低沉，不失文雅地说道，"我想你出现在这里，一定是想努力收拾昨晚溃败之后留下的残局。"

　　阿拉贝拉没有说话，艾伦森似乎并不介意。"我当时指挥着'纳尔逊'号作战。"他继续说道，"在瑟堡附近交战时，我受了伤。后来我们沿着半岛一路向南颠簸着飞行，蒸汽漏了一路，最终将'纳尔逊'号的残骸开进圣米歇尔山的海湾里。我使劲地游啊游，之后上岸爬到这节车皮里。至于其他人怎么样了，我不是很清楚，或许都被淹死了，又或许被法国狙击手们一个个地射杀。但是我可不会这样轻易地死去。我是一个幸存者。你爸爸是知道的。艾尔菲和我，我们曾几度陷入困境。我们在'三十四号事件'中曾被法国人抓捕。可恶，我们差点丢了性命和脑袋。但是我们活下来了。"

他又咳嗽了很久，直到口中喷出斑斑血迹才停下来。他用袖子擦去。"现在我需要被医治，"他厉声说，"你去给我找医生，小姑娘。就算帮一个家里的老朋友的忙。"

"我会帮你的。"阿拉贝拉察觉到有逃跑的机会，便立即说道。她试图挣脱他的掌控。

"不要这么急，亲爱的，"艾伦森说着，抓着阿拉贝拉的手又攥紧了些，使她疼得龇牙咧嘴，"我想去相信你，但……你终归是韦斯特家族的人，不是吗？我没有看到你爸爸表现得多么忠诚。自'三十四号事件'之后，他像躲避臭味一样地躲着我。虽然在我背叛之前，他早早就背叛了祖国。"

"我爸爸从没有背叛过祖国。"阿拉贝拉冷眼说道。她曾尽力避免与这个人讲话，但也不能任由这样的诽谤不受质疑。

"哦，他像小孩一样到处告密，"艾伦森轻笑道，"告诉基佐的暴徒们想知道的一切，甚至更多，一次又一次地泄露秘密。我可能叛过国，但与伟大的阿尔弗雷德·韦斯特勋爵相比，那简直是微不足道。"

阿拉贝拉想去打他，以阻止他满嘴胡说这些丑恶的谎言。"闭嘴！"她尖叫道，"闭上你的嘴！我爸爸人格高尚，勇敢无畏。他爱他的祖国。他绝不是卖国贼！"她颤抖着试图再一次摆脱他。但是不知从哪冒出来一个巴掌，啪的一声狠狠地打了她一耳光，使她耳朵嗡嗡地响，脸上也火辣辣地疼。艾伦森的手在她头上举着，准备再打一巴掌。

"如果你宁愿相信关于你爸爸的这些幻想，那么随便你，"艾伦森脸上浮出笑容，"但是看你胆敢再跑一次试试。"他停了下，用充血的眼睛仔细观察着她："我知道有个叫韦尔莱的医生。他住在东维尔莱班，就在北边。叫你的机器人朋友去把他接来。跟他说如果一小时后，他没有将那个医生带回来，我就会开始让你尝尝基佐的暴徒们对我动用的种种酷刑。你听懂了吗？"

艾伦森用力地将她推挤到车皮边上，直到她的骨头发出咯吱咯吱声，肺也被挤压得疼痛难忍。"听明白了吗？"他大吼道。

"懂了。"阿拉贝拉用嘶哑的声音回答。

艾伦森的手松了松，让她可以自如地呼吸："告诉他。"

"迈尔斯……"她虚弱地开口说。

"我知道自己要做什么，我的女士，"迈尔斯说，"但我不知道地址。"

"宁静街，"艾伦森越过他的肩膀说，"我忘了房间号。你得去问。"

"我的女士……"

"快去啊，金属人！"艾伦森大声叫道，"计时开始。"

"没关系，迈尔斯，"阿拉贝拉低声说，"我会没事的。"

阿拉贝拉其实并不好。看着她逻辑缜密的朋友沿着铁路加速地飞快离开，她内心感到十分悲伤和恐惧。迈尔斯去往东维尔莱班途中，怎么样才有可能不引起敌军或法国市民的带有敌意的关注呢？假如这个医生不在那儿又怎么办？她不能完全依赖迈尔斯，在这坐以待毙。她得找到逃跑的办法……

当她站在那儿，正思考如何选择时，突然，周围的空气被一阵可怕的噪音震动起来。这种噪音她以前从来没有听到过，是一种混杂着哀鸣声、叮当声、疾驰声、哐哐声的咆哮。她惊恐地抬起头，看到一个男人骑在马背上，正沿着长满草的铁轨朝他们冲来。但是他所骑的马匹并非血肉之躯，而是由铁制成的。它靠近时，鼻孔里冒出大团大团的蒸汽。这个应该是她们先前偶遇的五个凶残的骑手中的一个。此刻在这儿看到他，意味着阿拉贝拉全部希望的破灭。虽然她可以挣脱艾伦森的掌控，但她却没有办法避开这个马背上的杀手的子弹。

当机械马靠近他们时，阿拉贝拉不由自主地惊叹于它那优雅的动作。马脖处的铰接板使得机械马可以上下摇头，就好像它是活的一样。关节处部分裸露的齿轮和传动装置完美地同步运转，还原了真马疾驰的姿态。

骑手靠近他们时放慢了脚步。他牵着拴铁兽的缰绳，铁兽仰起硕大无比的脑袋，发出一声尖锐的嘶鸣，久久回荡在夜空中。骑手在一片月光中停了下来。虽然他头戴三角帽，脸上罩着一副黑皮革多米诺面具，不过，阿拉贝拉依然可以看得出他很年轻——右边脸颊上有一道伤疤，说明他可能是一个战士。

这时，艾伦森转而改抓阿拉贝拉的上臂，把她往前拖了拖，似乎准备拿她当谈判的筹码。骑士则拔出一把大手枪对准他们俩。艾伦森举起一只手，希望达成和解，并用一口流利的法语说道："这位年轻的长官，请不要被我穿的制服迷惑了。我是法兰西帝国的忠仆，我们是朋友。多年来，我一直暗中监视着英国人，把有价值的情报传递给你的上级。但这个女孩儿可是你的敌人。我已经替你抓住她了，看到了吧？"

阿拉贝拉绝望地挣扎着，但艾伦森的手就像钢铁一般牢不可脱，他的指甲深深地刺进了她的皮肤里。"她是英国间谍，"艾伦森说道，"是一个自称'苍穹姐妹团'的空中团体中的一员。她是来破坏入侵计划的，幸亏被我设法制止了。"艾伦森咧嘴一笑，"那么，也许我应该得到奖赏了吧？"

骑士一言不发。他微微转身，枪口便对准了阿拉贝拉。他那张冷漠的脸上，眼睛如枪筒一般冰冷。此时，阿拉贝拉明白，试图否认艾伦森的言辞已经无济于事，因为这名年轻的杀手一定知道了一切——他早就想杀了自己，不是吗? 事已至此，她反而放松了下来，面带挑衅的表情等待死亡的到来。

第十二章　上帝的召唤

枪声在夜空中猛然响起，惊到了一小群栖息在车皮顶上的乌鸦。它们瘆人地尖叫着，飞向了远方。艾伦森的脸上露出了一丝惊讶的表情。他右手一直紧紧拽着阿拉贝拉，左手紧抓自己的喉咙。但依然没能止住血流，血很快便流满指间。他跪倒在地，抓着阿拉贝拉的手也终于滑落了。他就这样跪了几秒钟，脸上依然困惑重重，不一会儿就倒在了前面的石头上。

阿拉贝拉一边心不在焉地揉着她酸痛的手臂，一边注视着倒下的艾伦森的后脑勺，看到血液开始在它周围形成一个光环。她抬起头来。骑士正看着她，枪筒还在往上冒着轻烟。接下来，令她惊讶的是，他用脚跟点一下开关，掉转马头，骑着那个发出哐嘟声和嗞嗞声的东西离开了。

"我的女士，你还好吧?"

"迈尔斯!"

她转过身来，迈尔斯就在眼前：这个有逻辑思维的英国机器人，正沿着铁道边，朝她颠簸地滑行着，他摇摇晃晃的样子是那么的讨人喜欢。

她在那儿已经站多久了?

"我看到你设法杀死了艾伦森上尉。我找不到医生，他出诊去了，而且——"

"哦，迈尔斯! 你没看到发生了什么吗?"

那时，阿拉贝拉已无法控制自己的情绪。眼泪刺痛了眼睛，她顿时感到胸闷气短。她做了一件以前从未想过会做的事：跪倒在地，拥抱亲吻她的小金属朋友。

"我的女士，"迈尔斯气喘吁吁地说，"你的眼睛里有液体流出来了。"

"那是眼泪，迈尔斯。"

"就是泪腺分泌出的水样分泌物。嗯，我听说过。通常是在人类伤心难过时才会有。你伤心吗，女士?"

事实上，阿拉贝拉不期望能解释清楚那些让她流泪的复杂情绪——尤其是对像迈尔斯这样只有理性思维的存在。显然从死亡的魔掌中逃脱是其中很大的一部分。但那背后还隐藏着重新为她爸爸焦虑不安的情绪。两天前，科莫多斯·贝恩第一次在她内心种下了怀疑的种子，艾伦森又让它生根发芽。在她的脑海深处，一直有个声音低语着那些邪恶的猜疑。她爸爸是个怯懦的卖国贼吗？当然不是！对于她，甚至对于整个英国而言，他都是一位英雄。她会去证明这一点的，证明对爸爸的猜疑是错误的——要将这种谣言扼杀在萌芽状态……

"不，迈尔斯，"她说，"我不伤心。实际上，我很高兴。其中一名杀手骑着马回来了。我原以为他会杀了我，但出于某种不明的原因，他却杀死了艾伦森，然后离开了。虽然我不知道为什么，但我想被宽恕肯定是有原因的。我相信我被救是出于上帝的旨意，因为我现在必须去完成那个使命……"

突然，一阵很强的悸动声从西方传来。她抬起头，透过杂乱无章的屋顶，看见法国皇家航空舰队正跃跃欲试。数以百计的战列巡洋舰舱中灯光闪烁，成千上万的蒸汽涡轮机开始转动起来。

"走吧，迈尔斯，"阿拉贝拉说，"咱们去炸掉一艘飞船吧。"

第二部分

1845年7月20日

第十三章　忧郁的人们

"你去哪儿了？"当雅克回到广场边的街道上时，艾萨克·德雷福斯问他。

"想办法追到她们。"雅克说着把缰绳轻轻一挥，"飞马"就停住了。

其他骑手在马鞍上弯腰驼背，狼狈不堪。被一群女人打败的滋味可不好受。

"有收获吗？"

雅克摇了摇头。

"祝那些巫婆死后下地狱！"杰勒德·梅斯尼尔一边咕哝着，一边试图擦去他眼中的辣椒粉。

"对她们来说，地狱是个好地方，"亨利·伯恩边说，边按摩着自己结实的肩膀，因为曾被疯狂又强大的"苍穹姐妹团"打伤了。

"任务有所改变，"艾萨克说着关掉了他的以太通信器。

"什么意思?"雅克问道。

"我收到了基佐元帅的情报。以太盾生成器已被摧毁。我们现在必须将我们的注意力转移到保护'泰坦'号上。元帅已经在飞艇上了，他希望我们去那儿与他会合。"

"你认为那些女魔鬼现在在'泰坦'号上吗?"亨利气喘吁吁地说。

"我们必须假定她们当中至少有一个人在，"艾萨克说，"毕竟，我们伏击时只看到四个人。"

"我以为失踪的那个人就是间谍——比较友好的那个，"杰勒德说，"如果是这样，她不会成为我们的威胁。"

"元帅下令五个人都必须被消灭。"团队中最安静的法比安·勒鲁说道。

大家都沉默不语，这是对法比安每次表态后的一种相当典型的回应。他偶尔开口时，声音似乎自带回声，就像在一个地窖里说话似的。雅克认为大家都有点害怕法比安，他似乎太过热衷于这工作中玩命刺激的部分了。大多时候，大家往往会忽略他，当他是空气——就像幽灵一样。

"我们走吧，"在一阵尴尬的沉默后，艾萨克说，"我们可不想丢了饭碗。"

骑手团踩了一下他们的脚镫，从马上下来，穿过广场，一路奔向"泰坦"的碇泊塔。

当他们乘电梯到等候艇上时，艾萨克靠在雅克身边，低声说："我之前听到了枪响，你确定没找到任何人吗?"

"在一条破旧的轨道边躺着一名受伤的英国军官——他是昨晚袭击的幸存者。"

"你杀了他?"

"是的。"

艾萨克神情严肃地说："我们本可以从他身上了解到一些信息。"

"我和那人之间有未了之事，"雅克很坦白地说，"个人私事。"

第十四章　登塔

　　"泰坦"的碇泊塔基地附近，阿拉贝拉和迈尔斯潜伏在暗处。塔顶传来了飞船引擎低沉的嗡嗡声。迈尔斯卸下他的左手，按了一下它中指根部的按钮，打开了指尖的一盏小灯，把左手放在地上。然后，他又从左手手腕处拉出一根可伸缩的天线，接着从前臂的下方抽出一个黄铜开关。

　　"出发前，工程师对我的手做了一些调整，"迈尔斯说，"它现在可以接收这根天线传来的以太波信号。"

　　"你的手，"阿拉贝拉低声说，"每次你用它的时候，都会变得更神奇。"

　　她怀着敬畏的心情看着他向前推着开关，左手咔嚓咔嚓地离开了他们。手之所以能移动是靠着手掌上装着的微型滚轮，由拇指根部装的小型蒸汽机带动。迈尔斯的手追踪着两个码头工人，他们正将一大堆箱子运进碇泊塔的电梯里。左手停在他们旁边，并在一个箱子后面找到了藏身之处。

迈尔斯从自己无手的手腕内侧，抽出了一个细小的黄铜圆块，这个圆块是系在一根细长的金属丝上的："我的女士，把这个放进你的耳朵里。"

"这是什么？"阿拉贝拉不解地嘀咕着，但还是照做了。在混杂的噼啪声和咝咝声中，她惊讶地听到里面传来了人的说话声，"哦，天哪！"她气喘吁吁地说，"我能听到说话声。是……是那边的那些人发出来的吗？"

"没错，"迈尔斯说，"我的左手在向你耳朵里的接收器发送信号，所以你听到的不是录音，而是正在发生的事。"

"嘘！"阿拉贝拉说，"他们刚在抱怨他们的妻子，但现在我觉得他们在说一些重要的事情。"她皱起眉头，侧耳倾听。

"好了，勒内，这是最后一个箱子，对吧？"

"对，'泰坦'号必须在午夜离开，只有十分钟了。"

她看着迈尔斯。"'泰坦'号十分钟后就要离开了，"她告诉迈尔斯，"我们一定得进到那个电梯里。"

"我的女士，电梯里会塞满这些箱子，你觉得我们应该怎么做？"

阿拉贝拉仔细地看着那些逐渐减少的箱子。剩下的都太小了，装不下她，但有一两个足够容下她那身材矮小的机器人朋友。

她把耳机还给了迈尔斯，它被自动吸进了他的手腕里。"你待会儿要躲在其中一个箱子里。"她说。

机器人忧虑地冒着蒸汽云："你确定吗，我的女士?"

"当然。"

"那你呢?"

"别担心我，我会想办法登上去的……现在我需要一些东西分散他们的注意力。你的手能做到吗?"

迈尔斯点了点头。他操纵着开关，左手立即从隐藏的地方蹿出来，猛然出现在两个码头工人眼前。

其中一人一看，就被吓得直往后退。"啊——有只老鼠!"他大喊。

"不，这是另外一种东西，"另一个人凑近看了一下说，"这是……手! 金属手!"

迈尔斯操控那只手从箱子边离开，越过电梯，移到碇泊塔下，然后开始加速。那两个工人着迷地跟着它。

阿拉贝拉听到其中一个法国人边跑边喊："这是一个小机器间谍。赶紧追上它!"

"快!"阿拉贝拉对迈尔斯说。他们猛冲向那堆箱子。阿拉贝拉把能找到的最大的箱子拉了下来，扯开盖子一看，里面全是食品罐头，大概是为飞船的船员们准备的。她把罐头倒在地上——噼里啪啦的声音被从上方传来的发动机不断增强的噪声掩盖住了，然后把迈尔斯抱起来放到箱子里。迈尔斯坐在那里，仍然用开关操控着他的手，让那两个人在碇泊塔下疯狂地追逐着。

"我的手怎么办呢，我的女士？我们不能让先进的技术落入法国人的手里。"

"我会收回你的手，迈尔斯，别怕，"阿拉贝拉说，"现在把它弄到某个隐蔽的地方去。"

阿拉贝拉从他闪烁的眼光中看到了不安。但他还是照做了，把手移到了一个用来支撑塔柱的陡峭的铁壁上，很快消失在了碇泊塔复杂的铁梁和桁架网中。当两个工人试图寻找这只手时，阿拉贝拉迅速地把迈尔斯推到箱子里，并往他身上堆了尽可能多的食品罐头作为掩护。接着，她用力地关上箱子，并把它放回那堆将要装载的货物里。两个码头工人没有找到那只手，等他们回到工作岗位时，阿拉贝拉已逃回了原来的藏身之处。她在那里看着工人们继续装运剩下的箱子。之后，她屏住呼吸，盯着勒内举起那个装迈尔斯的箱子，推到电梯里。令她欣慰的是，箱子盖并没有突然弹开。她祈祷迈尔斯能够安然无恙。

现在她得上飞船了。于是，阿拉贝拉迅速地冲到塔下迈尔斯藏手的位置，开始拼命往上爬。幸运的是，纵横交错的铁杆间隔有致，攀登起来并不困难。她找到那只手时，它被放在了两根支柱离地面20英尺高的角上，摇摇欲坠。这只手摸着还有温度，她能感觉到拇指根部的发动机在微弱地振动。阿拉贝拉学着迈尔斯之前的动作，按下中指根部的按钮，等着指尖上的小灯亮起来。

"迈尔斯，"她大声喊道，因为上面的发动机逐渐增强的噪声，必须要这样大声喊才能听见——"你看，我找到了你的手。我现在就爬到塔顶去，待会儿见。"

那只手的无名指指尖上突然发出了微弱低沉的声音，似乎在说："小心点，我的女士。"

阿拉贝拉把这只手放在她功能腰带的备用包里，继续往上爬。劲风阵阵，拍打着她的衣服，把她的头发吹进了眼睛里。阿拉贝拉向上瞥了瞥，惊愕地发现自己还得爬很远很远，顿时忧心忡忡起来："我彻底疯了吗？就算爬到顶端，我又能做什么？我怎么才能登上飞船呢？"

下面传来机械的嘎嘎声，是电梯开动的声音。她看着铁笼子沿塔南边的一根基柱的边缘向上滑行，完全由塔基处的一台蒸汽机驱动。它在绞车的牵引下迅速上升，很快就超过了阿拉贝拉。没过多久，它就变成了一个不断缩小的黑色盒子，离"泰坦"号的金色吊舱越来越近。阿拉贝拉的精密计时表上显示的时间是夜里十一点五十八分。

现在，她又产生了新的疑虑，并很快陷入了一种近乎恐慌的状态：我要迟到了。在我还没到达那里时，"泰坦"号就会被解缆起航。于是，她加倍努力起来，尽管非常疲惫，但还是迫使自己加快速度——手脚并用，一步一步往上爬。阿拉贝拉越往上爬，风越大，好像要把她的手从杆子上撬开一样。她快要筋疲力尽了。腿上和胳膊上的疼痛就像烈火一样吞噬着她——尽管如此，她还是毅然决然地继续攀爬，一秒也不愿意耽误。

在她的上方，可以看到"泰坦"号越来越近了。它身上四台巨大的三胀式蒸汽机发出的噪声太大了，吵得阿拉贝拉几乎无法思考。飞船庞大的身躯占据了她的全部视野，以至于无法看见它的整个身形。它在以太力场后闪烁着，阿拉贝拉顿时明白为什么要耗费整整三天的时间为这样一艘飞船建造一个防护盾。吊舱的金色舱尾一层层陡然上升，就像古老的西班牙帆船一样，上层从下层伸出，依次展开。在巨大的发动机前设有带隐形螺旋桨的舷外桨架，可以使船体保持稳定—— 长达30英尺的三角形帆从船体的尾部伸出，仿佛水生动物的尾鳍。

这时，电梯已经到达了通向吊舱尾部的一个小舱口。阿拉贝拉担忧地看着乘务员们把剩余的箱子，包括迈尔斯，装进船舱，然后砰的一声关上舱口，拧回铁锁轮把门锁上。现在问题来了，她怎么登上飞船呢？

巨大的飞船获得了起航所需的能量，从烟囱里喷出一团团黑烟。碇泊塔被震得晃动不已，加上巨大的噪声，仿佛发生地震一般。在吊舱甲板的高处，乘务员们解开将飞船拴在塔上的缆绳。沉重的双绞绳索落下，猛撞到塔的支柱上，差点把阿拉贝拉从杆上撞下去。她绝望地看着"泰坦"号飞离碇泊塔，缓慢而优雅地向广阔的天空飞去。塔顶近在咫尺，但她还是够不到飞船。太迟了！

第十五章　帆布尾翼

在自己的下方，阿拉贝拉看到了"泰坦"号那巨大的帆布尾翼上展开的扇形帆面。强大的飞船拖在最后的尾翼给了她一丝希望。就在她发现船帆的时候，它飘动着的下摆开始以骏马飞驰的速度离她而去。阿拉贝拉不假思索地以绝佳的燕子跳水的姿势，从塔上弹跳到粗糙的帆布上。她拼命地抓着它的表面，试图抓得更紧一点，但还是因为手滑没抓住。当她掉下来的时候，她的手指抓住了摇摆的帆布边，双拳死死地紧握着，就像一只落在激流中的老鼠紧紧抓住树枝一样。

巨大的引擎离她的右手只有几码远，每台引擎都有伦敦公共汽车那么大，运转时会产生飓风般的推力，挤得阿拉贝拉的身体都歪了。同时，她的耳朵还受到了螺旋桨发出的纯噪声的冲击，吵得她几乎麻木了。阿拉贝拉就这样近乎疯狂地紧紧抓着它。但这还不够：如果她不想被强大到无法抵制的风吹向天空，就必须握得更紧。她已经感觉到手指开始打滑了。于是，阿拉贝拉伸手去够那根将帆布绑在长长的、向下倾斜的木质桅杆上的绳子。试了几次后，她成功地抓住了绳子，开始拖着身子往前挪，同时用另一只手紧紧地抱住桅杆。她拼尽了全力，以缓慢无比的速度，终于爬上了通往飞船的帆布和桅杆。自始至终，她的身体就像悬于高高的枝头上的一片叶子，摇曳不定。

随着她慢慢地爬到引擎前方，那飓风般的力量也慢慢地减弱了。然而，她的拼搏还远未结束。经历了漫长而艰难的登塔之旅，加上刚才爬帆时扭伤胳膊的痛苦，阿拉贝拉已筋疲力尽了。当她靠近"泰坦"号船体闪闪发光的金色曲面时，最大的恐惧是，最后关头她可能会因体力不支而失败。她会像圣米歇尔山海湾里的"纳尔逊"号上的船员一样，从桅杆上掉下去摔死——又一个为注定要失败的事做出毫无意义的牺牲的烈士。也许正是这种恐惧支撑着她爬完了最后几码路。她的体力早已耗尽，所以爬完这段路远远超出了她所能承受的限度。

终于，阿拉贝拉爬到了桅杆的末端。她颤抖的手按在船体镀金的金属面上，四肢瑟瑟发抖，脸上满是泪痕，干裂的嘴唇微弱地呼吸着。她几乎无法用大脑思考，只知道自己终于成功了，但也模模糊糊地疑惑为什么以太盾没有阻拦她。难道它没有感知到她会伤害它所保护的飞船吗？

那现在还能做什么？阿拉贝拉问自己。她突然发现：自己一心想要登上"泰坦"号的船体，但却没想到根本不知道该怎么进去！

阿拉贝拉的胳膊继续紧握着桅杆的顶部，让身体得到了片刻的休息。她需要一些时间来仔细思考这个问题。当然，这个问题可能没有办法解决。她极尽体力和脑力之所能，迎着风迂回前行，完成了直到今晚都不曾想过能完成的事情。然而，她不是超人。她无法在船体上打个洞钻进去，也无法像蜘蛛一样在光滑的表面上爬行。

过了一会儿，阿拉贝拉意识到，现在明智的做法是环顾四周，看看是否能发现某个方便的入口。往下看，在帆布尾翼下方，她看到船体快速地曲线航行，消失在视野中，但并没有暴露任何入口的痕迹。她试着把头扭向左边，看到了一堵望不到头的始终不变的环状金色金属板墙。在她的右边，有一堵几码长的同样的金色墙，呈双曲线向外膨胀，用来安装左舷发动机。

阿拉贝拉的下方和两侧都没有入口。最后的希望就寄托在上方了。她伸长脖子向上看，简直不敢相信自己的眼睛。

就在她头顶几英尺高的地方，有一个炮门！这是装备在"泰坦"两翼的四十五个炮门中的一个（总共有三排，每排十五个——她在地面时就已经数过了）。

这时，她已恢复了一点体力，能够站起来，举起双臂，手也得以平放在她身体上方的船体上。在这个位置上，只需稍微伸一下手臂，就能抓住炮门的台子。下一步就需要不停地找支点撬动自己向前挪，扭动着挤进去后，再蜿蜒地往前滑。一门炮从炮门里面伸出来——一门被炮口占据了大部分空间的大炮。无论如何，阿拉贝拉终于能够蠕动着绕过这个障碍物，不太体面地瘫倒在下层的炮甲板上。

她进来了！

但在为自己庆祝一下之前，阿拉贝拉必须迅速地爬到附近的柏油帆布下面，以躲开正在靠近的船员们。阿拉贝拉静静地躺在那里，杂乱的声响越来越近，同时还能听到金属地板上沉闷的脚步声。船员们用粗俗的法语交谈着。

"我说的是实话，"其中一个船员说，"拿破仑·波拿巴就在这艘飞船上，我亲眼看见的。"

"那真是我们的荣幸，"另一个说，"这就像置身于我父亲那个时代，那个皇帝亲自领军作战的伟大时代。这就意味着法国必胜。"

拿破仑在飞船上！真的吗？这样的话，她能做的可能就不仅仅是击垮一艘王牌飞船了……

第十六章　皇帝

铿锵作响的脚步声终于消失了。阿拉贝拉窥视四周，看到自己身处一间50英尺长的钢制房间里——可能是一连串安放火炮的房间里的一间。这些房间围起来正好可以绕吊舱一圈。房间里有五门大炮，均沿着外墙整齐地排列着，所有的炮口都伸出了炮门，每一门炮旁边都有一个金字塔状的炮弹堆。房间两端的隔板装有带锁定轮的门。所有的东西都闪烁着微光，仿佛是昨天才刚刚造出来的一样。

阿拉贝拉的腰带里，迈尔斯的手开始嗡嗡作响。她把它拔出来，放在耳朵上。"迈尔斯？"她按下中指根部的按钮，低声说道。

"我的女士，你还安全吗？"

"嗯。我现在在下层炮甲板上，离飞船尾部很近。你能找到我吗?”

"我会尽快过去的。"

阿拉贝拉在柏油帆布下面等待着。她想制订出计划,但疲惫不堪的身心让她不停地打盹。不知道过了多久,迈尔斯的单链轨沿着金属地板不断靠近,她又听到了那熟悉的不平稳的滑行声。

她从柏油帆布下突然伸出头:“我在这,迈尔斯。”

他朝她踢步疾走——或者更确切地说,他是在蹒跚疾走。迈尔斯看起来走得很不平稳,整个状态是她见过的最狼狈的一次。

“你的‘泰坦’号之行怎么样?”阿拉贝拉问道。

“非常不愉快,”迈尔斯自怜地从帽子里冒出一股蒸汽,抱怨道,“工人们把装我的箱子扔来扔去,好像我只不过是食品罐头一样。结果,我左肩的齿轮遭到了持续的损坏,右大腿的双关节活塞也凹陷进去了,更不用提精密计时表上的棘轮装置了,都变形了。”

“可怜的家伙,”阿拉贝拉同情道,“我相信一切都是可以修好的。”

迈尔斯忧郁地点点头:“你的经历怎么样,我的女士?”

“哦,还好还好,”阿拉贝拉回答道,她不想让已经满是烦恼的迈尔斯再为自己担心,“迈尔斯,我刚才听说拿破仑也在‘泰坦’号上。所以,如果我们能善用炸药,就能阻止他们的入侵，并终结整个战争了。现在，哪里才是引爆它的最佳地点呢？"

迈尔斯善于分析的大脑开始轧轧响地工作了。"气囊，"他沉思了一会儿后总结道，"如果我们能把炸药放在铁制外骨骼里，那么爆炸产生的冲击波应该足够穿透外表皮和氦气填充的内气囊的大部分，这样肯定能击垮飞船。"

"那以太盾怎么办？"

"以太盾包围着外骨骼和吊舱，保护它们免受外部攻击。但是，正如我们的朋友福雷斯特先生几天前所证明的那样，它对保护飞船免遭内部爆炸却无能为力。"

"那我们就开始行动吧，"阿拉贝拉说，"我们的第一个难题就是去找到那个看不见的气囊。"

"我不建议你走我来时走的路，"迈尔斯说，"周围有太多的船员了。只有我这样较小的身形才不会被人发现。"

阿拉贝拉小心翼翼地向船尾走去。她转动锁定轮，把门开了一条几英寸的小缝——刚好可以窥见里面。她的耳朵里充斥着嘈杂的有节奏的咝咝声和叮当声。同时，一股烟熏味的热浪朝她迎面袭来。她眨了眨眼，盯着左舷发动机房中的一个黑黢黢的嘈杂的洞穴看。两个燃烧着的火炉靠墙放着，六个被熏得乌黑的男子用铲子把煤加到火炉里。那堵围着两个大火炉的墙上是一个巨大的浮雕，它由错综复杂地盘绕在一起的管子组成，就像一窝漆黑的毒蛇。居于毒蛇之中的表盘有教堂里的钟那么大。越来越多满脸污垢的人站在表盘前，研究着它闪烁的指针，或移动黄铜杠杆，或旋转红色锁定轮的开关阀门。机器吱吱作响，冒着蒸汽，吹着哨响，鸣着汽笛。

房间里还有一个毫无防护的铁笼子电梯，正好在阿拉贝拉的左边。这个电梯井有整个房间那么高——大约30英尺——而且每隔一段时间就会有一扇门进入电梯井的后壁。如果他们能乘电梯到最顶层，那就应该能到达离上层甲板很近的地方。在确认没有一个发动机室船员看到后，阿拉贝拉示意迈尔斯，一起偷偷潜入电梯。

五分钟后，他们悄悄地从顶楼的电梯门里溜了出来，从一个吵闹的、满是汗味的、烟雾弥漫的世界里来到了一个铺着木地板，散发着清新气味的门廊。门廊里摆放着衣架和鞋架。眼前出现了一扇拱门，可以通往一个与外面完全不同的世界：一间宽敞豪华的房间，铺着波斯地毯、摆放着路易十五的沙发和椅子、装饰着黄铜框舷窗和玫瑰木镶层的镶板。房间的拱形天花板由饰着旋转花纹的玻璃嵌板组成，似乎散发着一种柔和的绿色光芒，照亮了整个房间。

"你觉得我们在哪儿呢？"阿拉贝拉问道。

"这似乎是军官们的餐厅，我的女士。"

阿拉贝拉回头看了一眼发动机室："如果我们不能把炸药放到气囊上，也许我们可以炸掉那个发动机室。这将会阻止'泰坦'号的航行。"

"我的女士，我能提醒你'泰坦'号有四台发动机吗？用一根炸药，我们最多可以炸掉两个。但是，这艘飞船完全可以依靠两台甚至一台发动机继续航行。"

阿拉贝拉叹了口气。"那还是继续找气囊吧。"她说，"你觉得我们应该去哪扇门？"有两扇门供选择——一扇门在他们右边长一点的墙上，另一扇是他们前面短墙上的门："你不觉得我们前面的那扇门看起来希望更大吗，迈尔斯？"

迈尔斯还没来得及回应，就听见有脚步声在靠近阿拉贝拉正要选择的那扇门。她现在想要冒险跑到另一扇门去，但觉得时间已经来不及了。就在这时，她匆忙地把自己藏在扶手椅后面，而迈尔斯则退到了门廊里。扶手椅优雅纤细镀金的腿几乎藏不住阿拉贝拉，她默默地悔恨自己没有跟随迈尔斯藏到门廊里。但是现在更换藏身之处已经太晚了，因为门已经打开了。

房间里进来了四名身材高大的男子，穿着红色的裤子和蓝色的夹克，留着金色的发辫，戴着高高的顶帽——这正是法国军官的制服。他们后面跟着一个矮壮的男子，身着一套整洁的国民警卫队制服，右手插在马甲里，左手紧握着拐杖。那人的头发和他的马甲一样白。乌黑的眼睛、细长的鼻子和小小的嘴巴，这些脸部特征在他那张苍老肥胖的大脸上并不明显。但阿拉贝拉立刻认出了他，因为曾无数次地看过他的画像。眼前的景象让她既着迷又恐惧。

阿拉贝拉紧紧地抱着膝盖，尽可能地让躲在细长椅子后面的自己蜷缩得更紧一些。如果这个时候其中一名军官朝她的方向瞥一眼，她的生命就会在一秒钟内结束。她逃不出2英尺远，就会死于那些军官的剑下。阿拉贝拉冒险又看了一眼那个矮壮的男人。近半个世纪以来，英国的孩子们一直因为这个男人过着噩梦般的生活。数千人在反抗他的战斗中牺牲。他是英国永远的敌人：拿破仑·波拿巴。

其中一个男人递给他一杯酒。拿破仑从马甲里撤出手来接过酒杯。更多的酒杯被倒满，然后依次传到每个人手中。阿拉贝拉蹲在那看着他们，用嘴唇慢慢地尽可能轻地呼气，再小心翼翼地屏声吸气。她四肢麻木，仿佛已经变成了石头，血液也凝固了。

"先生们，"拿破仑说，"让我们举杯，为'凤凰'干杯。"

"为'凤凰'干杯！"其他人附和道。

"凤凰"？难道是这次入侵行动的代号吗？

"很快，马上，它就在我们的掌握之中了！"拿破仑抿了一口酒继续说道，"我能够听见它在呼唤我。"

她不能在椅子后面再躲下去了。她的腿在颤抖。阿拉贝拉能感觉到自己正在慢慢地失去平衡。

最终，拿破仑放下他的酒杯。"去看看航行情况吧！"他说。

"这边请，阁下，"一名正在指引他穿过房间的军官说，"从这个位置，您可以很方便地检阅一号发动机室。"皇帝和他的随从从拱门下走过，来到了可以俯瞰发动机室的小平台上。

几秒钟后，迈尔斯从他的藏身之处出来了。阿拉贝拉知道这是他们唯一可以逃跑的机会。在军官回来之前，他们最多只有几秒钟的时间。她看到一个守卫背对着他们，站在房间尽头的门口，这样就只有一条逃走路线——他们右边长长的墙上的那扇门。她默默地向门口点了点头，向迈尔斯示意了自己的计划，然后他们俩朝那扇门冲了出去。

他们发现自己冲到了一个装满武器装备的军械库中，里面满是盔甲、头盔、剑、枪，还有一个超大的装有降落伞的黑色背包。

阿拉贝拉抓起手枪和降落伞。接着，她把手枪别在腰带上，并把降落伞绑在背上。"一旦我们引爆了气囊，这将是我们逃生的方式。"她断言道，"当我们往下跳的时候，我保证会紧紧地抓住你!"

"那太好了，我的女士。"

"现在我们需要找到通往上层甲板的楼梯。"

此时，他们才发现这个房间有三扇门可以出去。"阿拉贝拉随机拉开了其中一扇——倒吸了一口气，后退了一步。

"迈尔斯，"她说，"忘了气囊吧。我刚才看到了我们需要炸毁的东西。"

第十七章　钢铁军队

这个房间里堆满了火药桶和箱子，上面贴着的标签，让人看了不寒而栗，例如：有烟火药、硝化棉、无烟火药、线状无烟火药和炸药等。

"我的女士，"迈尔斯说，"如果点燃了这里，这些东西会把整个飞船炸成碎片，让它从世界上消失。"

"我知道。"阿拉贝拉说道，眼睛里闪烁着喜悦的光芒，"'泰坦'号毁了，拿破仑死了，这将会是一个崭新的世界！"

然后，她的肩膀耷拉下来，脸上的笑容也消失了："上百人也会因此而丧命……"

"你说得没错。"

"哦，迈尔斯，如果任由'泰坦'号继续航行，他们就会把这里所有的爆炸品和隔壁房间的武器用来对付我们的人民。飞船上的九十门大炮会摧毁我们的空勤人员。但即便如此，我仍然很难下决心引爆飞船。"

阿拉贝拉抽了下鼻子，并用手背擦了擦眼睛，硬着头皮继续执行任务。她从腰带上取下炸药，把它放在火药桶附近。接着，把导火线解开，沿着地板一直拉到最长。"我们会有半个小时，"她说，"希望这个时间足够我们撤离。"

阿拉贝拉眨了眨眼，泪水汹涌而出，接着，拔掉点火活塞，点燃导火线。"我代表所有在宙斯行动中牺牲的士兵来做这件事，"她低声说，"这样你们就不会白白牺牲了。"她站起来："现在我们要找到一条逃生路线，迈尔斯。我进来的那个炮门应该可以逃出去。"

他们尝试沿原路返回，却很难走出军械库。这时，有声音从军官餐厅里传来。

"我们必须找到另一条出路，"阿拉贝拉说道。于是，她试着打开军械库的另一扇门。这扇门通往一条走廊，而走廊正好围绕在一个100英尺长、50英尺宽、三层楼高的大型厅堂的四周。他们似乎已经到达了"泰坦"号的正中心。

阿拉贝拉目瞪口呆地注视着她脚下的这番景象，很想把它当成一种幻觉。她看到的是一支庞大的军队，规模之大，填满了整个大厅——不仅是大厅的地面，还有分布在五个不同层面上的宽广走廊。甚至她现在所站的走廊上都有士兵。士兵们一动不动地站着，一言不发，就这样一直保持安静的状态。因为这不是普通的军队，而是一支由金属打造成的军队：一排排骑在铁马上的钢铁士兵——这些士兵和它们所骑的马是用同样的材质造出来的。通过更仔细的观察，阿拉贝拉发现它们不是骑在马上，而是直接从马身上长出来的。因为这些士兵都没有腿，它们的马也没有头。士兵们的身体从马脖子处伸展出来，就像半人马一样！机器半人马！

它们长得完全相同，就像从同一个模子里铸出来的一样——巨大无比的身形，做工粗糙的外表，配着凶神恶煞的表情。它们的身体由铁板和圆筒组成，构成了一个粗糙的人马混合的躯体构造，在连接处可以看到齿轮、弹簧和传动装置。它们并没有像样的脸，眼睛是圆圆的黑洞，鼻子是隆起的凸块，嘴巴是一条狭缝。它们甚至都没有手——前臂末端就是枪。从这些战争怪兽身上看不到任何让人觉得优雅的东西。它们只是被简单粗暴地组合在一起。

单看每一个个体就已经足够令人生畏，更何况是把这么多机械半人马整齐有序地排列在一起。在头顶灯光的照耀下，每副一模一样的身躯表面都闪耀着冰冷的蓝色光芒。此情此景让阿拉贝拉心生恐惧。清一色的模样看起来邪恶又野蛮。这就是未来吗？这就是拿破仑的梦想吗？要让这群毫无人性的金属兵在她的国家掀起致命的扫荡狂潮，摧毁城镇和社区吗？这些以黑洞做眼睛的凶猛机器，没有任何的怜悯之心。突然，阿拉贝拉想到了正在隔壁房间的火药桶里静静燃烧的导火线，顿感欣慰。当然，有些人会死。但为了拯救英国，拯救人类，脱离战争怪兽称霸的未来，这一切都是值得的。

就在她盯着这景象还没看一会儿时，大厅里的灯光突然从蓝色变成了闪亮的金色。这金色的光芒不是来自上面，而似乎是从房间的尽头往外散发的。它不像正常的光那样在空气中均匀地传播，而是贴在它所触到的机械半人马身上——每个半人马周围都环绕着闪亮的金色光环。阿拉贝拉认出了这种光。她凝视着大厅尽头的影子，找到了光源所在：在一个高台上，竖着五根裹着铜丝的柱子，还有一个奇怪的、令人讨厌的东西在它们之间盘旋——另一台以太盾生成器！

这台发电机比她们在格兰维尔摧毁的那台要小一点，但看起来完全可以保护这支金属军队。现在，拿破仑恶魔般的计划的全貌都呈现出来了：他并不满足于建造一艘能在空中肆意施暴且无懈可击的飞船，他还想要建立一支坚不可摧的军队！这支军队似乎使"苍穹姐妹团"摧毁格兰维尔的以太盾生成器的行动，变得毫无意义。既然拿破仑有了这项制造机器士兵的技术，那他就可以为所欲为地想造多少就造多少了。但以太盾生成器需要吸收金子——数量巨大的填充物。

他到底有多少金子呢？难道他准备用尽所有的金子来实现自己主宰世界的梦想吗？看来，他是有这个打算。

这时，飞船的某处传来了微弱却刺耳的开门声。

阿拉贝拉发现金光渐渐蜕变成之前的蓝光。她回头看了一眼迈尔斯，他还没敢踏出军械库的门。在看到所有这些前所未见的令人咋舌的情景后，迈尔斯变得相当平静。"我只感到欣慰，"阿拉贝拉对他嘀咕道，"不到半个小时，我们在这里所看到的一切都将化为超高温的尘埃……迈尔斯，现在我们怎么离开这里呢？"

"你哪儿都去不了，女士！"

这句英文是一个法式口音浓重的人以讥笑的口吻说出来的。

阿拉贝拉急忙转身，仔细看了一遍跟她站在同一条走廊上的半人马们。它们看起来与大厅里的其他半人马没什么区别，静如止水，毫无生气——那么是谁在说话呢？她开始慢慢地下到半人马队列中，一个一个地检查。在它们那空洞的黑眼睛里，没有一丝生机。但认为每一个半人马都有可能是活着的想法却令她毛骨悚然。

"站住！"

她猛地停了下来。

队列的后面响起咚咚的马蹄声，有黑影高速移动着。突然，五个骑士冲到队列的前排来，把所有挡道的半人马都踢开。阿拉贝拉看清他们是谁，心一下子就沉了下来：在格兰维尔试图伏击她们的蒙面杀手。五人中有三人从夹克衫下的手枪套里抽出了长长的银手枪，瞄准了阿拉贝拉。

阿拉贝拉不能像凯西和艾米琳那样与他们对抗，但她的速度很快。在他们还没来得及锁定目标射击时，她已经转身跑向了军械库。眼看就要到门口时，她的身后突然传来响亮的鞭打声，随即在阿拉贝拉的头顶上变戏法似的出现了一个绳套。绳套降下，还没等眨眼就紧紧地捆住了她的腰。

阿拉贝拉被绳子牵着往后退。令人绝望的是，她已经到了门口，但最终还是被无奈地拖回到骑士面前。他们中有几个人笑了，除了那个拉着用来套她的绳子的人。他有一头乌黑卷曲的头发，看起来是他们当中年纪最大的——也许是这群人的头目。阿拉贝拉用挑衅的眼神盯着他，拒不示弱。

"我们现在就应该杀了她。"一个持枪的人说——这帮人中最大的男孩说。阿拉贝拉想起他就是凯西之前袭击的那个人。

"我完全同意，"另一个带着浓重鼻音的人嘀咕道。阿拉贝拉发现他的眼睛因为被艾米琳用辣椒粉袭击过依然发红。他转向那个拿着套绳的年长一些的男孩："让我们杀了她吧，艾萨克。"

拿套绳的男孩点了点头。他用另一只手拔出手枪。此时四把手枪都咔嗒咔嗒上了膛，准备射击。

阿拉贝拉惊得僵在了那里。"不！"她开口说道。

"等等！"唯一一个还没有拔枪的人说，"我们先等等，她可能会知道一些情报。再说，金属人这项技术可能对我们的科学家有用。"

阿拉贝拉从这个人脸上的伤疤认出了他——就是曾在铁轨旁饶了她一命的那个男孩。现在他想再救她一次。为什么呢？

其他三个人依然把枪对准她，似乎没有被他的观点说服。

"我们的命令就是要杀掉她们，雅克。"艾萨克说道。

那个脸上有伤疤的人耸了耸肩，说道："你自己说过我们的命令已经变了。我们现在的责任是保护'泰坦'，而保护'泰坦'号最好的办法就是来质问这个女人——弄清楚她知道的和她可能正在计划的事情。"

艾萨克盯着她看了好一会儿，收起了枪，说道："很好，我们要带她去见元帅。"

"但是艾萨克……"那个年龄最大的人抗议道。

"闭嘴，亨利！"艾萨克怒斥道。

同那个眼睛泛红、满腹牢骚的人一样，亨利也很不情愿地把抢收到了手枪套里。还剩一个人，他依然把枪对准了阿拉贝拉的心脏位置。

"把枪收起来，法比安。"艾萨克命令道。

"你在犯大错。"法比安说。他那浑厚又深沉的声音似乎是从井底发出来的。他上下打量了一番阿拉贝拉，眼神冷若冰霜，死气沉沉——和他身后的机器人没有什么两样。

"立刻给我收起来，法比安！"艾萨克咆哮道。

他扮着鬼脸，把枪收了起来。

年轻的骑士们下了马。那个满腹牢骚的人很快从阿拉贝拉身上找到了手枪。他拿走了她的手枪，还把降落伞从她的肩膀上扯了下来。接着，艾萨克又解掉了捆着她的套绳。阿拉贝拉和迈尔斯被枪指着，沿着走廊从大厅尽头的另一扇门出去。亨利很喜欢用枪从背后捅她，弄得阿拉贝拉多次被绊倒。

他们被押解着穿过一间又一间房。突然，阿拉贝拉盯着展现在她眼前的宏大又豪华的景象，不由得瞠目结舌：手工雕刻的深红色橡木家具，桃花心木面板上镶嵌着珍珠母，舷窗上蒙着丝绸窗帘，灯具被雕刻成小天使的样子。一道豪华的楼梯有60英尺那么高，一直延伸到一个玻璃天花板上，上面画着一艘在云层里战斗的飞船。接着，她看到一间带棚架的棕榈阁，上面爬满了攀缘植物，成群的军官在那喝着咖啡放松休息。她甚至还瞥见了一个热气腾腾的土耳其浴室，外面装饰着阿拉伯式镶嵌图案。"泰坦"号到底是军舰还是豪华客船？似乎两者都是。

后面的某处，有一支室内管弦乐队正演奏着轻柔的乐曲，透着一股自鸣得意的感觉。想到很多法国人正在四处寻找食物充饥，这艘奢华的梦幻之船上却有数万人正挥霍无度，阿拉贝拉不禁气得发抖。但没关系，所有这些桃花心木、丝绸和装饰玻璃很快就会化为尘烟和灰烬，这也是一件好事！

她试着去引起迈尔斯的注意。可能只有二十分钟左右的时间，这艘飞船就要爆炸了。无论如何，在这之前他们必须摆脱他们的逮捕者，并抓住机会逃跑。但迈尔斯这时遇到了麻烦。那个眼睛疼痛、满腹牢骚的家伙正在作弄他，边踢他的腿部，边喊道："快点，金属人！"

他们被粗鲁地推到一个简陋无比的房间里——钢制的墙壁和地板，就像炮甲板一样，家具就是一张金属桌，还有几把金属椅子。透过唯一的舷窗可以看到外边的夜空和云朵。房间里站着两个人，其中一个身材矮小，体格健壮，窄小的子弹形脑袋上稀疏地长着几缕乌黑油腻的头发。阿拉贝拉根据之前看过的特勤局档案，立刻认出他就是法国国家安全局的首领弗朗索瓦·基佐元帅。另外一个人她就更熟悉了，只是在这里见到她，让阿拉贝拉感到非常震惊和难过。

第十八章　刀

　　戴安娜·坦普尔依然穿着艾米琳几小时前发给她们的黑色套装。但当阿拉贝拉的套装已经满是污垢，破破烂烂时，戴安娜的衣服看上去却是崭新的。从她闪亮的短发、深红色的嘴唇和涂过的指甲来看，她可能刚刚完成了一个顶级时尚造型的拍摄。

　　"叛徒！"阿拉贝拉咬牙切齿地朝她嘶叫。

　　戴安娜冷淡地笑了笑，什么也没说。

　　"元帅，"艾萨克敬了个礼，"我们在中央大厅看到了这个女人和她的机器人。她与那个叫阿拉贝拉·韦斯特的人形貌相符。"

　　"是阿拉贝拉·韦斯特女士，"基佐和蔼地纠正了他，朝阿拉贝拉靠近，他呼吸中浓浓的油腻的大蒜味熏得阿拉贝拉快窒息了，"能登上我们的王牌飞船，你的聪明才智着实令我佩服。看到这一切喜欢吗？"

"看上去与你们皇帝自大的风格十分契合。"阿拉贝拉答道。

基佐一开始还假笑着，听到这话后脸沉了下来。"那么，你没有机会享受更长时间了。很快，你就要死了。"他抬头看了戴安娜一眼，说道，"你也一样，亲爱的。"

戴安娜吓了一跳。她惊讶地张大了嘴说："但是，元帅！毕竟我为你——为法国做了这么多！"

"我们非常感激你做了这么多，"基佐说，"但是现在你已经不再有利用价值了，你继续活着只会给我们带来不利。杰勒德……"

那个瘦瘦的满腹牢骚的人抓着戴安娜，挑逗地咧嘴笑了起来，手指轻轻地抚过她的手臂。

"杀了她。"基佐说。

杰勒德拔出手枪，枪口穿过戴安娜的头发，对准了她的太阳穴。阿拉贝拉觉得她快承受不住了。

"等等！"戴安娜痛苦地呻吟着，"等等！你还会需要我的。"

"为什么？"基佐呵斥道。

"因为我敢肯定阿拉贝拉在这艘飞船的某个地方埋设了一个爆炸装置。你需要通过我来找到它。你知道我是最擅长找东西的人。"

基佐钢灰色的眼睛转向阿拉贝拉，问道："这是真的吗？"

"不是真的。"阿拉贝拉脸颊发烫，喘着粗气回答。

"在格兰维尔时，她并没有把全部的炸药都用在炸毁以太盾生成器上，"戴安娜激动地解释，"我数过炸药。她还有一根没用上，她肯定把这根带上了'泰坦'号。现在她没带在身上，肯定是因为已经埋在了某个地方。我怀疑距离整艘飞船爆炸可能只剩十几分钟的时间。"

基佐瞪大双眼，脸色发紫，看起来已经勃然大怒了。他靠近戴安娜，气得浑身发抖。"如果你在撒谎，小姑娘，我会徒手扯掉你的舌头。"他转向杰勒德，"你跟她一起去！别让她离开你的视线一秒钟。你们两个现在立刻去！找到那个炸药，然后毁掉它。"

戴安娜和杰勒德离开了房间。

基佐转向阿拉贝拉："那么，你以为你可以把这艘有史以来最伟大的飞船炸上天，嗯？认为一根炸药就能毁掉'泰坦'号，我觉得你有点太过乐观了。然而，我不想去猜这根炸药可能造成的伤害有多大……为什么不能做个善良的好姑娘，告诉我它在哪里呢？"

"我不懂你在说些什么。"阿拉贝拉说。

基佐只是笑了笑，握住了她的左手。"你的手很好看，"他咕哝道，"柔软又白净，就像一朵娇嫩的英国玫瑰。"然后他冲法比安点点头，法比安立刻向前走了一步，把阿拉贝拉的手用力按到桌面上。基佐从他的腰带上抽出了一把刀。这把刀很大，刀刃锋利得吓人，刀尖末梢呈弯曲状，刀背边缘有部分呈锯齿状。基佐用拇指划过刀背的锯齿说："大多数人在第一根手指被切掉后就开始说话了。少许内心勇敢的能坚持到第二根手指被切掉才张口。我听说过只有一个人，在三根手指被切掉后还能保持沉默，而这段经历显然导致他精神失常了。这个人叫科莫多斯·贝恩，也不清楚他后来怎么样了……"

阿拉贝拉试图让她的手腕挣脱束缚，但法比安用自身重量把它牢牢地固定在那里了。这个男孩笑了，露出一颗闪闪发光的金牙。在基佐把刀背的锯齿边缘放到阿拉贝拉的小拇指根部时，她能感觉到一滴滴汗珠从额头上滚落下来。

"你还想和我谈谈吗，亲爱的?"基佐轻轻地说，"在你和你的小拇指永远说再见之前，不想说点什么吗?"

"没什么好说的。"她大叫道，紧紧地闭上了双眼，做好了承受疼痛的准备。

"长官!"她身后传来一个声音,"如果你把她的手指切掉,她会昏倒的。等她醒过来时,可能就为时已晚了。请给我五分钟的时间,我和她单独谈谈。我相信我可以问出你想要的信息。"

她认出了这个声音,是雅克——这个男孩的脸颊上有处伤疤。为什么雅克一直在努力救她?

基佐抑制着自己的愤怒和施暴的冲动,在阿拉贝拉耳边沉重地呼吸着。"你可以有三分钟时间,"他嘟哝着说,"然后,我就会切掉她的手指。艾萨克!把她绑起来。"

艾萨克熟练地扭动一段绳子,捆住了阿拉贝拉的手腕,然后雅克把她带出了房间。他领着她穿过一个宽敞的大厅,经过豪华的楼梯,来到通往土耳其浴室的拱门旁的一套柳木椅子处。他们坐在这里,一部分身体被从浴室里飘出来的水蒸气笼罩着。

令她吃惊的是,他们一坐下来,雅克就握住她的手。"女士,"他的脸涨得通红,声音发颤,"我真希望我能帮你。我讨厌这场战争,我知道必须有人出来阻止拿破仑。但是我有一个妹妹,她对我来说很重要——她是我在这个世界上最宝贵的人。她现在被关在英国一间监狱里。除非这次入侵成功,她才能重获自由,否则我可能再也见不到她了。我真的左右为难。我不知道该怎么办。"他哀求地看着阿拉贝拉,"我只知道一件事,我不想死……告诉我炸药在哪里,我们会想到别的什么办法的——某种可以阻止这种疯狂行动，可以让我们两个人都活着的办法，难道这样做不可以吗？"

直到这一刻，阿拉贝拉本来已经建立起的信任感崩塌了。"你很聪明，"她说，"比你老板聪明。但我能看穿你的把戏。这只是你用来让我说出秘密的手段。"

"不是的！"雅克喊道，"我在铁轨旁饶了你一命，对不对？还有，就在刚才，我骑士团的同伴要向你开枪的时候，我又帮了你。我真的是站在你这边的……"

"这样的话，也许我们可以互相帮助，"阿拉贝拉说，"炸药大约十分钟后就会爆炸。我们还有时间。带我和我的机器人以及降落伞到上层甲板上，然后我们一起逃走。"

雅克愁眉苦脸地望着她："我的一举一动都在基佐的监视之中，我怎么可能这么做？你的要求是不可能实现的！"

"我们必须试一试。"阿拉贝拉说。

这时亨利出现了，他问雅克："她招供了吗？"

"还没到三分钟！"雅克抗议道。

"元帅说你用的时间够长了，"亨利说，"她告诉你炸药在哪儿了吗？"

"没有！现在让我——"

然而，亨利抓住了阿拉贝拉，把她拖回了房间，雅克无助地跟在后面。

她手腕上的绳子被取下来了。片刻之后，阿拉贝拉发现基佐又拿着刀在她的手指上跃跃欲试。

她苦笑了一下，用以引起雅克的注意。要是能和这个善良的法国男孩在最后一分钟逃走就好了，但这不可能了。来吧！很快，所有的痛苦都会结束。

接着，戴安娜的声音从门口传了过来："你可以放心了，元帅。我已经找到了炸药，也把它拆掉了。"

"什……?"元帅边惊讶地抬头看，边咕哝着问道。

这分神的一刻——阿拉贝拉曾一直祈祷的机会来了——而且她抓住了！她的右手攥成了一个拳头，用尽全身力气打在了基佐的下巴上。

他尖叫了一声，摇摇晃晃地向后退步。刀哗啦一声落在桌子上。阿拉贝拉快速地拿起那把刀——她一贯行动迅速。然后同样迅速地溜到基佐身后，用胳膊紧紧地勒住他的脖子。基佐比阿拉贝拉矮，但比她强壮。在基佐还没来得及把她摔到一边时，阿拉贝拉就已经把刀刃架在他的脖子上了。

基佐咯咯地骂了几句。他的嘴唇鲜红——肯定是他在被拳打的时候，咬到了自己的舌头。阿拉贝拉抬起头来，发现有四支手枪对着她的头，是她唯一没有被基佐的身躯遮住的部分。

戴安娜目瞪口呆地站在门口,眼睛在阿拉贝拉和对着她的四支手枪之间来回移动。炸药在戴安娜的手里。这个叛徒!她刚刚破坏了阿拉贝拉摧毁"泰坦"的唯一机会。

"毙了她!"基佐对骑士们尖叫道,"打她的头,她就伤不到我了……雅克,你为什么不瞄准她?"

雅克没有动,也不去看任何人的眼睛。

阿拉贝拉看到法比安的手指在慢慢地扣动扳机,她拿着刀的手又加大了力气,疼得基佐不停地尖叫。

"他们只找到其中一根炸药,其他的还没找出来,是吗,我的女士?"迈尔斯突然说。

每个人都停下来盯着迈尔斯看。

"什么?"阿拉贝拉小声说。

"你还记得我们埋设的另一根炸药吗?就在……呃,也许我不该说我们埋在哪里……"

"这个机器人在说谎,"戴安娜说,"只有这一根炸药。"

"机器人不会说谎,"阿拉贝拉辩驳道,试图隐藏她对迈尔斯新技能的惊讶,"他们的编程是不允许撒谎的,你非常清楚这一点,戴安娜……我没打算告诉你另一根炸药的事,但是现在他提到了,我可能也要说一下。"

"毙了她!"基佐尖叫着说。

"那你们都会死。"阿拉贝拉说道,内心也更加平静了。

年轻的骑士们仍然将枪口对准她,但她能从他们眼中看到犹豫。她提醒自己如果他们能离开这里，一定要亲吻迈尔斯。但是迈尔斯怎么会说谎的呢？

"告诉我们炸药在哪！"艾萨克命令道。

"我向你保证，我会说的，"阿拉贝拉说，"你们要让我和我的机器人背上降落伞。只要一从这艘飞船的上层甲板上跳下去，我就告诉你们。到时候，我会喊出放炸药的位置……但是在那之前我不会说的。"

"她在撒谎！"基佐大怒道，"英国人总是撒谎，他们的机器人也一样！快杀了她！"

艾萨克收起了他的手枪："不，长官。"

"你在违抗我的命令吗，孩子？"基佐咆哮道。

"恕我直言，长官，我……是的，我在违抗命令，"艾萨克回答，"据我所知，皇帝在这艘飞船上，作为法国国家安全局的特工，我发过誓，最重要的是保护皇帝的人身安全。只要这个女人有哪怕一丁点可能性在这艘飞船上放置第二根尚未爆炸的炸药，那我们就不能杀了她，除非她告诉我们炸药捧在哪里。"

"行啊！艾萨克，你就等着吧，等这事结束之后，我要让你好好尝尝炮烙之刑。"基佐怒吼道，"法比安，替我杀了这个女人。"

"乐意效劳，长官。"法比安说着，再次瞄准了阿拉贝拉。在他的手指开始扣动扳机时，阿拉贝拉做出了一个决定。也许她在破坏拿破仑的王牌飞船的任务中失败了，但至少在她剩下的最后一两秒钟内，她还可以杀死拿破仑最邪恶的走狗：弗朗索瓦·基佐元帅。

只要有机会，她就一定会这么做。然而，就在这时，房间爆炸了……

第十九章　火箭手

确切地说，房间实际上并没有爆炸——只不过当时站在那儿的人会觉得好像爆炸了。事实上，只是整个外墙塌陷了。那震耳欲聋的金属撕裂声、玻璃破碎声，以及夜间呼啸而来的寒风惊得大家人仰马翻，直接导致法比安的子弹射进了头顶的天花板，要知道那子弹本来是直奔阿拉贝拉而去的。

翻倒的桌椅砸伤了亨利的头，撞断了艾萨克的肋骨。基佐元帅从阿拉贝拉的手中摔了出去，趴倒在塌陷的墙里，戴安娜则被直接甩出了房间。杰勒德的手肘撞上了法比安的脸。雅克的腿被基佐手中掉下来的刀刺伤了。阿拉贝拉则被震得飞过了地板，撞在墙角上，无意中还打到了迈尔斯的胸部。

这一撞之下，阿拉贝拉感到脖子疼痛不已，胳膊疼得她直呻吟，膝盖也痛得她惨叫连连——此时她感觉自己就像个破碎的娃娃。所有的人都在天旋地转之中跌跌撞撞，基佐的办公室里尘土飞扬。此时，阿拉贝拉注意到这里出现了一个从没见过的东西。那是一台机器，她认为可能是一种交通工具——不过很难确定，因为与"泰坦"号相撞之后，它近乎面目全非。一些金属、木头、金属丝和弹簧挂在类似管状框架上面。这个框架两侧撞断的残余部分可能曾经是机翼。在这个令人疑惑的残骸中间，出现了一个灰头土脸的身影。这个身影嗖地一下冲了出去，笨拙地摔在地上。然后，他爬起来，在一阵呼啸声中跌跌撞撞地走向阿拉贝拉。等这个身影走近，阿拉贝拉才看出来是个男士，戴着全护式安全头盔，上面全是土。

那个男士把她从地上抬起来，然后拖着两个人的重量一起朝飞行器在船体上撞裂的锯齿状洞口走去。阿拉贝拉是如此的震惊，以至于她竟没有做出任何抵抗。她隐约感觉到房间里有其他身影在漫无目的地爬着——但它们看起来都不太真实。其实，在那个时候，所有的东西看起来都不太真实，像极了一场梦，当神秘人从"泰坦"号舱壁上的洞里跨出去，拉着她走进漫无边际的夜色中时，她甚至都不曾惊慌。

他们在黑暗中极速坠落，"泰坦"号离他们越来越远，也就是在这时候她才开始恢复理智。他们在坠落，这就意味着他们总会着陆——伴随着强烈的撞击。她向下看了一眼，无法确定他们会撞到陆地上还是掉进海洋里。但无论下面是什么，她觉得他们很快就会撞上了——或许只需要几秒钟——而且以这种速度坠落，不管下面是陆地还是海洋，必然都是致命的。

　　"你有降落伞吗，先生?"她喊道。

　　他摇了摇头。

　　"那你真的没考虑过这一点，是吗?"她大喊。

　　他举起另一只手——那只没有用来将阿拉贝拉搂在自己胸前的手。一副护目镜在他手里随风摇摆着，阿拉贝拉猜他想让自己戴上。他如此关心阿拉贝拉的眼睛，这一点很怪异，要知道他们随时都可能摔得粉身碎骨。不过阿拉贝拉还是很感激他，费劲地把护目镜戴上。

　　这时，他的手穿过身上套着的某种安全肩带，找到一个黄铜按钮，用拇指按了下去。接着，阿拉贝拉听到一声巨大的轰鸣。火焰从他的背包底部射出——两条长长的银黄色的火焰。突然，他们不再坠落，而是开始上升。在炽热动能的作用下，出于本能反应，阿拉贝拉紧紧地搂住了他的双臂。她抬起头来，风拂面而过，星星在周围旋转。这样的速度，和这样的力量——让她觉得他们好像坐在一股爆炸的气流上，让她喘不过气来。激烈且令人振奋，甚至比航空飞行更惊心动魄，这才是真正的飞行！没有机器的束缚，没有什么能够将她与风和天空分开，她像是一只飞过天空的雄鹰。她仿佛是伊卡洛斯①、伊里斯②、珀伽索斯③……

很快，他们不再直线上升，而是平稳前进。在他们右边几百码的地方，她看到"泰坦"号正穿过紫色的云朵，以太盾散发出微弱的光芒。她很想知道在别人眼里他们俩是什么样子：两个乘着微型火箭的人。她想起迈尔斯还在那里，默默祈祷他没事。迈尔斯身材小，应该能成功躲起来，她希望迈尔斯能坚持到自己找到营救他的办法。迈尔斯撒谎了！阿拉贝拉再次被震惊到了。他竟然撒了善意的谎言，从而挽救了她的生命，或者说至少延长了她的生命。什么样的程序使他能够做到这一点？

他们的飞行高度大概和飞船齐平，吊舱上的裂口清晰可

---

① 伊卡洛斯，希腊神话中代达罗斯的儿子，与代达罗斯使用蜡和羽毛制造的翅膀，逃离克里特岛时，因为飞得太靠近太阳，翅膀上的蜡融化，跌落在水中丧生，被埋葬在一个海岛上。
② 伊里斯，希腊神话中的彩虹女神，被认为是神和人之间的中介者。
③ 珀伽索斯，希腊神话中最著名的奇幻生物之一，美杜莎与海神波塞冬所生，他是一匹长有双翼的马，通常为白色。

见——金色的船体上有一个小小的黑色裂口。神秘的火箭手是如何做到的呢？他是如何穿透以太盾的？阿拉贝拉有成千上万个问题想要问他，这只是其中一个——不过她要晚点儿再问。现在，她只想享受在风中翱翔的过程，感受拂面而来的风，感受脚下惊人的力量。在"泰坦"号的噩梦很快就结束了，这感觉就像是解放了一样——基佐似乎已经实现了愿望，她已经死去，并来到了天堂。

她对一直这么飞行乐此不疲，能量充足的火焰推动着他们飞向无穷无尽的苍穹，但好景不长，阿拉贝拉注意到他们正在下降。燃料燃烧时的呼呼声变成了咝咝声，火焰逐渐变得微弱、闪烁，最终熄灭。他们再一次坠落，尽管这次是有角度的俯冲，坠落高度也不致命。在他们下面，黑色的波浪清晰可见，海水激起了泡沫，他们距离这些越来越近了……

坠入海中带来的是寒冷、潮湿，让她无法呼吸，使她的身体变得僵硬。这冲击使阿拉贝拉和她的救命恩人分开了。现在，她正在寒冷无声的黑暗世界里随处漂浮。阿拉贝拉渴望呼吸，四周顿时不再宁静。她开始挥动着四肢挣扎，但向下的巨大吸引力和沉重的腰带使她越陷越深。渐渐地，她看到自己上方闪烁的涟漪，有个轮廓向她逼近，伸手托住她，将她抬出水面。她使劲咳嗽，长长地喘气，踩着水，浪花像小山一样围在她周围。阿拉贝拉就像一个软木塞一样上下浮动，浪花激起的泡沫溅在她的脸上。

这时，阿拉贝拉听到帆布或印度橡胶发出的刺耳声和机械设备的嗞嗞声。她的同伴从火箭包中抽出了某个东西——一块没有形状的黑色织物，充上气之后就变成了一艘船。他自己爬进了船，然后又帮助阿拉贝拉翻过厚厚的船沿。

　　她在船上躺了一会儿，听着自己的呼吸，凝视着星星，船在水上摇曳。她能够看到"泰坦"号那闪闪发光的吊舱，在充气系统巨大动力的推动下，飘过月亮。从这个距离看，它是那么的和平，那么的不具威胁。她多么希望月亮能把飞船吸进轨道，并将其和庞大的钢铁军队囚禁在那里，只有在那里它才不会构成任何威胁。

　　"泰坦"飞到了一支庞大而幽暗的先头舰队前面，这支先头舰队刚从云层穿出来。一艘艘黑色椭圆形的飞船，在他们的王牌飞船"泰坦"号后面分散开来，呈长长的箭头状，似乎要永远这样持续下去——真是一个致命的群体。

　　"你还好吗，女士?"

　　阿拉贝拉被这熟悉的声音惊到了，立即将注意力转移到她的同伴身上。他摘掉了头盔，正在用坚定深邃的目光打量她。

第二十章　愚蠢而勇敢的冲动

"福雷斯特先生！"她大喊起来，心跳加速，"真的是你吗？"的确是他。阿拉贝拉的脸上止不住地洋溢着笑容。两天前，他们在韦茅斯告别时，阿拉贝拉还抱有一丝丝希望，想要再次见到本·福雷斯特。如今他出现在了这里，以最戏剧性和意想不到的方式重新回到了她的生命中。

"福雷斯特先生……"她继续说道，但又不知道接下来说些什么。她早先没问出口的几千个问题现在重回脑海，但又不知道从哪问起。她被他那头发分散了注意力，头发的颜色与眼睛的颜色很配，还有一撮头发翘了起来。她涌出一种可笑的冲动，想把那撮头发拍下去。

本从他的火箭包中抽出一块长方形的金属板，一端带着一个短管。他拉扯着管子，拔出来后就形成了一个桨的手柄，将其放到水中。

"你怎么知道我在那？"阿拉贝拉决定从最令人困惑的问题开始问起。

本把目光转向她。"通过跟踪秘密的以太网频道，"他咧着嘴笑了笑，"那是业余爱好……你知道吗，你们姐妹团的成员都有自己的呼叫信号，不过只有监控站的家伙知道——还有我。"

阿拉贝拉摇摇头。

"这是真的。当听到你的消息时，我知道你肯定是在执行另一项任务。所以，我驾着备用飞艇前来调查。"

他的手从桨上拿开，伸到她的衬衫下摆。

"你在干什么？"阿拉贝拉惊恐地说。

本撕下她固定在那里的珍珠大小的以太波发射器，放在她眼前。"就是这个小玩意让我找到了你。"他粗略地检查了一下那个发射器，补充道，"遗憾的是，海水把它泡坏了。"他把发射器扔在一边。

阿拉贝拉不再微笑，皱了皱眉："那你怎么知道我需要有人来救？"

"这很明显，"本说道，"我有一份'泰坦'号的甲板设计图，是几星期前我帮你们政府偷出来的。当我看到你的信号来自基佐元帅的办公室时，我想你可能遇到了一些麻烦。当然了，我不是很确定，但是我……好吧，不得不说我对那种事有很灵敏的嗅觉。"

"从一开始，一切都在我的掌握之中。"阿拉贝拉说道。

"是这么回事吗？"本反问道，他有一些不高兴。

"当然是了……你为什么要这么问。我的意思是，你……你救了我的性命，先生，我为此感谢你。但是你也救了基佐，我正要杀他呢。"

"那你为什么要那么做？"本一边说，一边生气地划着桨，"也许在那种情况下，我对你撒手不管才是更正确的做法！毕竟，一个没了阿拉贝拉女士和基佐元帅的世界将是个更好的世界，比那个你们活着，被我们已经终结的世界要好！多亏了我插手，才让邪恶的男人仍然活着，让一个无礼的、忘恩负义的女人现在坐在我的船上！"

"你胡说！"阿拉贝拉大喊，"我既不无礼也不忘恩负义。我只是说我更喜欢控制自己的命运。如果我选择为了更大的利益而牺牲自己的性命，我希望我可以自由地做出这样的选择，而不是在最后一刻被人救走！"

生气的时候，本的上嘴唇总是这样抽动——好像他正在尽全力控制怒火爆发出来："嗯，我很感激你，女士，因为你把这件事直接告诉了我。如果我再有拯救你的冲动，我会立即责备自己，抑制这种愚蠢的想法，因为我现在知道了阿拉贝拉女士在任何情况下都必须掌控自己的命运！"

"这是一种勇敢的冲动。"阿拉贝拉安慰道，她对自己激起了他的愤怒感到不安和沮丧，"而且我很感激你。但我必须承认我也很困惑，你为什么要这样做。毕竟，在塔拉尼斯时，你说过，我们不再见到对方会更好。"

"我仍然坚持这个看法——现在比以前更加坚持。"本说道，他的脸扭曲了，好像被迫吃了个柠檬似的。"我就是一个大蠢货，"他说，"真希望自己从来没有接手这个该死的傻瓜差事，"他气得直喘粗气，又补充说，"在这个凄惨时刻，好像我只能去英吉利海峡，没有其他比这更好的地方了……"

船上一片沉默。阿拉贝拉穿着湿漉漉的衣服颤抖着。她听着本的划桨声和海洋深沉的呼啸声，等着自己的心跳恢复正常。她对本的态度感到惊讶和失望——他盲目地进入飞船之后，似乎很需要得到她的感谢。的确，如果阿拉贝拉只在意自己，那么本出现的时机一点都不对。但与此同时，由于他的介入，拷打、杀害数百名同胞的凶手——基佐元帅仍然活着。难道本看不出来这个结果不是自己想要的吗?

"巧了,"过了一会儿,本说,"我救你还有一个原因——虽然我的想法很愚蠢,但它本身可能是一个好主意。我一直在工作室研究一个系统,用来打败以太盾。当我发现你在'泰坦'号上时,我有了一个主意……"

　　"但我觉得以太盾是无法侵入的。"阿拉贝拉回应道。

　　"也不完全是不能,"本说,"你记不记得在塔拉尼斯的时候,我曾向空中盗贼展示以太盾,即使我穿着它,奥丁还甚至试图去碰我?"

　　她清楚地记得那个时刻:"你说它对负能量很敏感。它能感受到我们什么时候会造成伤害。"

　　"对!"本说,他似乎已经恢复了以前的一点幽默感,"所以呢?"

　　"所以,如果你能欺骗以太盾,让它认为你不会造成任何伤害,那么你可以突破它。"

　　"的确是这样!"

　　"你是如何让你的飞行器撞上'泰坦'号的?"

　　"的确不太容易,"本回答,"我的意思是以太盾不容易被愚弄。但是,在我的工作室进行了几次实验之后,我想出了一个办法……看,这种思维很微妙——对以太盾来说过于微妙。这种思维可以同时思考两个完全相反的事物。它可以展示花样的技巧,让一台分析引擎的保险丝熔断。有时候,思维可以相信某些事情,但内心深处却知道事实并非如此。

"我意识到，为了欺骗这个以太盾，我首先不得不欺骗自己。所以，当我接近'泰坦'号的时候，我确信自己只是来拜访，只是来看望我的老朋友阿拉贝拉女士。我对自己说，我会在舷窗外面飞行，看看能不能发现你，也许会晃动飞行器的翅膀说声'你好'，然后就上路了。

"但是当我距离'泰坦'号四五十码的时候，你看，我的飞行器出现了故障。方向舵卡住了，副翼也有问题。当然，我起飞前就已经预见会发生这种情况，但是'泰坦'号周围的以太盾却没意识到这一点。我竭尽所能地避免碰撞，可无济于事。当我撞上'泰坦'号时，我可以诚实地说，我并不是故意那么做的。当然，在我内心深处——那些心理学家们称之为什么？——我的潜意识里，情况并非如此，但就像我说的那样，以太盾没那么微妙，也没那么深奥。"

第二十一章　得克萨斯人

阿拉贝拉的功能腰带里面嗡嗡作响。迈尔斯的手！当本停止划船时，她急忙把它拉出来。从无名指尖上的微型扬声器中，她听到一声闷响。

阿拉贝拉把它放到耳朵旁。"我的女士……"从中传出一个微弱的声音，甚至在如此安静的环境里也几乎听不见。

阿拉贝拉按下中指底部的按钮："迈尔斯，你还好吗?"

"还好，我的女士。"他听起来像一只在暴风雨中大叫的小狗，"你还活着，我终于能松口气了。"

"迈尔斯，你现在状况如何?"

"我想办法弄来了降落伞，并悄悄藏在了飞船的外壳。我打算在我们到达海岸后立即跳下去，一旦我着陆，我会再次与你联系，让你知道我的坐标。如果你和你的同伴能来接我，我会非常感激。"

"我当然会那么做，"阿拉贝拉说道，"顺便说一句，这是福雷斯特先生。"

"请您再说一遍，我的女士。有点难——"

本抓住她的手。"你好，迈尔斯！"他大声喊道，"我们很乐意去接你，老朋友重聚是很棒的感觉！"

"非常感谢您，福雷斯特先生，"迈尔斯微弱地说，"我期待着和你们相见。"

本和阿拉贝拉上岸时已经破晓。东边的云彩泛着黄光——阿拉贝拉觉得它们就像一群险恶的水母。冰冷的海面像是铜块被锤击敲平了。波浪涌在覆盖着海藻的黑色岩石的四周——在她看来，岩石就像是切断的头颅。到达家乡的海岸并没有让阿拉贝拉感到快乐，她的心中只有惶恐。这还是她的祖国吗？目前为止，法国的飞船们将空袭伦敦，还会派遣陆军。她一想到那些可恶的机器人在波莱购物中心、皮卡迪利大路、莱斯特广场扫荡，就毛骨悚然。她所了解到的是，英国议会已经投降，法国三色旗在白金汉宫飘扬。她帮助本借助海浪的力量把船拖到沙滩上，试图忘掉那样消极的想法。

他们到达了沿海城市塞尔西北部。迈尔斯早些时候曾与他们联系，他身处向东10英里的滨海的米德尔顿。本打算立刻朝那儿前行，但是经历生死一夜之后，阿拉贝拉已经没力气再走了。精疲力竭，浑身发冷的她坚持要休息，还要换上干燥的衣服。

本哄她再往内陆走了一小段，找到了一些庇护所。他们走过一排房屋，本从后花园的洗衣房里偷走了一些床单和女式衣服，阿拉贝拉太累了，以至于她没有力气抗议这种公然的盗窃行为。阿拉贝拉跟着本到诺顿教堂村附近的草丘上，那是诺曼城堡的遗址。在那土堆下面有一条古老的走私者隧道，里面铺着柔软的土制地板。本走出去，让阿拉贝拉在里面换衣服，用床单给自己铺床。几分钟后，她睡着了。

几小时后，阳光洒进隧道，阿拉贝拉醒来，闻到烤肉的味道。肚子咕噜噜地响着。她意识到自己非常饿。阿拉贝拉从隧道里蹒跚着走出来，眨着眼，看着本对剥了皮的兔子咽口水。

"准备好吃早餐了？"他高兴地喊道。

"好吃！"阿拉贝拉嚼着满嘴的兔肉。填饱肚子后，她用本从附近小溪取来的水冲洗锡盘。

"福雷斯特先生，我有个问题要问你。你会制造飞行器和火箭包，还有自制的以太盾。你会说一口地道的法语，还给英国政府提供专家情报。你可以捕捉兔子作为食物，在野外生存数日。还有什么是你不会做的吗？"

本在篝火旁冲了一壶黑咖啡。"我是一个糟糕的钢琴演奏家。"他把咖啡倒进一个锡杯里。喝了一口后，他满脸放光。"哎呀，不错！味道好极了！你也尝尝吧，女士……"他把一些咖啡倒进瓷杯中，递给阿拉贝拉。

咖啡很烫，但同样让人感觉到幸福的一面。

"我在得克萨斯一个叫作圣安东尼奥的地方长大，"本说，"你听说过得克萨斯吗，女士？"

"我认为这是北美南部的一个国家。"

"确实如此——不过我听说它最近被纳入美国了。无论如何，我和我爸爸住在那里。那儿只有我和他，我妈妈生下我就去世了。我爸爸靠修蒸汽火车谋生，我在他的车间里度过了童年。扳手和钳子就是我的玩具。十岁之前，我就可以拆下引擎并重新装上。"

他喝了一口咖啡："那时，我们受墨西哥统治。爸爸试图远离政治，但不久，独立战争开始了。他成了得克萨斯军的地方民兵，后来在阿拉莫特派团的围攻中遇害，那是九年前的事了。"

"我很抱歉。"阿拉贝拉说道。

"没有人照顾我，所以我必须学会保护自己。"本用棍子在火上戳了一下，陷入了回忆，"我开始在野外生存，学习捕捉海狸、浣熊、麝鼠，在溪流中钓鲈鱼和斑点鳟鱼，用动物皮毛做衣服。"

"那究竟是为什么在法国当间谍呢？"

"那是一个意外。我是被强征入伍的。"

"强征入伍？"

"是的，女士。十四岁时，我被一群法国空军绑架并俘虏，被迫加入法国航空队……对于像我这样的年轻漂流者来说，这并不是什么不寻常的命运。你们英国人也是这么做的。在无休止的战争里，你还能跟这些空军士兵说什么呢？我发誓，这些年来，许多得克萨斯人在大西洋挥洒热血。"

"我想象不出来。"阿拉贝拉摇着头。

本轻笑着，好像在说"有很多你不知道的事情，阿拉贝拉女士"。

"我很快就逃跑了，"他说，"之后加入了鲁昂的一批反波拿巴主义者。我学了法语，很快就开始混入当地的军事基地，向你在伦敦的上级汇报。在我知道这些之前，我是特工Z。"

她的惊讶似乎让他感到好笑。"和得克萨斯的野孩子一样，我的生活并没有什么不同，"他笑了起来，"你必须认真思考，保持专注，了解你的猎物——在现在这种情况下，猎物是法国军官，而不是浣熊……但唯一的区别是，如果我在野外捕猎的时候犯了错，浣熊可不会转过身来朝我开枪。"

中午，他们到了滨海的米德尔顿，在那里发现了迈尔斯，他坐在牛棚里的一捆稻草上，身边是散落一团的降落伞。他们进来时，迈尔斯没有起来，只是从帽子里发出一丝孤独的叹息。

"迈尔斯！"阿拉贝拉热情地叫着他的名字，朝他跑去。"很高兴见到你，老伙计！"本说。

"已经过去好几个小时了。"迈尔斯在把注意力转移回他受损的右腿之前，向他们说了句话。他在凹陷的肢体中打开了一块面板，并试图单手修理一些内部电路。

阿拉贝拉焦急地看着本，她从未见过迈尔斯如此沮丧。

"在度过漫长的夜晚之后，这位女士需要休息和早餐，"本说，"我们人类偶尔需要补给，你知道的。"

"说到补给，"这个机器人说，"我需要燃烧一些煤粉以补充动力。如果你们中有人愿意给我弄一些来，我会非常感激。""当然愿意。"阿拉贝拉说道，然后走出棚子。农场肯定有煤窖。"让我们看看那条腿，迈尔斯。"阿拉贝拉听到了本的话，然后转身回去。

"迈尔斯……"她开了个头。

这位理智的男士抬起头，他的两只眼睛就像牛眼一样，天真地看着他们："怎么了，我的女士？"

"在'泰坦'号上，福雷斯特先生到达之前，你……"迈尔斯等着阿拉贝拉继续往下说，但她发现自己说不下去。不管怎么说，都显得很奇怪。机器人每年都会变得更为先进——这一点她是知道的。然而，就她所知，机器人是不能撒谎的。这是一条永远不应该跨越的界限——科学家、教会和政界人士都同意这一点。

因为，一旦机器人学会了撒谎——争议就来了——人类不会百分之百地信任他们，即使他们是人类的朋友。一旦他们学会了撒谎，并且发现了撒谎的好处，谁又能保证他们会继续顺从地为主人服务，而不是开始追求自己的利益呢？

"怎么了，我的女士?""没什么，迈尔斯。"

阿拉贝拉转身离开了棚子。

农夫和他的妻子非常友善，邀请本和阿拉贝拉共进午餐，并为他们的"小机器人朋友"提供尽可能多的煤粉。他们吃东西时，农民打开了无线接收器，希望能听听新闻，但没有任何常规电台在广播节目。在以太波中除了不祥的静电之外别无他物。

在告别了房屋主人之后，阿拉贝拉、本与迈尔斯踏上了通往伦敦的路。

"我需要重新与我的同僚们联系，看看都发生了什么，"阿拉贝拉边走边说，"你们谁有能用的以太电池?"

迈尔斯的内置电池在他着陆过程中摔坏了，不过本的火箭包里还有一个能用的电池。

他们在树篱后面发现了一处幽静的地方，经过几分钟的尝试，本设法与伦敦总部取得了联系。他把耳机递给了阿拉贝拉。一开始，她只能听到口哨声和碰撞声。

"斯图亚特少校！"她对着麦克风喊道，"我是阿拉贝拉！请您回答！"

口哨声，咝咝声！

"斯图亚特少校，您能听见我说话吗？"

碰撞声！！

"姑姑！"

"你是谁？"传来一个男人惊慌的声音。他的声音之外是一片嘈杂。

阿拉贝拉长长地叹了口气："我是'苍穹姐妹团'的阿拉贝拉·韦斯特，斯图亚特少校在哪儿？"

"她在哈迪斯。"

"哈迪斯？"

"总部已经撤离！"这名男子大喊道，"炸弹就在我们周围坠落！我是最后一个坚守在这儿的人，而且也要去那儿了。我试着把信号转接到少校那儿去。"

阿拉贝拉把耳机塞进耳朵，静静地等着。后来，她终于听见了姑姑的声音，疲惫不堪的神经上仿佛落下了清凉的雨水："阿拉贝拉？真的是你吗？太好了！我以为你已经牺牲了。"

"姑姑！我的意思是……长官。我很高兴听到您的声音，究竟发生了什么？什么是哈迪斯？伦敦被摧毁了吗？我们投降了吗?"

"冷静一点，阿拉贝拉。情况并不像你担心的那么糟糕。我们遭到了严重的轰炸，但我们一直在坚持。政府和军方高级指挥部正在地堡里指挥作战，我们也一样。'哈迪斯'是我们新总部的代号，在查令十字地铁站后面。你的情况如何？跟踪器在英吉利海峡上的某个地方与你的发射器失去联系。我们都以为你淹死了。"

"我到苏塞克斯了，这还得感谢特工Z。我现在和他还有迈尔斯在一起。"

"那太好了！你们三个必须尽快来这儿，无论通过什么方式。这可能会很难，因为所有通往首都的道路都已关闭，所有的交通线路都暂停了。你们有其他通行方式吗?"

"呃……"阿拉贝拉看了一眼本的火箭包，"我这儿还真可能有其他办法，长官。"

第二十二章　袭击伦敦

7月20日，黎明来临后的一小时，入侵的法军派遣了三百四十八架不同级别的战斗飞行器，出现在伦敦上空。数以千计的引擎发出的嗡嗡声制造了一堵厚厚的声音防护墙，在地上目睹这场景的人都必将永生难忘。庞大的机群笼罩在城市上空，令早晨的天空变得暗淡无光。密密麻麻地挤在一起的飞行器仿佛为伦敦盖了一个屋顶。

炸弹开始落下，一直持续到第二天夜晚。首都遭到如此猛烈的轰炸，规模之大在任何城市的历史上都从未有过。大楼倒塌，碎裂的瓦砾倾泻而下。人、马、公共汽车和蒸汽火车都被烧焦、炸毁、掩埋在废墟中。炸弹无论落在哪里都会引发大火，风吹得火焰升腾起数百英尺高。政府大楼、交通总站、工厂、办公楼、商店、教堂、学校和医院都被大火烧毁了，社区、大厦和贫民窟也以同样的速度被毁于一旦。

陆军部队在瓦砾堆积的街道上巡逻，帮助受伤的人，逮捕抢劫者，试图维持表面秩序。就在消防部队尽全力灭火的时候，所有的居民几乎都住在伦敦新建的地下铁路网的地下车站。在用煤油灯照明的车站里，躲在这儿的每一家人都只能在阴暗中拥抱着彼此。地面随着重型炸弹的不断落下而震动不已，隧道顶部的灰尘和煤烟不断落到孩子们的头上，令他们止不住地哭泣。

城市的防卫部队竭尽全力地进行反击。九磅和十二磅的反飞船火炮被架设在装甲蒸汽机车的车厢上，发射着拖曳烟雾的燃烧弹，直接攻击飞船的内部。他们几乎不会错过那么明显的目标。然而，飞船的气囊有钢铁外壳的保护，鲜少有被击落的。

英国皇家空军在"宙斯"行动上赌了一把，它的失败让英国的防空力量陷入了极度危险的境地。英国皇家空军剩下的飞船都分散在全国各地，捍卫着海岸线，把它们集结起来反击入侵者需要数天的时间，但那时早就为时已晚了。

所以，英国皇家空军的高级指挥部不得不使用规模较小、经验较少的蒸汽动力飞行器队，在空中保卫伦敦。其中唯一的战斗中队从位于伦敦边缘的诺斯诺特基地紧急起飞，但飞行器的数量太少，飞行员经验匮乏，因此并没有起到什么作用，很快就被法国"火山"号的炮火歼灭了。侵略者似乎不可阻挡，仿佛受到了一种自然力或神力的指挥，在伦敦上空肆意倾泻着硫黄烈火。伦敦人蜷缩着，祈祷他们快点离开。但这只是开始。7月21日，凌晨，法国空军的旗舰开始降落……

第二十三章　登陆海德公园

夜空被搜索灯光照亮——淡蓝色的光束穿透了血红色的烟雾。跟踪炮火在空气中划出明亮的弧线。风中弥漫着一股燃烧的恶臭。

雅克的右小腿被基佐的刀刺伤了，绑着绷带的伤口疼痛不堪，但他尽力不去想。与大多数人地狱般的经历相比，他的腿伤算不上什么很大的痛苦。风拂过雅克的衣服和头发，他向前倾斜，以便有更好的角度看一看这个被摧毁的城市。伦敦烟雾缭绕，战火肆虐，那火光看上去如同流着血的新鲜伤口。泰晤士河红光闪闪，船只和桥梁都在燃烧，河水被火红的颜色点着了，像巫婆的大锅一样起着泡。

一枚反飞船炮发射的炮弹向"泰坦"号的方向飞去。炮弹在距离雅克只有几码的地方爆炸后，溅出了夺目的光。他没什么感觉。当他睁开眼睛时，雅克看见了一团放射状的鲜艳光团，中心呈白色，向外是明亮的色带，就像一个冰冷的枝形吊灯一动不动地悬挂在空中。距离爆炸点更远的飞船吊舱依然受到了四散声波的影响摇摆起来。其中一架飞船失了火，船员们正争分夺秒地排除险情。但是"泰坦"号在以太盾的保护下安然无恙，继续下降。

艾萨克出现在前舱门口，他拖着受伤的腿蹒跚前行，走向雅克站的地方。他走到那儿，紧紧抓着雅克的肩膀。"你在这里干什么，朋友?"艾萨克吼道。

"见证征服的荣耀。"雅克回答道，说实话，一般人很难听出来他话中的讽刺意味。

"我们有新任务了，"艾萨克在他的耳边咆哮，"落地后，我们将扮演皇帝的私人保镖角色。这真是恐怖①。"

"恐怖?"雅克问道。

艾萨克惊恐地看着他。"荣誉②，"他大喊道，"天大的荣誉!"艾萨克把雅克从栏杆上拉了起来:"进来，我们还有很多要说。"雅克极不情愿，但还是一瘸一拐地跟着艾萨克往

---

① "恐怖"的英文为"Horror"。
② "荣誉"的英文为"Honour"。

下层甲板走去。

这艘空中怪兽——"泰坦"号飞船向伦敦平稳地降落。它释放出浮升气体，并将空气吸入辅助气囊，发出咝咝声。装备在飞船两侧的九十门火炮，猛烈地攻击着英国的炮兵，保护飞船最后降落到了海德公园。当"泰坦"号那西班牙大帆船式的底部撞上草皮时，它的机翼整齐地收进船舱，船员们将数百个沙袋从上层甲板抛下，以确保飞船的安全。900英尺长的大怪兽降落在九曲湖的最东端和海德公园角之间，碾碎了树木、灌木丛、鲜花、长椅和一位已故英国将军的雕像。

飞船一落地，层层陡峭的船尾开始打开。液压系统发出咯吱的声音，舱门开始下降，形成一个平缓的斜坡，落在离九曲湖岸不远的草地上。英国的大炮依然从四面八方向飞船射击，但完全没有效果。炮弹距离目标还有几码时，以太盾就已经把它拦截在了空中。接着，炮弹以每分钟1码的速度，像在高浓度的油中一样向前移动。

与此同时，飞船内部隆隆作响。突然间，空气中充斥着呼啸而来的马蹄声，数百名骑兵从船尾突然出现，冲下斜坡，在草地上飞驰。

英国士兵们对眼前的一幕目瞪口呆：严守纪律的法国骑

士们统一散开，环绕着湖的两侧，从开阔的地带飞快向北奔去。在阵阵炮火袭击的黑暗中，目击者很难确切地告诉人们真实情况，但许多人坚持说这些法国士兵不像是人。事实上，当它们黑压压地如潮水般冲过草地与步道，淹没整个公园时，它们看起来几乎完全相同。有些人开始怀疑自己的视力：难道法国骑兵真的长在马背上？

当一群士兵黑压压地靠近英国防卫部队时，它们真实可怕的面容突然清晰起来。伴随着交织在一起的恐惧与反感，防卫部队使用野战炮、迫击炮和榴弹炮向即将冲过来的法国士兵射击，但依然无法阻挡那些钢铁的四脚战士的步伐。它们仿佛有厚厚的、透明的胶状墙体保护着——没有一发炮弹能击中目标。士兵们可以看到它们的炮弹像金属碎片一样掠过敌人，却无法击中目标。是以太盾！它不仅仅能够保护"泰坦"号……

在敌人尚未开火时，人群就开始恐慌，英国军队陷入了一片混乱。这些半人半马怪物的枪械手臂致使很多人死亡。在指挥官发出撤退指令之前，数百名士兵被杀死。

雅克从"泰坦"号的舱口里看到了变得越来越恐怖的一切。他登上了自己的铁马"飞马"，和他一起的还有骑士团的同伴们。在他身旁，亨利第一个挥舞着拳头："去吧，机器人们！法国万岁！革命万岁！干掉这些英国人！"他们身后响起金属马蹄的声音。骑兵们立即分开，拿破仑·波拿巴皇帝加入队伍的最前方，他的两侧分别是基佐元帅和戴安娜·坦普尔。三个人都骑着铁马。雅克作为骑兵，在日常的训练中多次遇到皇帝，当波拿巴在距离他不到两米的地方停下时，他和平时一样感到头晕目眩。仿佛他呼吸的不是空气，而是历史。这个人的成就如此传奇，他仿佛不是一个真正的人。然而他就在这里，在他八十岁的时候仍然在马背上驰骋。

雅克嘲笑自己是如此崇拜他人。

事实上，如果拿破仑几年前去世，对每个人来说都会更好，那将会挽救世间更多的生命。今晚和今后的几周里要死去多少人才能满足这个男人可怕的自负？

如果现在有人杀了他，那不是更好吗？

雅克可以感觉到别在腰间的枪的重量。他可以拿起枪，迅速瞄准、射击。两秒之内，皇帝就会死去。在士兵和船员把他击倒前，他甚至还能杀死暴戾的基佐。他值得为此死去，世人将为他唱响颂歌。那么是谁，或者说是什么阻止他这么做呢？

是玛丽。

愚蠢的玛丽对拿破仑崇拜至极，永远不会原谅这样的行为。她甚至可能会为此发疯。而雅克，就像玛丽无私地爱着这个小个子皇帝一样，他爱自己的妹妹。雅克不敢想那种情形。基佐曾告诉他玛丽被监禁在英国，就算他非常想看到拿破仑死，他还是更想看到玛丽安全地活着。

"我想知道，这个以太盾是如何被那个飞行员穿透的。"

拿破仑没有特意向任何人问这个事。

在他关注着钢铁军队与英国人之间的一边倒的战斗时，眼睛紧贴着一副双筒望远镜。

"这是一个谜，阁下，"基佐说，"我们后来对飞船的那部分进行了测试，以太盾运行良好。正如您所看到的那样，英国炮兵无法击垮它。"

"可是，有件事困扰着我，"拿破仑说，"还有那个女间谍，你怎么让她逃跑了?"

基佐狠狠地瞥了一眼艾萨克："皇帝陛下，这不是我的意图。不幸的是，我手下的一位军官没有服从直接杀害她的命令。这个任务结束后我会处置他的。"

拿破仑放下双筒望远镜，看向基佐："哪个军官?"

"艾萨克·德雷福斯。"基佐手指着艾萨克说道。

当拿破仑使劲盯着他的时候，艾萨克在马鞍上挺直了身体。雅克对艾萨克的冷静印象深刻。

"你解释一下。"拿破仑对他说。

"皇帝陛下，这个女间谍声称，'泰坦'号上除了我们已经找到并解除的炸药之外，还有其他的活性炸药。我认为，在杀她之前，我们应该强迫她说出炸药在哪。"

"在我看来，她很显然是为了活命而撒谎，"基佐说，"事实也证明了这一点，因为没有发生第二次爆炸。"

拿破仑歪了一下头："不……可能已经爆炸过了。德雷福斯尽自己的全力来保护'泰坦'号和我，他不应该受到惩罚。"

基佐的喉咙发出咕噜咕噜的声音，但他强迫自己笑了一下。

"您说得很对，皇帝陛下。"

钢铁军队已前往英国，并确保了公园南部边界的安全。现在正在走出大门，赶往肯辛顿街道、骑士桥街道和贝尔格拉维亚街道。北面的景色在树木和黑暗的掩盖下变得模糊不清，但也不能确信法国军队在那里没有取得同样的成功。空中，其余的飞船继续轰炸。爆炸震动了地面和空气，漆黑的夜空频频被火光照亮。

"不过，皇帝陛下，我们必须应付女间谍逃跑的后果，"基佐说道，"戴安娜·坦普尔的地位没那么高了，英国情报部门肯定知道了她正在为我们工作。我建议我们立即放弃坦普尔小姐。"

戴安娜瞪着元帅。"阿拉贝拉根本不可能在坠落中幸存下来。"她说。

"我看到类似火箭发出的火焰，"杰勒德说，"它还和我们一起飞了一会儿……"

"对。"戴安娜说道，"然后它掉进了海里。阿拉贝拉和救出她的飞行员肯定已经淹死了。"

拿破仑的思绪似乎已经飞到其他地方了。"让我们暂时留下她，基佐。"然后他笑了一下，"如果一切按计划进行，今天晚上我就会拿到'凤凰'。它离我们很近，我几乎可以听见它的声音，你们能吗？一旦我拥有了'凤凰'，赢得这场战争简直易如反掌，你们所有的恐惧都将不复存在。"

第三部分

1845年7月21日

第二十四章　第二次火箭之旅

　　事实证明，阿拉贝拉乘火箭飞向伦敦的计划并不像她最初想象的那么简单。一方面，本手里的火箭燃料已全部用完；另一方面，不管阿拉贝拉自己是怎么打算的，本都不会在没有他监督的情况下，让阿拉贝拉使用如此昂贵、危险的尖端技术。

　　"你会死的，"他严肃地说，"更重要的是，你会弄坏我的火箭——并且里面有很多非常昂贵的零件。"

　　"那么，你带我飞到那儿去。"阿拉贝拉假装对他冷漠的话语表示不满。

　　"然后再一次把迈尔斯抛下？"她内疚地看了一眼迈尔斯。当然了，那种情况是不会发生的。

　　"不能把我们都带上吗?"

本摇了摇头："不可能，这会超过最高限重比例的。"

最后，他们唯一的选择是前往本在安伯利村附近的"英国住所"，从阿伦河谷往上攀爬10英里，就到达了目的地。本在那儿存放了备用火箭包和燃料，足以把他们送到伦敦。

阿拉贝拉对本在英国有住的地方感到非常惊讶，她以为本一直居住在法国。在阿拉贝拉心里，本的住所应该是一座田园诗般的小屋，坐落在南唐斯丘陵的脚下，屋外有白色的栅栏和攀爬其上的玫瑰，也许还有一只猫在门口晒太阳。

不过展现在她面前的事实是，一座废弃的破旧马车房，位于一条长长的，满是车辙的车道尽头。四周高大茂密的树木挡住了唐斯丘陵的全部景观，房屋永远处于阴影中。窗户几乎没有玻璃，攀爬在上面的唯一一样东西是旋花草。不过，至少还有一只猫——一只精瘦、野性的猫，本叫它"阿拉莫"，那只猫对想要摸摸它的阿拉贝拉龇着牙，发出咝咝声。

马车房的内部被燃气灯照亮，灯在屋顶横梁上吊着，上面还挂着蜘蛛网。屋内仿佛是充满机械奇观的阿拉丁洞穴。阿拉贝拉在一堆工具、齿轮和弹簧的碎片中找到了一个发条星形轮、一个伪装成书本的照相机、一辆独轮蒸汽摩托车、一顶带以太通信器的帽子、一个带螺旋桨的头盔和一把摇椅，以及无数她叫不出名字的面相怪诞的小器具。整个屋子里唯一隐约有家的感觉的地方是角落里的床和炉子。

"你的'英国住所'就是一个车间。"阿拉贝拉说道。

本耸了耸肩，默认了这个评价。"但对我而言，这就是家。"他说道。

在白天剩下的时间和晚上大部分时间里，本一直在把两个火箭包调整到最佳使用状态，并备好足够的液态氧和甲烷，以支持它们飞到伦敦。

在他工作的时候，阿拉贝拉走进安伯利，在村里的商店里买了一些面包、一只鸡、一些胡萝卜和豌豆。晚饭后，本重新投入工作时，阿拉贝拉坐在摇椅上，阿拉莫伸直四肢平躺在她的膝盖上。

"我的女士，如果没有其他事情，我就切断能源休息了。"迈尔斯对她说。

"迈尔斯?"

"怎么了，我的女士。"

"你……呃……撒谎了，对吗？我是指'泰坦'号会再次爆炸这件事。"

迈尔斯盯着阿拉贝拉，仿佛一道阴影透过他的眼睛。

"别担心，我不会对此感到痛苦或什么的，"她很快补充道，"事实上，我很感激……并且很好奇，你是怎么做到的?"

迈尔斯发出了一阵咔嗒声和呼呼声。最终，他说："是逻辑引导我那么做的。我的编程要求我通过任何必要的方式来保护我的主人。我想了所有可能的方式，最后发现，在这种情况下，唯一我能做的是说'一件不存在的事情'——就是你们人类所说的谎言。我预计不会再发生那种情况。我认为这是一个机器人的非正常行为，如果不把这件事告知我的首席工程师斯多姆教授，我将不胜感激。因为我很可能被……误会。"

"过来点，迈尔斯。"阿拉贝拉温柔地说道。

迈尔斯转向她。迈尔斯离她很近时，阿拉贝拉向前倾，亲了一下他的脸颊。"这是为了感谢你，"她轻声道，"别担心，我会保守这个秘密。"

"谢谢你，我的女士。"

阿拉贝拉闭上了眼睛。椅子吱吱地轻轻作响，让她非常放松，但由于她脑子里思绪太多，无法入睡。过了一会儿，她睁开眼睛。迈尔斯像哨兵一样站在附近，他的眼睛乌黑。她可以看到巨大的齿轮、黄铜管和滑轮系统的轮廓的剪影。本蹲在远处的角落里，他戴着一副护目镜，正将一支焊枪装在火箭引擎的喷嘴上。蓝白色的火花从金属上迸溅开来，照亮了他的脸颊。

她想到了那天早上本告诉她的那个令人难以置信的故事，在得克萨斯的荒地长大，十四岁时被直接卷入法英战争。他是一个幸存者啊！他为自己规划的生活方式也是十分奇特：不是在这个孤立的车间做焊补，就是在法国做间谍。就她所知，本没有朋友，而且似乎挺满足于这种状况。但是，他却冒着生命危险把她从"泰坦"号上救出来。他为什么那么做？他是个谜，一个有趣的谜。阿拉贝拉怀疑自己是否真的了解过本。

　　第二天早上，阿拉贝拉、本和迈尔斯走出马车房，来到杂草丛生的前院。本将一个火箭包绑在阿拉贝拉的背上，并向她展示了如何用身体动作来控制火箭的方向，还有如何通过推力控制器来调整速度。然后他把另一个包放到自己肩上，还带上迈尔斯。

　　"要么到伦敦，要么死。"本说道。

　　"一帆风顺。"阿拉贝拉说道。

　　"把所有的因素考虑进来，我估计我们至少有15％的机会在这次旅行中活下来。"迈尔斯信心满满地说。

　　本对他皱起了眉头。

　　"这对迈尔斯而言已经很好了。"阿拉贝拉解释道。

　　她和本戴好了头盔和护目镜，按下腰带上的点火按钮，垂直飞向空中。在前几百码的飞行过程中，他们的轨迹不断倾斜，之后才能平行于地面飞行。对于阿拉贝拉而言，这次的经历比她第一次的火箭飞行更令人满意，因为这次她可以独自飞行并控制一切。当他们飞向100英尺高的天空时，草地、树木、道路、农场和村庄很快就离他们越来越远。农民们坐在蒸汽拖拉机上对着他大笑，阿拉贝拉欢快地挥手致意。本给了她头盔，减少了风和空气阻力，但即使如此，她的头部和肩膀感受到的力量，也只比她在"泰坦"号引擎附近感受到的力量稍弱一点而已。

在短短的十五分钟内，他们就到达了伦敦郊区，下方的环境早已由农场变成了城郊的居民区。阿拉贝拉可以看到在她前方，烟雾笼罩着城市中心。敌人的黑色飞船隐藏在烟雾中，偶尔闪烁着银色的光。重型武器的轰鸣就像微弱而不规则的鼓声，越来越响。不久，他们就飞临了温布尔登公地和普特尼的上空。他们在泰晤士河左岸飞行，沿着河道的走向向东飞驰，慢慢地靠近战区。阿拉贝拉的心在哭泣，因为她目睹了一大片烧焦的房子、教堂、高街和社区。

当阿拉贝拉飞向燃烧的城市中心时，她的喉咙和眼睛被烟熏得难受，飞行速度也变得越发缓慢。穿过黄褐色的阴霾，阿拉贝拉瞥见了天空中的庞然大物，那个造成无数死伤的大怪物。她多么希望自己在"王子"号上，好让敌人感受一下他们自己的恶毒！

他们飞过巴特西和沃克斯豪尔的化工厂、磨坊、麦芽厂和铸造厂。穿过前方的迷雾，阿拉贝拉发现威斯敏斯特修道院被炸成了废墟。烟雾缭绕的钟楼仍然屹立在议会大厦中间，但是，阿拉贝拉亲眼看到它被上方的"狙击"号直接击中。伴随着砖瓦和石灰岩巨大的崩裂声，这座巍然的大楼慢慢地倒塌了。

　　"小心！"本大喊道。

　　"龙卷风"号飞船发射出一枚炮弹，阿拉贝拉迅速向左边躲闪，与炮弹擦肩而过。炮弹在阿拉贝拉身后炸开，就像晴天霹雳一般。气流的冲击导致她在空中不由自主地旋转。

　　尽管阿拉贝拉尽了最大的努力让自己稳住，但她还是无法停止旋转。随着身体的每一次旋转，阿拉贝拉越来越觉得天旋地转。随后，她感觉到本抓住了自己的胳膊。旋转停止了。天空和街道的位置终于在阿拉贝拉眼里摆正了，不再颠倒。

　　"谢谢，"她说，随后不禁补充道，"我从来没想过你会在乎我！"

　　"我只是为了我的设备着想。"本冷冷地回道，"也许我们该着陆了，这里不是很安全。"阿拉贝拉侦察了一番下面的情况，看见一个铺满鹅卵石的广场和一个地铁站入口，上面还挂着一个眼熟的标志。"那是查令十字地铁站。"她说。

他们慢慢地降落到广场上。在降落途中，火箭尾部的火焰慢慢变弱直至消失。周围一个人都没有，但空气中弥漫着战争的声音。他们可以听见不远处的街道传来炮火和机枪的声音，而且还能听见炸弹的爆炸声。阿拉贝拉担心地面进攻可能已经开始了。

　　本看着空无一人的地铁站入口。"大英帝国特工处就在那里面？"他半信半疑地说。

　　"过来！"阿拉贝拉边说边跑进车站售票厅。

　　大厅空空荡荡的，十字转门就那么开着。售票厅里没有人卖票。他们听到下面有许多人窃窃私语的声音。

　　"现在要干什么？"本问道。

　　"我们得去站台上看看。"阿拉贝拉回答道。

　　大都会区铁道的西行站台一片荒凉，成百上千的人们挤在一起，他们面色苍白，满身尘土，无论是在站台上还是轨道间，到处都是人。这拥挤的场景让阿拉贝拉发抖。她是一个享受自由和光明的女孩——最喜欢阳光充足的广阔天空，而眼前的场景正好相反。

　　有一些人看上去伤心难过，提心吊胆，但还有一些人在笑着开玩笑。他们失去了家园，有人甚至失去了亲人，没有人知道未来会怎样。他们甚至不知道，出去之后，这个城市还会不会是英国的了。但他们还是笑着。阿拉贝拉觉得那样的笑容很鼓舞人心，给她带去希望。

一个推着手推车的女人在给大家分发热饮和零食。那儿还有护士在给大家检查身体，穿制服的大都会区铁道的工作人员在给大家交代注意事项。阿拉贝拉走向其中一个穿制服的男人。"我们准备好了，查伦先生。"这是艾米琳在她们通话快结束的时候交代阿拉贝拉说的。

男人看着她，有些诧异："你说什么？"

阿拉贝拉重复了那句话。

他上下打量着阿拉贝拉，然后注意到了她的同伴。他看见迈尔斯时有些震惊，但很快就冷静了下来。

"跟我来。"那个男人对他们说，领着他们穿过一个小走廊，走到了东行站台，那儿同样挤满了躲避炮弹的难民。站台的尽头是一条较长的走廊，通向贝克街和滑铁卢火车站。

他们来到楼梯前，下去之后就能到站台了，不过在此之前他们来到了一扇装在墙里的门前。那个男人从口袋里拿出一串钥匙，找到了可以打开眼前这扇门的那把。等一群人从旁边走过去后，他把钥匙插进锁里，打开了门。"就在那下面，你会找到你一直寻找的地方。"男人对他们说道，让他们走向另一条更黑的走廊。他们走进去之后，身后的门被关上了，还被锁上了。

走廊尽头有扇门。在迈尔斯的眼中，那扇门看起来像是一块非常坚固的钢板。阿拉贝拉按下中间的一个按钮，随即响起一个声音："请亮明身份。"

"阿拉贝拉·韦斯特女士。"阿拉贝拉说道。

对方沉默了一下。

"迈尔斯和你在一起吗？"

"是的。"

"迈尔斯，你能确认一下吗？"

迈尔斯说："我和阿拉贝拉女士，还有本·福雷斯特在一起，他是个有安全许可的美国公民。"

又一阵漫长的沉默之后，门吱吱扭扭地慢慢打开。门和墙一样厚，有1英尺多。

远处的房间非常明亮，充斥着分析引擎运转时发出的声音。一个戴眼镜的灰发男人从椅子旁站起来迎接他们。

"艾伯特！"阿拉贝拉亲切地叫道。

"阿拉贝拉！你做到了！真不容易。欢迎来到哈迪斯！迈尔斯也是！"他转向本，"很高兴见到你，先生。"

"我也是，艾伯特。"本回应道。

艾伯特转向阿拉贝拉："待会儿你会在实验室看见斯图亚特少校、凯西和碧翠斯。按着标志往那儿走就可以了。她们见到你一定会非常惊讶。"

"谢谢你，艾伯特。"

他们按照艾伯特给的方向往前走，不过等着他们的是更多的迷宫一般的走廊。沿途有很多标签：密码破译室、洽谈室、反侦察室、集体宿舍、野战作业室、飞行团办公室、情报收集室、实验室、休闲室、餐厅、卫生间和训练室。

"这里好像是完全仿照我们在米尔班克大厦的总部建的，"阿拉贝拉轻声说道，"所有的房间都一样。"

"防弹地下掩体内的另一个总部，"本点头表示同意，"我觉得这么做非常明智。"

"我知道他们有足够的物资，可以在这里至少坚持十二个月。"迈尔斯说道。

这一切给了阿拉贝拉希望。无论拿破仑把城市破坏得多么严重——英国人会在地下一直坚持着。

第二十五章　实验室

　　这间实验室是专门用来研究新式的间谍武器和小工具的。一踏进实验室的门，他们就被混杂着烧焦的橡胶、火药和甜甜圈的浓烈气味呛到了。实验室里到处都是穿着白大褂的技术人员，忙着修理和测试新装备。看到琳琅满目的令人着迷的技术装备，本感到非常惊讶。他们看到一名女技术员开了一枪，枪口射出一串薄薄的黄色黏稠物，粘在了距离她几十码外的假人身上。不远处还有工作人员按了一个按钮，桌上一个镇纸顷刻间爆炸。还有人拧了一下钢笔盖，嗖地射出一支飞镖，正中远处的靶子。

　　阿拉贝拉小心翼翼地走进实验室，哪儿也不敢碰，生怕一不小心就会碰到引爆按钮或者发射机关。这时，头顶上传来嗡嗡的声音，她赶忙闪躲了一下，竟然是一架小型的蒸汽飞行器，比飞镖大不了多少，差几英尺就撞到她了。接着，它就在实验台上坠毁了。

"对不起！对不起！"有人大声叫道，"我们还在调整，呃，机翼的飞行角度！"

布莱登·斯多姆教授抓着一台笨重的以太波发射器，上面有一根长长的天线，从实验室的另一头向他们迎面冲来。布莱登教授跑过来的时候，污渍斑斑的白大褂也跟着随风起舞。他浓密的黑色鬈发竖立在前额上，像是一座垂直的悬崖长在了头上。

"阿拉贝拉女士！"布莱登教授气喘吁吁地喊着，跑到了他们跟前，"太神奇了！"捕捉到迈尔斯的目光后，他皱皱的脸上出现了父亲般骄傲的神情。"亲爱的孩子，我看你的脸上有几处伤痕。"布莱登教授擦去了深棕色脸颊上的一滴眼泪。"布莱登教授，我需要修理个一两次。"迈尔斯说。

"是的，是的，当然了。我们一会儿见。"教授转向阿拉贝拉，小声地嘀咕道，"孩子，告诉我，他这些日子的表现，呃，都很正常吗？"

阿拉贝拉瞟了一眼迈尔斯，做了个鬼脸，笑着说："他一如既往地优秀。"

"噢，太好了！"教授从口袋里掏出了一个甜甜圈，一口咬了下去。

然后，他注意到本正在检查那架坠毁的蒸汽飞行器，随即挑了挑浓密的眉毛。他一边大声喊着："孩子，你介意吗？"一边给周围的人分发糖果，"这是高度机密，呃……"

"教授，升降机在水平尾翼上。"本指着飞机尾部说，"如果你想要飞得更高，你就需要在俯冲角上做出更多的改变。"

斯多姆教授用黏糊糊的手掌拂过他挺立的黑发："真的吗？让我瞧一瞧，话说你是航空公司派来的吗？"

"总之，我觉得这样可行……"

于是，教授和本很快就旁若无人地陷入了关于小型飞行器的激烈讨论中。

"贝拉！"

阿拉贝拉扭头看到凯西、艾米琳和碧翠斯正从实验室的另一头走向自己。再次见到凯西，她惊喜万分，又对于怀疑过其是奸细产生了一丝愧疚感。

凯西上前抱了阿拉贝拉一下，说："贝拉，你出了什么事？告诉我，你不是碧翠斯所说的那样故意逃跑，告诉我你其实是迷路了或者是被绑架了。"

阿拉贝拉看到凯西泪眼汪汪地看着她，她多希望自己如凯西所想，只是个单纯乖巧的女孩子啊。

碧翠斯说："她是故意走错的。"

凯西坚持说:"不会的,肯定有别的原因。"

艾米琳严肃地望着阿拉贝拉,说:"我更赞同碧翠斯的想法。第一,你没有和我们一起回'克拉肯'号;第二,我们的追踪器在'泰坦'号上探测到了你的讯号。所以,除非你现在打算告诉我们你是被俘上法国飞船的,否则我觉得唯一可能的解释就是你和迈尔斯当初是故意偷偷溜上船的。"

阿拉贝拉缓缓地点了点头:"你说得对,长官。"

"天哪,贝拉。"凯西轻声低喃。

"果然是这样。"艾米琳说着,表情也逐渐缓和了下来,"阿拉贝拉,我得向你道歉。你是对的,'泰坦'号有防御系统。不过,我还是对你很失望,因为你认为这些事需要背着我去做。你当初为什么宁愿不顾一切地单独行动,也不试试用你的观点说服我呢?"

"我试过了,"阿拉贝拉感觉自己的脸开始发烫,"我告诉过你两次了,我认为'泰坦'号已经开启了防御系统,结果你两次都没有相信我。更糟糕的是,你甚至开始怀疑我的忠诚。最后,我觉得自己除了单独行动外别无选择。"

艾米琳低下自己的头:"对此,我只能说对不起。我承认自己有时候可能有那么一点……一根筋。但是,在我们出发前,我得到了一个非常明确的指示,让我们摧毁以太盾,而我似乎从你那里只能得到反对意见。事实证明,对以太盾的破坏无法百分百地阻止入侵。但是我确信,它的损失对法国将是一个重大挫折，仅仅是出于这个原因，我觉得我们的任务也是值得的……所以你的计划是登上'泰坦'号，从内部摧毁它是吗？"

阿拉贝拉点了点头。

"那么，很明显，这次任务失败了，因为'泰坦'号就在伦敦……你在船上有没有发现什么有用的东西？"

阿拉贝拉迟疑了一下，说："是的，我……"然后，她瞟了一眼凯西和碧翠斯。

艾米琳说："在她们两个人面前，你说什么都可以。"

"戴安娜当时在船上，"阿拉贝拉说着，嘴唇突然变得有些发干，"她是个叛徒，是为法国服务的。"

艾米琳点了点头。

阿拉贝拉无法相信艾米琳听到这个消息竟然这么冷静，难道她早就怀疑戴安娜了？

碧翠斯表面平静，但面部肌肉已经有些僵硬。凯西则是一脸惊恐。"我不信，"她喃喃自语，"戴安娜怎么会是这样的人！"

艾米琳说："谢谢，还有什么别的发现吗？"

"拿破仑当时也在船上。他提到了'凤凰'这个词。开始我以为是入侵行动的代号，但是后来他说马上就到手了，听上去像是一种物品。"

艾米琳皱了皱眉："'凤凰'，我猜不出来那是什么。不过，我会把这些信息汇报给上级。谢谢你，阿拉贝拉。你做得很好!"

"还有件事，长官，"阿拉贝拉说，"我在'泰坦'号上看到一支机器人军队。"

"嗯，我们知道，"艾米琳说，"为了争夺市区的控制权，我方部队正和他们激烈地交战。他们十分难对付，因为身上似乎配有与'泰坦'号一样的以太盾。我们猜测这支军队是和'泰坦'号同时开启了防御系统。"

阿拉贝拉说："恐怕事情比你想的还要糟。"

"这是什么意思?"

"'泰坦'号上还有第二个以太盾生成器，用来为军队提供防御的。"

"还有一个以太盾生成器……"艾米琳的声音有些发颤，瞬间脸色发白，"我的天，他们真有一套。看来，我们在格兰维尔的行动变得毫无意义了。"

凯西说："长官，还不一定呢。"

"不……"艾米琳似乎说不出话来了。她转向阿拉贝拉："那么，我们又有新任务了。也就是说，我们现在的任务比以往任何时候都要紧迫。"

"那我们当前的任务是什么?"

"我们要找到突破以太盾的方法，这样我们才能摧毁'泰坦'号并且打退这些机器人军队。"

"或许我能帮上忙，"阿拉贝拉说，"或者更确切地说，他可能会对这次行动有所帮助。"阿拉贝拉指了指还在全神贯注地与斯多姆教授交谈的本。

艾米琳望着本，说："我的天哪，那是……?"

"特工Z，"阿拉贝拉补充道，"您之前没见过他吗?"

"他比我想象中年轻多了。"

三双眼睛齐刷刷地紧盯着本。

"你认识特工Z?"凯西小声说，"我想听你讲讲，贝拉，你们是怎么遇到的?"

"现在不是说这些的时候，"艾米琳说着，大步走到斯多姆教授和本之间，说道，"杰弗逊·布莱克伍德先生，我猜你是叫这个名字吧。"

"说对了一半，"本说，"但是我现在的名字叫本·福雷斯特。"

艾米琳说："我是艾米琳·斯图亚特少校。"

"终于见到你了，我很荣幸，少校。"本鞠了鞠躬。

"我也很荣幸，"艾米琳说，"还有，谢谢你帮助我们的特工阿拉贝拉消灭了塔拉尼斯的空中盗贼。"

"很荣幸。"本说罢再次鞠躬。

"虽然说晚了，但还得谢谢你愿意把偷偷拿到的以太盾生成器的配方给我们。"

本刚准备第三次鞠躬，身体却僵在了那里。

"你说什么？"本的声音开始发颤。

艾米琳似乎没有看出本开始变得有些慌张："我说谢谢你把以太盾生成器的配方给我们了。"

"我没给过你们啊，"本说，"我才不会做这种事。别告诉我现在你们英国方面也掌握这个配方了？到底是谁把它交给你们的？"

"怎么了，是迈尔斯给的，"斯多姆教授打破沉寂，"他从塔拉尼斯回来后，就在三天前把配方给了我们，我们在实验室里连夜工作，照着配方建成了一个一定比例的模型。"教授指着一处被绳子隔开的区域，有个小型的以太盾生成器正在运行，它的体积只有扁皮箱那么大。

本看到这一幕时，攥紧了拳头，像一头愤怒的熊一样。

"迈尔斯！"他咆哮着，"我们当时是怎么说的？你不是发誓要保密吗？"

此刻大家的目光都投向了迈尔斯。一股蒸汽从他的帽子里喷出来，但迈尔斯仍然保持着沉默，站在原地一动不动。

"我在等你说话呢，迈尔斯。"本说。

"福雷斯特先生，"迈尔斯说，"我想提醒你一下，先生，理论上说我是一个英国人。忠诚于我的国家，植根于我的程序里。而我的国家需要以太盾生成器。你有制作配方，但不愿意把它交出来。指令告诉我，我可以通过帮助你制造以太盾来获得这个配方，同时我要发誓为这个配方保密。"

"你这个叛徒！"本愤怒地说，"你不要尊严和名声了？这些难道不是英国人的美德吗？程序员在给你写编程的时候没把它们编进去吗？"

"说得好，福雷斯特先生，"艾米琳说，"某个人哄骗了我的特工去偷配方，后来又从她手里直接把配方抢走。这种行为可真是体面又光荣啊！"

本瞬间说不出话来了。

"我们都希望受人尊敬，"艾米琳接着说，"但总而言之，我们的身份是间谍，这不是一个体面的职业。必要时，我们会为了我们的国家去撒谎和偷窃。迈尔斯做得对，为此我要向他表示祝贺。"

"没错，但我从没想过他竟然会撒谎，"斯多姆教授气急败坏地说，"这不在他的程序里。"

"你给我设定了逻辑指令，教授，"迈尔斯说，"还给我设定了爱国程序。正是这些原因让我对福雷斯特先生撒谎，向他发誓我不会把这个配方给别人。你没给我设定撒谎程序，但是为了履行我的职责，我必须编造这个谎言。"

"真是神奇！"教授喘着粗气说，"但也有一点让人担忧。"

"迈尔斯的谎言恢复了英国和法国之间的力量平衡，"艾米琳说，"我不认为这有什么值得人担心的。"

"哦，我觉得会，"本嘟囔着，"这项危险的技术现在已经扩散到第二个超级大国。我的国家刚刚从墨西哥独立出来，距离你们英国人再次威胁我的国家还能有多久？"

"你有方程式，福雷斯特先生，"艾米琳说，"你的国家已经和美国拴在了一起，美国是个好地方，有足够的黄金。如果你有所担忧，为什么不自己制造一个以太盾呢？或者，也许你愿意帮助我们找到打败它的方法，那么我们都不必再害怕这项技术了。我从阿拉贝拉那里得知你已经找到方法了。"

本点了点头。"我想，这应该是最好的办法，"他以一种更缓和的语气说，"但我不太确定我的方法是否可行。我是说，这是心理战术，它要求直接飞向受保护的物体。我无法想象在使用导弹的情况下如何做到这一点。"

"但是你愿意试一下吧？"艾米琳说。

本耸耸肩，叹了口气说："我愿意。"

"谢谢你，我的孩子。"教授心花怒放，把本带到了以太盾生成器旁边。

阿拉贝拉看到本被说服，如释重负地笑了。现在，她开始思考自己能为赢得战争做些什么。她没有等多久。"阿拉贝拉、凯西、碧翠斯，"艾米琳叫道，"你们三个务必立刻出发。"

"什么任务?"凯西问道。

"击落法国的飞船，越多越好!"

第二十六章　空中混战

　　"一切准备就绪，女士。"工程师朝"科曼奇王子"号点头说道。他在一块油布上擦了擦手，并在他的剪贴板上核对了一下各种事项。"发动机，蒸汽冷凝器，空气进气口，风管，检修板，螺旋桨叶片，张线，支杆，控制台，通风口，减震器，轮胎，刹车，风动天线，火箭发射器和詹尼斯磁蒸汽炮，一切都在完美地运转。我会为您添够煤尘，飞一个小时绰绰有余。"

　　"谢谢！"阿拉贝拉说。她的手指抚摸着刷过红漆、泛着完美光泽的"王子"号。

　　他们正站在300码长的跑道的起点，跑道是沿着实验室外的走廊而建的。"科曼奇王子"号旁边是凯西的绿色蒸汽滑翔飞艇"曼陀罗苏丹"号，以及碧翠斯修整一新的蓝色双翼飞艇"马都莱王妃"号。凯西和碧翠斯已经在驾驶舱坐好，螺旋桨叶片开始旋转。在远处的爆炸声中，跑道的尽头有一扇巨大的液压门正在打开，阳光和烟雾涌了进来。巨大的轰鸣声在机库中回荡，凯西此时打开了"苏丹"号的节流阀。

阿拉贝拉跳上"王子"号的机翼，然后爬进了驾驶舱。一坐上舒适的座椅她就感到十分自在，周围都是熟悉的控制台。工程师控制着螺旋桨旋转，引擎也噗噗地发动起来。凯西率先起飞，飞艇沿着水泥隧道加速滑行，渐渐变得越来越小，直到从一个斜坡上消失在明亮的阳光下。碧翠斯紧跟着她，飞艇在加速的时候微微颤抖，一侧机翼几乎是刮着隧道的墙壁滑行。她刚处于安全飞行状态，就轮到阿拉贝拉起飞。阿拉贝拉十分兴奋：终于得到与敌人进行空战的机会了。她飞速地冲出了隧道。艇身在阳光下闪闪发光，犹如深红色的火箭。

"王子"号从河面上腾空而起，进入烟雾弥漫的天空。它光滑的灰色外形，就像一头在晒太阳的鲸鱼。飞到2000英尺高空的时候，阿拉贝拉的耳边传来了一阵阵呼啸声和炮弹爆炸声。她的脚下，漫天大火席卷了这座城市，大量的建筑被烧焦，仿佛人间地狱。只有一件令人开心的事：一架法国飞船——"龙卷风"号坠毁了，大概是被地面的防空炮击落的。它大到足以塞下一整条街，人像蚂蚁一样在它的上面爬来爬去。

阿拉贝拉的上方，有敌舰正在逼近。她能看到他们的炮口，以及从炸弹舱中不断滑落的黑色炸弹。这些天空中的巨型怪物可能很容易瞄准，但它们也配备了致命的防御武器。它们的装甲外壳在承受大量攻击后依旧安然无恙，但如果被"火山"号的无畏式或桑托尔式的大炮击中，它们会直接飞出天际。阿拉贝拉看见凯西正在自己的左边，与一架长达100英尺、靠风力驱动的"匕首"号战舰缠斗。在她的另一边，碧翠斯正与体积更大的"德萨利纳"号交锋。她们像昆虫一样嗡嗡地环绕在战舰周围，不断地改变飞行方向——时而盘旋上升，时而俯冲潜行，时而倾斜，时而旋转——她们尽可能地瞄准目标，让炮弹命中敌舰坚硬的金属外壳。

阿拉贝拉将自己的目标设定为离她约半英里的"狙击"号。这个长达210英尺的怪物对她来说会是一个大大的奖励！阿拉贝拉加速向那艘造型优雅而邪恶的战舰飞去，这种感觉就像一头小海豚去猎捕鲨鱼一样。她面前的"狙击"号是一艘真正的空中战舰——光滑坚固的船体由吊舱和气囊组合而成。阿拉贝拉选择从下方接近"狙击"号——这通常是最安全的选择，因为"狙击"号最具攻击力的武器，是四门位于上层甲板的可以旋转的米修炮。

这艘飞船的阳极探测器肯定已经发现了危险，因为阿拉贝拉看到它下层甲板上的米涅式步枪转向了她。进入了250码的射程时，阿拉贝拉的蒸汽炮来了一次速度很快的短距离射击。与此同时，飞船上的枪响了，周围的空气中顿时充斥着爆炸声。枪手们迅速进行大范围的还击，米涅式步枪的设计初衷是击退登上飞船的入侵者，所以在射程上并不准确。阿拉贝拉的齐射也同样不起作用。子弹从敌人闪闪发光的黑色飞船上弹了出去，没有给它造成任何伤害。她不得不再靠近一点，也让自己处于更危险的情境之中，才有可能给对方造成真正的伤害。

　　敌舰气囊的外壳太坚固了，蒸汽炮也无法将其击穿。阿拉贝拉希望用她的"小丝带"重创这艘战舰，或者摧毁它。"小丝带"是一种带有可爆炸尖端的小型火箭，从"王子"号的艇身下方发射。磁管将确保它可以迅速紧贴在"狙击"号的气囊外壳上，当然，它装配的燃烧弹足以将装甲外壳击破。"狙击"号的侧翼上方是其盔甲最薄的位置，也是火箭发射器的最佳瞄准位置。不幸的是，这也让阿拉贝拉暴露在对方威力巨大的米修炮的射程之内。

　　更糟的是，"小丝带"火箭是出了名的精度不高。为了确保击中目标，阿拉贝拉需要距离对方非常近，所以即使她逃过了枪林弹雨，也可能在随后的爆炸中被波及。幸运的是，"小丝带"并没有设计成在受到撞击时引爆，而是要通过一个十五秒的发条式保险丝。这让她有希望赶紧避开。

　　阿拉贝拉飞到了一个更为安全的距离，然后额外绕了半圈，飞到了"狙击"号的上方。她按演习过的蛇形路线接近敌方战舰，一边用精密的方向舵控制着飞机侧飞，一边在闪避中瞄准着枪手。米修炮开始旋转，以便找到合适方位让阿拉贝拉进入射程内。当她飞到距离敌舰大约500码时，用蒸汽炮给对方的上层甲板来了一阵射击。阿拉贝拉满意地看着炮弹击中了目标，炸碎了船帆，打断了桅杆，还破坏了一座锥形塔。甲板上有许多渺小的身影正四处躲避着攻击。现在，进入200码的射程内，她的手指移到了"小丝带"的发射器上。"狙击"号最薄的装甲外壳，此时位于她的炮口下方，暴露在视野里。一旦发射，阿拉贝拉就得像闪电一样迅速离开。

　　她正要按下发射按钮，"狙击"号突然传来了一声爆炸，其巨大的火炮冒着剧烈的浓烟。阿拉贝拉瞬间陷入了危险中。一处爆炸就发生在阿拉贝拉的下方，震得"王子"号剧烈摇晃。

　　它的艇身和双翼嘎吱作响，仿佛整体结构都变形了一样。第二处爆炸，靠近阿拉贝拉右侧的机翼，她大惊失色，脑袋在震荡中撞向了驾驶舱罩。

头晕目眩的阿拉贝拉感觉到"王子"号已经失控了。显示机翼角度的测量仪，从一边晃倒另一边，罗盘的指针剧烈地摆动着。"王子"号摇晃着冲进了一片灰蒙蒙的雨云中。这反而救了阿拉贝拉的命，就在"王子"号暴露在敌人的视线中时，云掩盖了"王子"号的身影。阿拉贝拉摇了摇头让自己恢复清醒，试着让"王子"号恢复平稳。她的右舷引擎因爆炸受到损坏，已经停止工作了，机身开始旋转。她关掉了左舷引擎，让飞艇得到了控制，但只剩下离心式螺旋桨发动机让她在空中保持飞行状态。她驾驶着飞机从云中冲出来，要摧毁"狙击"号的决心比以往任何时候都更加坚定了。这次阿拉贝拉靠近了对方的船尾，希望在敌人发现并把大炮旋转到位前，按下火箭的发射按钮。阿拉贝拉选择直线接近敌舰——这次不是蛇形靠近，而是全力以赴。她操纵只剩一个引擎的"王子"号飞得更快了，耳朵里此时充满了螺旋桨尖锐的转动声和风的呼啸声。在离"狙击"号不到200码的地方，她发现上层甲板上有个小小的男人身影，从一座指挥塔的废墟后面窥视着，举着一把连发枪对准自己。她还没来得及采取行动，枪就响了，几颗子弹击中了她的引擎，造成了强烈的冲击。引擎发出尖锐的吱呀声，黑烟从里面冒了出来。警报声响起。飞艇开始向下俯冲。这时，阿拉贝拉猛地拉起"王子"号的操纵杆，爬升到"狙击"号舰尾的下方。她已经近得足以看到"狙击"号的阳极天线和镀铁铆钉。

"王子"号正在逐渐失去动力，但阿拉贝拉仍然迫使它向上飞，飞到"狙击"号的上面时，她发现有个枪手背对着自己。枪手靠在炮架栏杆上，试图在下面寻找她的身影。阿拉贝拉用蒸汽炮朝他开了一炮。过了一会儿，在飞到离"狙击"号只有几十码的地方，她发射了一枚火箭。下方传来了轰鸣声，阿拉贝拉甚至没来得及检查是否击中了目标，就使劲踩下副翼踏板，摇晃着飞往安全地带。

　　阿拉贝拉一边控制着飞艇慢慢低飞，一边默数到15。最后，她终于等到了。

　　从毫无动静到……嘣！

　　周围的天空变成了深粉色，一道拳头状的冲击波正中"王子"号。它在天空中剧烈摇晃，偏离了航道。阿拉贝拉竭力地控制着飞艇，在旋转中看到"狙击"号被浓烟和橘黄色的火焰包围，向下方坠落。阿拉贝拉的火箭必须找准目标，才能击破充满氢气的气囊外壳。她颤抖着，内心有一种奇怪的感觉，混合着强烈的幸福感和令人眩晕的恐惧感。她记起了父亲对战争的感悟：三分荣誉，七分悲伤，十分恐惧。

　　"王子"号仅剩的一个引擎在嘎嘎作响，机身剧烈地摇晃着。阿拉贝拉必须赶紧降落，不然就会粉身碎骨。她失去了方向——她的家乡此时处在一片灰烬和烟雾之中。她也不知道地下跑道的位置，不然就可以在那里降落了。但她可以透过阴霾辨认出闪闪发光的泰晤士河，这让阿拉贝拉想到一个办法。

阿拉贝拉以前从未试过在水中降落，但她记得父亲说过，有一次他被迫在布列塔尼的某个湖里抛弃了他的飞艇。她能在泰晤士河上也这么做吗？等等，这是父亲说过的第一件事。她在风中盘旋，并展开副翼，降低了降落速度。

阿尔弗雷德勋爵曾建议过，如果有时间，那就尽量燃烧更多的燃料，以减轻重量，增加浮力。但是没机会了！阿拉贝拉已经可以看到一艘庞大的飞船从东南方朝她飞来。

没时间了！

当阿拉贝拉开始寻找一条能看清的河流降落时，一件可怕的事情发生了：引擎发出了最后一声垂死挣扎的噗噗声，然后就不动了。螺旋桨停止了转动，突然间，她听到的只有风的呼啸声。飞艇开始猛地向地面冲去。

目前还无法跳水。她刚刚有足够的动力滑行，却发现"王子"号无法降落在她选择的任何区域。

阿拉贝拉不断下落。建筑物和爆炸地点变得越来越大，越来越真实、清晰。驾驶舱里弥漫着黑烟和烧焦木材的刺鼻气味。她的机翼已经展开到最大限度，但她下落的速度依然很快，似乎有点太快了。她的父亲曾建议过，机翼必须与水面持平。尾翼应低于正常水平。飞艇的头部应该呈12度，高于正常着陆角度。阿拉贝拉按下副翼和升降机的控制按钮，试图调整到合适的位置，她意识到自己只有一次机会。

距离水面越来越近了，一切都符合预想……糟糕，这里有一座桥——它就在河的弯道上，阿拉贝拉想要降落的那条河刚好就在桥的那一头。她可以摧毁那座桥，但是有一列英国装甲战车在桥上慢慢地行进。要是她有一个可以正常工作的引擎，她就能往高处飞一段距离来避开它们。但事实摆在眼前，它们已经非常接近了！

当她靠近时，可以看到士兵们在装甲战车的炮塔里疯狂地向她挥手，冲她喊着飞高一点。

"趴下！"阿拉贝拉冲士兵们尖叫着。

在最后一刻，他们照做了。她得稍微调整角度才能通过河湾。从士兵们的头上掠过时，她感到右舷机翼下有一声闷响。是弹尖，她猜想，一定是从炮塔顶部滑下来的。阿拉贝拉努力调整让机翼平行于河面。猛烈的撞击溅起了河面的水花，她沿着河流往前开，两边形成巨大的水帘，飞机像石头一样在水面打着水漂。慢慢地，"王子"号的速度变慢了，在北岸附近停了下来。真是一次完美的水上降落！父亲会为她感到骄傲的。

第二十七章　半人马

阿拉贝拉很快就认出了这里是哪：对岸是白厅花园，靠近查令十字地铁站。原来，她碰巧降落在离起飞地点很近的地方：向北边100码的地方就是"哈迪斯之门"，那里的地下跑道是开放的。

不一会儿，两艘拖船从跑道斜坡附近的码头驶出，将"王子"号拖回了基地。阿拉贝拉爬上机翼，跳上其中一艘拖船。

"我看见您在上面做的事了，女士，"拖船的领航员说，"您把那艘法国大飞船给打了下来。这绝对是我见过的最壮观、最激动人心的场景之一。谢谢您让我有幸看到这些!"

"我很荣幸，先生，"阿拉贝拉回答，"只是做了点微小的贡献。"

"您给了我们希望，女士。"领航员一边说，一边向岸边驶去。

嘣！河的另一边传来了巨大的爆炸声，一股水柱和蒸汽喷射到50英尺高的空气中。又是一阵爆炸声！因爆炸出现的波浪让那艘小拖船来回摇晃。领航员咕哝着诅咒了一声。他又说："我们现在最缺的就是希望。"

阿拉贝拉在码头碰到了艾米琳，旁边就是迈尔斯，他的眼睛似乎正发着光，比之前见面的时候有精神多了，身上的伤痕已经修复，脚上附着两条全新的履带。

"欢迎回家，我的朋友。"迈尔斯鞠了鞠躬。

艾米琳看起来很紧张。"碧翠斯刚打过电话，"她说，"在和'德萨利纳'号交战后，她迫降在圣詹姆斯公园了。我知道拿破仑的军队现在正在附近行军。我想让你和迈尔斯以最快的速度和碧翠斯取得联系。你们三个务必跟着拿破仑，看看他要干什么。很可能跟你提到的'凤凰'有关。你们要注意安全，那边很危险。"

"好的，长官，"阿拉贝拉说，"有凯西的消息吗？"

艾米琳停顿了一下，说："目前没有。"

阿拉贝拉无法想象那个停顿代表着什么。

艾米琳转身离开，停下来，好像想起了什么。"对了，你打倒了'狙击'号，做得很好，"她说，"大家的士气大大地提高了。"

"谢谢您，长官。"

阿拉贝拉和迈尔斯偷偷地转移到坑坑洼洼、布满残骸的白厅。这里遭到了严重的轰炸，完全看不出曾是大英帝国的行政中心。阿拉贝拉回忆起几天前这还是一座坚固的花岗岩建筑，看起来如山般坚不可摧。现在它却被黑色覆盖，四处都是破碎的石头和玻璃。断壁残垣的大楼如今只剩一块墙壁、一个覆满灰尘的轮子、一辆敞篷马车、一顶凹陷的帽子——这里有人存在过的唯一证据。这是一个属于时代末期的景观，是一本启示录——书写着一个文明会为野蛮让步的时代。完全无法想象未来这里将如何重建。

天空中的入侵者已经飞去这座城市的其他地方，前往新的目标。在遥远的爆炸声和地面的颤动声之间，在那些曾经充满活力的街道上听到的都是呼啸的风声。这是一种奇怪而可怕的声音，对这座城市来说是如此陌生。阿拉贝拉希望有东西能堵住自己的耳朵，但此时有个令人悲伤的声音似乎向她诉说着什么，透着一种令人绝望的哀情。于是她停下了脚步。

"迈尔斯，"阿拉贝拉说，"凯西怎么样了？"

迈尔斯走在瓦砾堆上寻找合适的路线，他停下脚步，转过身来回答："我不能说，女士。"

"你不能说，还是你不想说？"

"我必须保密。"

阿拉贝拉的心脏怦怦直跳。她走近迈尔斯，蹲下来，直直地盯着他的眼睛。"迈尔斯，"她说，"我觉得艾米琳让你保密，是因为她担心告诉我真相会让我不安。她想让我集中精力，觉得如果我难受就无法集中精神完成任务。但是你看，如果我不知道我最好的朋友发生了什么事，我就不可能专注于任务。要是凯西死了，你必须得告诉我。我保证自己不会有任何闪失或者出来搞事情。我明白自己必须继续前进，不管是什么状况，我都会继续。但在知道真相之前，我不会采取下一步行动。"

迈尔斯不安地发抖。他喷出一股蒸汽，犹犹豫豫地说："我的女士，你让我很难办。人类的事情太……复杂了。我第一次了解到有时说谎是必要的，而现在……"

"你违背了对福雷斯特的承诺，记得吗？你以前就撒过谎。"

"那件事必须要撒谎，我是为了我的国家才那么做的。"

"那你现在为了你的女主人……还有你的朋友再次撒谎。"

迈尔斯发出轻微的响动，阿拉贝拉认为那是一声叹息。"凯西的蒸汽飞艇是在和'匕首'号的一场交战中被击中的，"他说，"它最后一次被发现时，正在低空盘旋，一侧的艇翼正起着浓烟，看起来似乎失去了控制。"

"有人看到降落伞了吗？"

迈尔斯沉默了。

"她跳艇了吗，迈尔斯？"

"我觉得没有，女士。"

阿拉贝拉嘴唇紧咬，直到尝到了血的味道。"来吧，"她说，声音听起来格外刺耳，"我们走。"

阿拉贝拉和迈尔斯发现碧翠斯正站在圣詹姆斯公园的湖边。为了避免敌人的战舰发现自己，她之前乘着"王妃"号在一棵大柳树下滑行了一段。

"我把'德萨利纳'号打败啦，"看到他们时，碧翠斯大声地说，"应该说是让它尝了点苦头——把它打回法国老家了。我有点不确定成功没有。"

"干得漂亮！"阿拉贝拉回应道，几乎没意识到她在说什么。

"我看到你把'狙击'号打趴下了。它在林肯旅馆的田野里坠毁了。"

阿拉贝拉目不转睛地盯着她："地上发现尸体了吗？"

"不知道，"碧翠斯耸了耸肩，盯着被藻类植物覆盖的湖，"我们没有造成什么大的破坏，"她喃喃地说，"我们的人太少了。我们需要八十到一百艘装备火炮和火箭的飞船。

那可能——"

碧翠斯突然停住了。他们脚下的地面正有节奏地颤动着，好像有上百匹马在狂奔。声音越来越大，持续的时间也越来越长。

"半人马！"碧翠斯说。

"什么？"阿拉贝拉问，感觉好像刚从梦里醒来。

"快！我们快躲起来。"碧翠斯抓住阿拉贝拉的胳膊把她往柳树下拉。

迈尔斯跟着她们，和她们一起躲到"王妃"号的艇身下。

半人马！阿拉贝拉回忆起她在"泰坦"号上看到的那些恐怖的生物：黑洞洞的眼睛和拿着枪的手——面前的世界突然变成一场噩梦。好在可爱的凯西不会看到这些。

阿拉贝拉匍匐着向前爬去，从低垂的柳枝中向外窥视着。当看到公园北部边缘的树木旁出现了一群密密麻麻的黑色身影时，她的呼吸变得越来越急促。草坪和道路正被这片深邃的阴影所吞噬。远处成千上万的马蹄声像是在锤击她的脑袋。

影子越来越近了，她开始看到奔驰的人影：装有坚硬金属的机器，半人半马。

"我觉得它们不会到这边来。"碧翠斯小声说。

碧翠斯说得没错，阿拉贝拉的呼吸也开始变得越来越正常，半人马们正沿着广场前进——这是举行国事活动的传统路线。但是他们的人太多了，有的还被挤到了公园的边上。

这时，一队英国步兵跟着装甲炮战车从东边的树林中冲了出来。

"他们正试图阻止法军对皇家骑兵卫队阅兵场和陆军总部的攻击。"迈尔斯说，"但这是徒劳的，会有更多的士兵死去。不过，我明白阻止是有必要的。因为投降会向民众发出错误的信息。"

步兵在树林前组成了一堵厚厚的红墙。他们举起步枪攻击半人马的左翼。在他们身后，一列炮战车向相同的目标发射了大口径火炮。但敌人的周围似乎布满无形、紧密的墙壁，子弹和炮弹完全无法击破。阿拉贝拉目瞪口呆地看着这一切。一列半人马从队伍中脱离出来。它们举起武器，向英国军队发起了猛烈的进攻，轻易地击溃了英军，就像一排锡兵被一只孩子的手扫倒了一样。幸存的步兵纷纷后撤，但炮战车仍在原地坚守，一次又一次地向冲锋的半人马开火——但毫无作用。半人马还击的炮火也同样对炮战车的钢板没造成任何影响。

当两支部队相隔100码时，半人马们停了下来。它们的前排左右分开，一台非常奇怪的机器向前开进了两军之间的空旷地带。它的大小至少是半人马的两倍，上半部分看着像大象，但它的肢体由四个轮子支撑，而不是靠腿。巨大的象鼻像一门大炮一样直直地指向前面。阿拉贝拉注意到大象的耳朵上面点了一根导火线。她能看见大象带着一星火光朝英军后排的炮战车走去，忽然意识到接下来会发生什么，缩了一下身子。火光停下来了，出现了片刻诡异的寂静。嘣！——象鼻喷出了巨大的烟雾和火焰。大象的轮子被震得后退了几米，离它最近的炮战车爆炸了。

之后，炮战车尽可能快速地退回树林，半人马的前锋重新加入了大军中。在他们进行攻击时，队伍中出现了一个空隙，阿拉贝拉在他们移动过程中瞥见了别的身影——在马背上有更小的人类身影。其中一人戴着双角帽，这个侧影让她倍感熟悉。

"拿破仑在那儿，"阿拉贝拉对其他人说，"他被半人马群挡着呢。"她开始往前走，从隐蔽的柳树下走了出去："艾米琳让我们跟着他。走吧！"

他们悄悄地穿过公园，从一棵树下跑到另一棵树下，以免被人看见。到了公园的边上时，他们看到半人马群在通往特拉法加广场的巨大的正门前涌动。

迈尔斯说："这次进攻有一些相当奇怪的地方。"

阿拉贝拉转向他："什么意思？"

他发出了咝咝声，好像在思考："首先，拿破仑的空军舰队为什么只袭击伦敦而不袭击我国的其他城市呢？其次，为什么只有力量相对较小的'泰坦'号着陆了？最后，为什么这支部队绕过了我们的权力中心（白金汉宫、唐宁街、议会大厅、陆军总部、海军部大楼），仅仅是为了夺取特拉法加广场，而象征性地打一打？他的目的是为了征服我们，还是只是为了把我们打得头破血流？"

"我不知道，迈尔斯，"阿拉贝拉说，"但是我们的任务就是跟踪他。我们走吧。"

"最好慎重一点，女士。"

碧翠斯扫视了一下广场的空旷地带，赞同地说："如果我们出去，我们肯定会被发现。"

但是沉浸在痛苦中的阿拉贝拉无所顾忌，她注意到在路的另一边有一排带门廊的建筑物，门廊的柱子支撑着一楼的阳台。"那些柱子可以给我们掩护。"她对碧翠斯和迈尔斯说。没有等到两人的回应，她就跑进了广场。

但阿拉贝拉刚跑到路中心，一个落在队伍后面的半人马突然停了下来，脖子向后旋转了180度，直视着阿拉贝拉。死气沉沉的黑眼珠毫无好奇心地盯着她，不带一丝仇恨——只是冷漠地估量着。半人马仿佛在和其他同伴说："出现了一个新目标。"两股蒸汽从它耳朵里喷了出来。它转过了马身，开始向阿拉贝拉飞奔过来。

第二十八章
骑着蒸汽摩托车的人

"快跑!"当半人马举起了一支武器时,碧翠斯大喊道。她的声音从阿拉贝拉身后传来,碧翠斯此刻必须去帮助阿拉贝拉。阿拉贝拉开始向路的尽头冲刺时,她可以听到碧翠斯的脚步声和身后迈尔斯传来的呼哧声。

他们向一座建筑物对面的门廊里跑去,空中传来一声枪响,于是他们开始跑Z字形路,躲到了一根外形优雅的米白色柱子后面。又传来一声枪响,第二根柱子开始断裂。头顶上方的轰隆声向他们发出了警告,上面的阳台没有了支撑物,迅速地倒塌下来。已经没有时间逃跑了!砖和灰泥砸落在他们周围。阿拉贝拉拉着迈尔斯和碧翠斯向挨着大门的一扇大窗跑去。

石柱坍塌的时候,他们挤到了窗台上,碎石从上面像雪崩一样砸了下来。不知是普通的房屋结构倒塌，还是承受不住他们的重量，阿拉贝拉后面的窗户开始破裂，三个人都摔到了后面的房间里。一秒后，一根落下的铁梁把窗台砸得粉碎。

阿拉贝拉躺在尘土飞扬的地板上，黑暗中她喘着粗气听着周围的动静。失去凯西和伦敦陷落的双重痛苦纠缠着她，她想知道人生该如何继续。生命竟然那么地脆弱。

阿拉贝拉回想起最后一次与凯西的交谈：两天前她们曾在泰晤士河堤岸漫步，讨论几年以后想去做什么。凯西兴奋地聊起想要研究埃及象形文字的理想，说完之后，一滴眼泪顺着她的脸颊流了下来。她眨了眨眼睛，把眼泪憋了回去，想着阿拉贝拉应该没看到。凯西明白这只是一个梦想，因为，她永远没有以后了。

阿拉贝拉听到迈尔斯在周围走动的声音。她睁开了双眼。迈尔斯正忙着探测周围环境，用眼部的灯光检查四周的物体。碧翠斯小心翼翼地爬起来，掸掉身上的土。

他们在海军部大楼的办公室里，里面装满了带有皮革面和铜钉的柚木桌子，还有一对高大的木制文件柜倚靠着墙壁。唯一的光亮来自一扇窗户，阳光透过三分之一的窗户洒向屋里——其余部分被一堆阳台的碎石遮住，透过阳光可以看到屋里面尘土飞扬。这时，破碎的玻璃声和空心木地板上嘈杂的马蹄声打破了宁静。

"半人马来了，"碧翠斯小声说，"它是从另一个窗口进来的，可能是想确认一下我们死了没有。"

阿拉贝拉走到了碧翠斯的身边。她发现自己对半人马充满了厌恶情绪，并以某种近似疯狂的方式想把凯西的死亡怪罪于它。"我想杀了它。"阿拉贝拉说。"不可能的，"迈尔斯说，"它有以太盾，我们唯一的选择是藏起来。"

他和碧翠斯发现了一处藏身之地，就在房间的角落里，离窗户很近，在一个文件柜的侧面和墙之间形成了一个半隐蔽的空间。阿拉贝拉不情愿地和他们一起过去。她想：这就是未来，我们在家乡的废墟中到处躲避着这些杀手……你离开的时机太对了，亲爱的凯西！

嗒嗒的马蹄声停了下来。

阿拉贝拉冒着被发现的危险，从角落的橱柜里探出头来。半人马堵住了办公室的门口。她能看见半人马黑色、无神的双眼扫视着房间，听到它的鼻孔里喷出的呼吸声。阿拉贝拉赶紧又藏了起来，半人马快步向前走了几步，举起了武器。

嘣！

阿拉贝拉拼命地忍住尖叫。

窗户后面的瓦砾被震碎了，尘土和碎片像瀑布一样震落到地板上。他为什么要开枪呢？

然后她看到了刚落下来的那一堆东西：她的飞行员皮革帽，一定是在她从窗户翻进来的时候掉下来的。

半人马又往窗户边走了几步。现在离他们只有几码远了。要是它的脖子向左转90度，就能看见他们。阿拉贝拉知道它至少可以旋转190度。只见它冷冷地端详着那顶帽子。阿拉贝拉几乎能听到齿轮在其迟钝的大脑中转动的声音：帽子，但没有戴着它的那个女人。这个女人在哪？她还活着，女人在这个房间里……越来越多的蒸汽从它的耳朵里冒了出来，发出了咝咝的声音。脖子上的齿轮开始转动，它的头开始朝阿拉贝拉他们藏匿的地方转去。

阿拉贝拉推了背后的迈尔斯和碧翠斯一把。后面有一个空间——如果他们可以及时爬到那边，就可以躲在文件柜和墙的后方。在半人马转头的工夫，碧翠斯和迈尔斯挤了过去，阿拉贝拉紧跟在他们后边，但是太迟了，半人马的眼睛已经锁定了她的身影。

在她设法把另外两个同伴推到厨柜后面时，半人马举起枪管瞄准她开了火，离她左臂1英寸处的墙壁爆炸了。

阿拉贝拉咬紧牙关，比以往任何时候都想杀死这个怪物。此刻它就在橱柜前面，阿拉贝拉的双手贴着后面，她用尽全力去推柜子。高大笨重的橱柜摇摇晃晃地倒塌下来，速度也越来越快。在倾斜了30度时，它突然停下了——或者说像是要停下了。柜子距离半人马的头部只有不到5英寸，并且砸中了它的以太盾。橱柜还在下落，但速度不足原来的一半。

半人马的眼里闪过一丝光芒，阿拉贝拉突然闻到了一丝烧焦的味道。半人马后退了几步，橱柜重新受到重力的作用，倒在了地板上。

就在半人马再次开火的时候，阿拉贝拉、碧翠斯和迈尔斯冲到了第二个橱柜里，他们之前躲着的墙上塌陷了一大块。半人马似乎被怒火点燃了，它开始对阿拉贝拉几个人轮番扫射。当子弹射进他们现在躲着的橱柜时，传来了木头开裂的声音和纸张因爆炸破裂的声音，阿拉贝拉的耳朵被猛烈的震感弄得头昏脑涨。

突然，似乎永远不会停止的射击停止了。在这意想不到的寂静中，又发出一阵微弱的嘎吱声。听着像是引擎声——但与半人马的发动引擎不同。声音慢慢地越来越大，出现了回声，就好像是从这栋楼里发出的，还可以听到镶花地板上轮胎的撒气声。

就在阿拉贝拉猜想迎接他们的是什么新的梦魇时，半人马再次开始了进攻。这次攻击更多的是用身体冲撞。它用头撞击着橱柜，使用它连在手臂上的机枪，打碎了架子和抽屉。橱柜每受到一次攻击就退后一下，碧翠斯和阿拉贝拉也因此受了伤。疯狂的半人马用钢铁的身躯撞着橱柜，鼻子喷出的蒸汽刺激着阿拉贝拉的神经。

正当她打算用一次自杀式的正面攻击来结束这一切时，突然传来了一阵轰鸣声，比先前的枪声大得多，接着又是砰的一声枪响，仿佛有人把一个装满金属板的托盘扔在地板上似的。声音再次戛然而止，冲撞橱柜声和呼气声也同时消失了。甚至连奇怪的引擎声也没有了，一瞬间变得鸦雀无声。

阿拉贝拉第一个从橱柜里探出自己的脑袋，看看究竟发生了什么。半人马躺在地板上四肢朝天，一动不动。它的脑袋不见了。而在它的尸体后方几码远的房间门口，有一个人扛着枪骑在一辆巨大的蒸汽摩托车上。

阿拉贝拉又惊又喜地张大了嘴巴，问："你怎么把它杀死的?"想了想又问："你是怎么穿透它的以太盾的?"

"我也不知道。"一个深沉的女声回答——这个声音阿拉贝拉是如此熟悉。阿拉贝拉的嘴张得更大了，因为那个人取下了遮住她全脸的头盔。

竟然是凯西!

第二十九章
破坏性超强的元素

　　凯西的脸上有几处伤痕，但总体看上去还不错。凯西微笑地看着阿拉贝拉向自己跑来，并紧紧地抱住了她。她们默默地拥抱了许久，阿拉贝拉开始抽泣，擦去眼角的泪水后说："快告诉我这到底是怎么回事。"

　　"我会告诉你的，亲爱的贝拉，"凯西说，"这几个小时真是惊心动魄。"她看到还有两个人从橱柜的残骸中走出来时，说："你们好呀，碧翠斯，迈尔斯。"

　　碧翠斯问："你是从废墟里活下来的?"

　　凯西回答道："我至今还不敢相信自己竟然还活着。真是一场灾难！我飞艇的左舷被击中了。发动机和一大块艇翼都被风吹跑了。'苏丹'号完了，我当时就知道必死无疑。事情发生得太快，我几乎来不及思考。烟雾弥漫着驾驶舱，我挣扎着保持清醒。一个降落伞陷在我的座位下面，但我没法把它拽出来。"

"天哪，凯西。"阿拉贝拉小声地说。她可以想象那个可怕的画面。她曾做过类似的噩梦："你当时做了什么？"

"我跳下去了，"凯西说，"我还能做什么？我大约在1500英尺高的地方。我决定了要往下跳，跳下去要比我在飞艇里好。"

"所以你跳下去了，"碧翠斯说，"我猜是朝着街道和建筑物跳的？然后怎么样了？"

"就像老师教的那样，我在自由落体的状态中把胳膊和腿伸出来，为了产生空气阻力并降低速度。我在空中观察地面，想在着陆时找个可以缓冲的地方，或者至少别让我摔死，可以是一片水域，一堆干草，甚至是玻璃房顶。但除了坚硬的屋顶和街道之外，我没有在下方看到任何东西……然后我就看到了它。"

阿拉贝拉大叫："什么东西？你看到什么了？"

"你还记得在河滩上坠毁的'龙卷风'号吗？你一定是在起飞后不久看到的。"

"哦，我记得它，"阿拉贝拉兴奋地说，"我的天哪，你跳下去没事是吗？"

"我当然没事了。我发现通过扭转身体可以控制自己转向，然后我开始朝那艘坠落的飞船落去。我差点就被丹麦圣克莱蒙教堂的尖顶刺穿了，但是还好避开了。我的脚尽可能垂直地先着地，落在了'龙卷风'号缓缓放气的气囊外壳上。没有更完美的登陆点了。它像垫子一样柔软。我只受了一些割伤和瘀伤。但除此之外，我没什么事！"

"凯西，大难不死必有后福！"阿拉贝拉笑着再次拥抱了她，"现在你必须说清楚你在这里要干什么，还有你是怎么打败半人马的。"

凯西正想继续解释，但她听到轰隆隆的声音后停了下来，微笑地看着两个骑着蒸汽摩托车的人一个接一个地进了房间。"我回到了哈迪斯，"凯西在发动机的轰鸣声中说道，"我得到了一辆摩托车和一把枪，然后有人让我去找你。至于我如何打死半人马的，或许我应该把那部分让教授……和他的新助理讲一下。"

"是同事。"第二个骑车人的头盔下面发出了一阵低沉的，美国口音的声音。

"同事，抱歉。"凯西说。

布莱登·斯多姆教授和本·福雷斯特拿掉了他们的头盔，点了点头表示问候。

阿拉贝拉觉得本两腿跨在长形的、低矮的、把手很高的机器上，看起来更潇洒了。然而她竭力想把注意力集中在教授身上。"教授，"她说，"你真的发现了一种……穿过以太盾的方法吗？"她瞥了一眼凯西胳膊下面绑着的武器——"一把霰弹枪？"

斯多姆教授正试图把他被头盔压平的头发捋直，尽可能恢复原来的造型。他自豪地笑着说："没错，我发现了，亲爱的。"

"是我们。"本纠正了一下，更自豪地笑着。

"没错，"教授承认道，"我的助理……"

"是同事。"

"我和我的同事，通过艰难的科学推论……"

"换句话说，完全是侥幸。"本说完，朝阿拉贝拉邪魅一笑。

教授皱起了眉头："不是完全靠侥幸，年轻人。我们知道矿物里含有铜，它……"

"……传导以太能，所以不可能在这种情况下成为具有破坏性的成分。"

"但即使是这样，它还是可以将具有破坏性的成分传递给它的目标。"

本说："虽然我们还不知道这种破坏性的成分是什么。"

"确实现在还不知道。不过，这只是时间问题……"

"时间？不存在的。"本说。

"你俩谁能解释一下你们说的东西，而不是光在这里吵架?"阿拉贝拉不耐烦地喊,"凯西是怎么把半人马的头炸掉的?"

"我们找到了能穿透以太盾的东西。"本说。

"很棒,对吧?你们为什么看上去不高兴呢?"

教授看了看本,本也看着教授。"我来告诉她吗?"斯多姆教授说,"还是你想说?"

"告诉我什么?"阿拉贝拉问。

本清了清嗓子,说:"我们发现了一个东西……但我们现在还不知道它是什么。"他从固定在摩托车上的一个长皮套里抽出了自己的枪,从里面取出了一发子弹,然后用手举起来,让每个人都可以看到它。"就在这里面,"他说,"这是一种含有很多不同元素的矿物。其中一种元素可以穿透以太盾并且炸掉半人马的头。我们目前还不知道究竟是哪一种元素。可能只是一种微量元素,这就限制了我们往里面施加造成实际伤害的力量。"

"我们可以在离'泰坦'号1英里远的地方消灭半人马,"教授取出放在口袋深处的甜甜圈,咬了一口接着说,"现在我们的力量有限。"

"为什么和'泰坦'号的远近有关?"凯西问道。

"从以太盾生成器中获取力量的以太盾覆盖在'泰坦'

号的表面，"本说，"以太盾离力量的来源越远，它就越弱。"

"如果我们要击败半人马大军并破坏'泰坦'号，我们就需要找到这种未知的元素更加纯粹的形式。"教授喃喃道。

"但是，先生们，逻辑表明以太盾肯定会越来越弱，"迈尔斯指出，"入侵者不可能带足够的黄金来维持它的动力超过几天。"

这个说法似乎并没有让他们振作起来，反而让本和教授比以前更加忧心忡忡。

斯多姆教授说："我可以告诉他们吗，还是你来?"

"我们干脆展示给他们看吧。"本说。

教授点点头，然后他们从摩托车上下来了。

"请往这边走。"本说，然后他和教授带头走出了房间。

阿拉贝拉看着凯西："你知道这是什么吗?"

"不清楚。"凯西说。

阿拉贝拉、凯西、迈尔斯和碧翠斯跟着本和教授穿过了海军部大楼的昏暗走廊，走廊里挂着古老的面色阴沉的水手肖像。他们爬上窄窄的螺旋楼梯，楼梯上还装着轮船栏杆。在上层阳台，本向他们展示了成为废墟的伦敦景点。向北望去是特拉法加广场。在那里，可以看见拿破仑的小小身影，就站在纳尔逊纪念柱下的台阶上，两边是两只青铜狮子。他正在军官和部队的一个小型集会上做演讲。他们的数量大大超过了围在他们周围的半人马，排起队来能填满整个广场并至少向上叠十层。

阿拉贝拉听不到拿破仑在说什么，但她可以看到队伍的前面没有了纳尔逊。他的雕像倒在这位法国皇帝的脚边，碎掉了。与此同时，一台起重机正在慢慢地将另一座雕像吊到柱子的顶部方向。新的雕像与发表演说的男人极其相似。阿拉贝拉看到后十分震惊，但也有些不解。四十年前在特拉法加的战败让拿破仑至今仍然耿耿于怀，以至于他准备花费时间和精力在这种小小的报复上？迈尔斯的观点再次让她感到这不像是一次合理的入侵——更像是一次羞辱之战。"看看那边，女士们和先生们。"本指着东北方向说。大家都往那个方向看去，有很长的一排蒸汽机货车，沿着斯特兰德大街慢慢地朝他们的方向移动。每辆车的两侧都是行进的半人马，车上堆满了闪闪发光的金条。"他们要把城市里每家银行的金库抢劫一空，"本说，"以太盾的燃料不可能在短时间内就消耗殆尽。"

"这是英国人的黄金，"阿拉贝拉气愤地说，"真龌龊，他不过是个普通的小偷罢了！"

碧翠斯盯着货车，舔了舔干燥的嘴唇。"我从没见过这么多的黄金。"她小声说。

此时，拿破仑开始带领他的随从和半人马护卫队离开广场。他们沿着诺森伯兰大道向河边走去。

　　阿拉贝拉说："我们最好追上他们。"

　　"我和教授最好回实验室去，"本说，"看看我们能不能为大家造点'奔奈'。"

　　"'奔奈'?"阿拉贝拉问。

　　"就是这个可以穿透以太盾的未知元素，我们给它起的临时名称。"

　　"当然，他指的是布雷登石，"布雷登·斯多姆教授笑着说，"一旦我鉴定出来它是什么元素，就会给他取名'布雷登石'。"

　　阿拉贝拉转向本，朝他甜甜地一笑："所以，你要在实验室里忙着鉴定这个元素，我觉得你就不需要蒸汽摩托车了吧?"

第三十章　追捕

　　阿拉贝拉拧开蒸汽摩托车的节流阀后，感到脚下有一股冲击波袭来。这是一辆十分漂亮的机械车，全长10英尺，宽厚的黑色充气轮胎，边沿装饰着黄铜铆钉皮革，宽大的后掠车把，伸展的车叉与车前端刚好形成45度角。她慢慢地穿过敞开的大门，进入特拉法加广场。引擎发出悸动般的轻响，就像被惊醒的狮子。迈尔斯此时坐在她身后的摩托车后座上。她的左右两边分别是碧翠斯（骑着教授的摩托）和凯西。阿拉贝拉穿过此刻空无一人的特拉法加广场时，她俩紧随其后。其中一只狮子的脖子上挂着一个粗糙的标志，上面涂写着"特拉法加广场"几个字，随后又划掉，写上这个广场的新名字："拿破仑广场"。阿拉贝拉抑制住了想把这个标志射下来的冲动，因为她们不能冒险引起人们的注意。

他们沿着拿破仑离开的诺森伯兰大道向东行驶。等抵达泰晤士河北岸时，她们发现皇帝的半人马部队的队尾拖曳在东边半英里的地方。于是他们悄悄地跟上这队人马，中间保持着一定的距离。他们一行人骑行在鹅卵石铺就的脏兮兮的路堤上，经过废弃的码头和造船厂，以及被洗劫过的仓库，来到了铁路拱门之下。他们穿过破碎的煤堆和铁制起重机的阴影，好似史前的鸟儿一样俯身掠过水面。驳船沉重地漂在河中，由于未经处理的污水倾倒其中，河水变得黢黑一片，泥泞不堪。老鼠在防波堤和码头之间上蹿下跳。

这条路沿着黑衣修士桥下的一条河流蜿蜒延展，他们继续尾随半人马军队东行，从北泰晤士街到南泰晤士街，一路经过小小的庭院、园圃、车道和狭窄的小巷。她们瞥见了乞丐和流浪儿脸上惊恐万分的神色。那里出现了离奇的景象：一头从屠宰场逃出来的牛从烟雾中走过，一群鹅从马路上穿行，一辆公交车的尾部从一个巨大的弹坑中冒出来。阿拉贝拉看到这般脏乱的街景和陋巷，忍不住皱起了鼻子。

也许这是一个机会，她心想。如果伦敦再次崛起，他们可能会考虑清理河滨……

拿破仑和他的半人马军队在伦敦塔的宫墙外停了下来。一支英国军队埋伏在古老的堡垒里，他们正从外墙的城垛上开火，进行着十分顽强的抵抗。阿拉贝拉不知道这支军队有多少人，但她默默地向他们的英勇无畏致敬。她和同伴只能眼睁睁地看着拿破仑的半人马军队无情地轰击着英国军队。

一刻钟后，拿破仑下令把他的象形炮调往前线。随后，一门巨型大炮被推过去调整到位，发射出一颗沉重的高速炮弹，把外墙的西侧炸出一个大洞。拿破仑的半人马军队从洞口中冲了进去，他们笨拙地从落石中穿过，为了进入城堡，甚至互相践踏。其间枪声和痛苦的呻吟声不绝于耳。不到十分钟，围攻就结束了。法国的三色旗在白塔上飘扬，拿破仑和他的护卫队从外门楼进入了城堡。

"又一次，我的女士，"迈尔斯说，"皇帝征服了一个毫无战略意义的地点。"

"但那里面确实存有许多皇冠珠宝，"阿拉贝拉指出，"看来拿破仑可能对大型盗窃更感兴趣，而不是征服。"

"你认为我们该怎么做，贝拉？留在这里静观其变？"

"我认为我们应该把摩托车藏在某处，试着溜进去，"阿拉贝拉答道，"我们需要知道拿破仑到底想要什么。"

"我们不应该先通知艾米琳吗？"碧翠斯问道，"告诉她我们的情况。"

阿拉贝拉怀疑地瞪了她一眼。难道艾米琳知道她容易自行其是，所以叫碧翠斯留意她的举动？她笑了："我们接受的命令很明确，碧翠斯。我们应该跟着拿破仑，看看他到底想干什么。我觉得艾米琳不需要了解任务的每个阶段。"

她开始四下寻找可以藏车的地方。

"贝拉，"凯西说，"我——"

她没再说下去。窃窃私语声夹杂着口哨声弥漫在周围的空气中——这声音让阿拉贝拉回想起她在"泰坦"的遭遇——三个旋转的绳圈从天而降。就在绳子掠过肩膀时，阿拉贝拉本能地打开油门向前冲。她一下子冲出20码开外，刹车，把摩托车扔向左边，导致后轮以90度的弧形打滑。她向后看去，凯西像一只野猫一样挣扎着，而碧翠斯则被两个骑士死死地套住——她认出了戴着多米诺面具的人是亨利和杰勒德。绳子紧紧圈住姐妹俩，绑在她们胳膊上。他们咔嗒咔嗒地走着，将他们的铁马往后倒，把两姐妹从她们的摩托车上拖了下来，车子哗啦一声倒在地上。

还有两名骑士也在那里——艾萨克和法比安。阿拉贝拉在他们中唯一的朋友雅克不见了。

"追上她！"艾萨克一边大声喊道，一边快速将绳套收起来。他和法比安朝阿拉贝拉追去。

"抓牢你的帽子，迈尔斯！"她喊道，随即掉转前轮向北，将节流阀踩到最大。她尖叫着驶离了追赶者，在巷子里穿行，在鹅卵石上留下了一层燃烧的橡胶。她闪过公寓、旅馆和肮脏的商人居所。摩托车在拐角处打滑，在肮脏的水坑里溅起水花，水坑里面塞满了粪便和屠宰场的垃圾。然而，无论骑得多么快，无论拐了多少个弯，她始终都摆脱不了身后越来越近的马蹄声和铁马的咝咝声。

最后，她发现自己到了比灵斯盖特鱼市，这是一个露天广场，周边是各种棚屋和摊位，旁边是一个码头，三面临着泰晤士河的小水湾。这个地方早已废弃，商品在箱子里腐烂日久，一股恶臭扑鼻而来，熏得阿拉贝拉差点儿晕倒。这时，她听不到追赶者的声音了，于是便将摩托车小声地慢慢移到遮阳篷的阴影处。

"投降吧，阿拉贝拉女士，"一个平静的、带有法国口音的声音在她背后说，"我们已经把你包围了。"

阿拉贝拉转过身来，只见艾萨克骑在马背上，守着通往广场的一条马路。她很快又看到法比安正守着另外一条路。阿拉贝拉拼命地寻找一种逃脱的办法。现在市场上唯一无人防守的出口就在码头。那里的船只会从码头运送渔获。突然，她注意到有一艘小渔船停泊在码头北端。匆忙估算了距离之后，她加快引擎转速，朝着渔船飞速驶去。

"我的女士……"迈尔斯刚说完这句，他们就撞上了一个木制的路障，而后连人带车腾空飞起，飞过码头的边缘，砰的一声落在渔船甲板上，阿拉贝拉的骨头都被震得快散架了，迈尔斯也被抛起至少有 5 英尺高。她又一次弹起的时候，迈尔斯落回了座位上，他们的摩托车在甲板上扭来扭去以免被渔网索具缠住。船头稍稍向上翘起，为她的下一个动作提供了完美的助跑。

阿拉贝拉加快了速度，大声咆哮着冲上船首的斜桅。她竟然在狭窄的横梁上保持住了平衡，向码头的西侧驶去。她越过了打地基的桩墙，心中充满了喜悦和宽慰。阿拉贝拉感到摩托车轮在码头的地面上打滑。她大笑着，朝着主河道的方向呼啸而去。

但是阿拉贝拉没想到这么快就到河边了。她被迫不停地刹车，轮胎不断摩擦地面发出刺耳的声音。为了避免径直跌入河水中，阿拉贝拉被迫快速转了一个 90 度的弯。她向右倾斜着把摩托车骑到了一个很低的角度，于是她的右膝盖几乎刮擦着鹅卵石。迈尔斯坚持不住了，从座位上摔了下来，一头撞在了拱廊的柱子上。阿拉贝拉对此一无所知，拉正了她的摩托车，沿着河堤继续向前飞驰。

她还没跑到 20 码，一群半人马就在她前面拐过一个弯。她挤压刹车，但为时已晚。下一秒，她撞到了什么东西，感觉就像是一层厚厚而稠密的无形墙壁。阿拉贝拉以超慢的动作转动车把手，穿过凝滞的空气，飞向十五张排成一行的相同的金属脸，眼睛都是黑洞。他们几乎在同一时间向她举起了手枪。烟雾和火焰从最近的手臂枪上炸开，在阿拉贝拉的面前闪烁着光芒。她的额头上有一股非常强烈的热刺感，然后又飞回了黑暗中。

第三十一章　监狱

　　雅克抬头盯着新门监狱，满眼都是那令人生畏的高墙和铁栅栏似的窗户。即使他曾在巴黎巴士底狱中的许多革命时期的绘画里看到过这样的场景，也从未如眼前这般凄凉暗淡。

　　他一想到玛丽在那扇窗户后面的一间牢房里，就不寒而栗。

　　"前进！"雅克对他的机器护卫咆哮着。这只金属生物突然苏醒过来，开始向监狱门口跑去。雅克在飞马上跟它保持步调一致。他已经捕捉并驯服这致命的机器人有十五分钟的时间了。虽然他没有像他的妹妹那样上过工程学院，也没有在机器操作上的天赋，但他通过研究飞马自学了基础知识。

　　他知道如何重新编程机器人的分析引擎。批量生产出来的士兵机器人头脑简单，幸好如此——要是像阿拉贝拉的机器人一样复杂聪明的话他还不知道怎么开始呢。只需要几行代码就可以了。他用便携式键盘穿孔机，在机器的数字卡上刺了新的孔，使其齿轮转动的方向稍有不同。现在机器人只会服从于他。雅克和他的护卫通过了黑色的高架平台、横梁和一排机头：悬挂罪犯的绞刑架——比断头台更加残暴。

他们沿着台阶走到正门。护卫举起枪来，猛地砸在铁钉的门上，门吱的一声居然开了，这让雅克大吃一惊。难道连监狱都被警卫遗弃了？眼前的一切看起来的确如此。大楼里回荡着囚犯的呻吟和哭声，但没有任何警卫的迹象。他从狱长办公室里找到了一把铁环形大钥匙。雅克和他的金属伙伴慢慢穿过充满回响的中央大厅。他观察着两边牢房里的囚犯。许多囚犯对他叫喊，央求给他们自由。其他囚犯只是盯着他们。这里全都是男人，许多看起来还充满暴力。从大厅往上延伸的铁楼梯可以通往楼上的牢房。雅克将飞马和同伴丢在一楼，独自登上台阶。

在这里，他看到了一些女人，还有一些男人。"玛丽！"他喊道。

"玛丽·达盖尔！"

许多声音回应着，但都是一些毫无意义的叫喊声和呜咽声。

"有没有人是从'拉菲特'号来的？"他坚决地问道，

"这里有谁来自'拉菲特'号的吗?"

含糊不清的胡言乱语仍是他得到的唯一回应。

他试着回忆天空海盗"飞行城市"的名字。"有没有人……来自塔拉尼斯?"他大声问道,"有人吗……?"

"我!"一个女人在走廊上面喊道,"我曾经就在塔拉尼斯!"

雅克心跳加速,爬上楼梯,进入下一个台阶。他冲下走廊,靴子在金属地板上叮当作响:"谁在说话?"

一只苍白的拳头伸出来,在他经过一间牢房时抓住了他。雅克转过身来,看见这个女人身材高大,一双棕色的眼睛和一头长长的栗色头发。她那张肮脏的脸看上去出奇地熟悉。他不久以前曾见过跟她长得很像的人。

"你曾经在塔拉尼斯?"他问道。

"没错,就在那个漂浮的海盗城!"她答道。

"那你认识一个叫玛丽·达盖尔的人吗?她是'拉菲特'号上的一名乘客。"

"玛丽?"她小声嘀咕着,雅克几乎听不到她的声音,"玛丽,我知道她。"

第三十二章　塔楼

阿拉贝拉醒来时听到了吱吱的划桨声和轻柔的潺潺水声。她的前额烧伤了，脖子和头骨疼得厉害。她眨了几下眼睛，看了看天空，远处传来轰隆轰隆的炸弹声。飞艇飘浮在她的上空，就像薄雾中飘来荡去的幽灵。她躺在一艘小艇上，河水恶臭难忍。

她身旁坐着一个年轻人。阿拉贝拉认出他是那个沉默、可怕、喜欢杀人的骑士——法比安。他浑身上下看起来几乎只有一个颜色——米白色的皮肤，金色的头发是如此的暗淡，已经近似灰色。像碧翠斯一样，他绝不会在人群中脱颖而出。法比安的眼睛像他的枪一样对准了她，枪筒随着船的摇晃轻微移动，但他的眼睛却死死盯着她，一动也不动。

他后面坐着划船的人，平稳地划动着船桨。她认出这个人是艾萨克。他有一头乌黑的鬃发，下巴坚实有力：一个毫不怀疑世界的人，一个对自己的地位充满自信的人。

"发生什么事了？"阿拉贝拉喃喃自语，"我怎么还活着？"

法比安不理会这个问题，只是一直盯着她看。

"这真是奇怪！"艾萨克回答，"按理说你应该已经死了，你可是被子弹近距离击中了头部。"

阿拉贝拉轻轻地抚摸着自己的前额，瘀血黏稠，但没有子弹孔。这是怎么一回事？

艾萨克停止划船。在他身后的石砌堤坝上，一扇巨大的木门缓缓打开。阿拉贝拉认出这是背叛之门。"你要带我去哪里？"她喘着气问道。

"去塔楼，"艾萨克简单地回答了一句，"难道那里不是你们英国一贯关押间谍和叛徒的地方吗？"

"我不是叛徒！"阿拉贝拉反驳道。

"现在不是罢了，"艾萨克说，"但变成叛徒或许对你很有好处。"

大门渐渐打开，他划船穿过拱形隧道，到了石阶底下的一个小的船坞停靠点。

"无论如何，现在战争结束了。"艾萨克把船拴在木桩上说道。他把阿拉贝拉从小艇上拉了上来，把她推到布满苔藓的低层台阶上："在伦敦，飞艇已经没有可以轰炸的目标了。其他城市的情况也一样。"

"不！"阿拉贝拉惊恐地叫道，"只有伦敦受到了打击。我曾在格兰维尔看到了你们舰队的规模。不足以去其他地方打击破坏。"

"那是因为你在格兰维尔，"艾萨克说，"而不是勒阿弗尔、迪耶普、布洛涅或加莱。你不知道我们派出了多少支舰队！"

"你在说谎！"阿拉贝拉说，"我们的智谋，我们的正极站将会恢复……"

艾萨克只是笑了笑。他开始往回走，在她前面的台阶上，边走边注视着她。法比安把枪口对准了她的背部，迫使她向上爬去。

阿拉贝拉咬紧牙关，忍着眼泪想：他一定是在撒谎！

"你的政府很快就会投降，"艾萨克说，"现在不过是扫荡行动。旧伦敦将成为新巴黎，英国将成为法兰西帝国的殖民地。如今你已经没有国家可以背叛了，所以不妨将一切都告诉我们。"

他们从铁闸门的尖顶下穿过，走上了一条倾斜的鹅卵石街道，接着穿过一堵墙的门洞，向上走了几步，沿着另一条路进了一座塔楼。艾萨克沿着一条陡峭狭窄的螺旋形楼梯往上走。法比安用枪口顶着阿拉贝拉，迫使她跟着向前走。塔顶有一条短通道，通往一扇铁钉的木门。艾萨克在门上敲了三下，杰勒德·梅斯尼尔，一个瘦高个儿、面相狡猾的人，开了门。"欢迎来到血腥塔，"他一脸苦笑，"怎么这么久才来？"

"这无所谓。"艾萨克说着绕过他进了房间。

法比安把阿拉贝拉推进了房间。她看到凯西和碧翠斯安然无恙地在里面，瞬间松了一口气。

但是迈尔斯呢？阿拉贝拉心想。

她猜想在撞到半人马的以太盾牌之前，迈尔斯肯定已经从摩托车后座上掉下来了。

她拥抱了凯西和碧翠斯，然后质问艾萨克："我的机器人哪去了？"

"不知道。"他回答，望向亨利时，被吓了一大跳。原来亨利穿了一身英国王室警卫或皇家近卫军仪仗卫士——即伦敦塔守卫穿的一种红黑相间的奇异服装，一顶大帽子歪戴在头上。他跪在窗台上，身子探出窗外，手枪瞄准着什么东西。"你看起来很可笑，"艾萨克对他说，"你以为你在干什么？"

亨利开了枪，然后破口大骂："没射中！我想击中那些讨厌的乌鸦，或者至少把它们吓跑。"他转向艾萨克："你没听过那个传说吗？如果乌鸦离开，王国就会灭亡。可是问题是，这些该死的东西似乎根本不想飞走……"

艾萨克瞪了他一眼："你从犯人那里得到什么消息了吗？"

亨利朝地上啐了一口唾沫："你希望获得什么信息？"

"例如，地下基地到底在什么地方！"艾萨克的嘴唇因不耐烦而紧绷着。

"基佐元帅对从这些女孩子身上获取信息不太在意，"杰勒德说，"他只想处决她们。他说他想按照英国传统做法在格林塔上执行死刑。而我们现在只需要一把斧子。在这个城堡里一定有一把。"

阿拉贝拉脖子上汗毛直竖，凯西倒吸了一口凉气。

艾萨克看上去也心烦意乱："他的意思是要斩首？我们是什么，中世纪的怪物吗？我以为他想让我们带她们来问话。"

"如果那是元帅的命令，我们就必须得服从。"法比安说，他的声音听起来像血滴在桶里一样沉重。

艾萨克战栗着，瞥了一眼说道："我甚至不确定这个人能不能死掉。"

"你什么意思?"亨利问。

"她在不到一米远的地方被一名士兵击中，而她只是额头上有些瘀伤罢了。"

凯西喊道："贝拉，这是真的吗？"阿拉贝拉点点头。
"一定是因为没瞄准，"法比安说，"子弹大概只是擦过她的头。不过要是用斧头，我不会错过目标。"

"可是基佐元帅没有提到让你挥斧头啊。"亨利说。

法比安盯着他说："你是志愿兵吧？"

亨利低头看着他的手，他的手在颤抖。"不是。"他说。

"我觉得机器人不会偏离目标。"艾萨克喃喃地说，但是只有阿拉贝拉听到了他的声音。

她走到两扇直棂窗户前，亨利正躺在那里，望着外面的格林塔。那里有一个绞刑台，上面放着一个绞刑用的砧板。

她感到一阵温暖的鱼香气息，萦绕在她的脖子周围。杰勒德侧身靠近了她。"我猜你还在梦想着那个火箭人又来救你，呃？"他嗤之以鼻，"继续做梦吧，女士。这些墙足有三米厚呢。"

"我不需要任何人来救我！"阿拉贝拉告诉他，"我那天就已经做好了死的准备，就像今天一样！"

杰勒德笑了。"这样的愤怒！这样的蔑视！我想知道它能持续多久。"他开始抚摸她的脖子，她感到一阵战栗。"等法比安准备砍掉你漂亮的英国头颅时，我倒是很期待你乞求的可怜样。"他弯下腰，亲吻了她的脸颊。

阿拉贝拉愤怒地狠狠打了他一拳。

杰勒德一笑置之。

"由她去吧！"艾萨克喊道，接着一把将杰勒德从阿拉贝拉身边拉走。

杰勒德挣脱了艾萨克的手。"把你的手从我身上拿开！"他龇牙咧嘴地咆哮着，"你再也没有资格告诉我或我们任何人该做什么！你在'泰坦'号犯下那愚蠢的错误之后，元帅已经厌恶你了。你完蛋了，艾萨克·德雷福斯。"

杰勒德转向亨利和法比安寻求支持："是这样吗，小伙子们？"他俩没有作声，杰勒德皱紧了眉头。

艾萨克同情地盯着他看了一会儿，然后转过身去。

凯西走到阿拉贝拉身边，用手帕轻轻擦拭她前额上的瘀伤："你没事吧，亲爱的？"

"没事儿。"阿拉贝拉回答道。

"我会去和元帅谈谈，"艾萨克说，"这其中肯定有一些误会——我确定他不是那个意思。毕竟，我们不是屠夫。"

"祝你好运，"亨利打着哈欠说，"我想我会待在这里，监视我们的囚犯。"

艾萨克看起来深思熟虑。"我不这么认为，"他说，"她们逃不出这儿的。我们已经把她们团团包围起来了，现在我们应该重新开始我们的首要任务，那就是保护皇帝。跟我来！"

但在他走到门口之前，门就打开了。雅克高大的身影把门塞得满满当当。他双眼充血，脸颊因愤怒或痛苦而变得暗淡。他看到阿拉贝拉时，咬紧嘴唇咆哮着。

"你！"他朝她大步走去，"就是你杀了我妹妹！"

第三十三章　曾经有爱的男孩

阿拉贝拉大惊失色，全身瞬间瘫软。"什么?"她小声嘀咕着。雅克走到她面前，用颤抖的手指指着她的胸膛，"我的妹妹，玛丽·达盖尔!"他说，"你三天前在塔拉尼斯杀死了她。"

"那……那不是真的……"阿拉贝拉喘着气，皱起了眉头问道，"玛丽是你妹妹?"

在雅克身后，同时进入房间的还有另外一个人。阿拉贝拉认出她是萨莉，那个曾在漂浮城市伪装身份的女孩。

"她看见你杀了玛丽!"雅克吼道，那个女孩很不情愿地被雅克拉到阿拉贝拉面前，"告诉她你看到了什么!"他命令那个女孩。萨莉看起来既困惑又害怕。她的脸颊在阿拉贝拉的视线下退缩，眼睛里充满歉意："我从来没见过她朝玛丽开枪。"

"但是你看到她跪在玛丽的尸体边上，手里拿着枪，对吗？"雅克说。

"是，是的，先生。我们在造云工厂时，这个人，阿拉贝拉女士正发动一场进攻。'摧毁这些机器！'她这么说，于是我们照做了。在我们挥舞着斧子，用枪射击那些造云机器的时候，我瞥见她正跪着，如您所说，先生，她正跪在您妹妹身边，手里攥着一把枪。但我没有看见她射杀您妹妹。您推断一下，先生。不过据我所知，在阿拉贝拉女士发现您妹妹之前，她已经奄奄一息甚至可能已经死了。阿拉贝拉女士可能在想方设法救活她。"

"难不成用枪救人！？"

"我们都带着枪，先生，还有斧头和铁棍。这是一场革命。您知道，就像你们1789年经历的那场革命一样。我们试图打倒塔拉尼斯人。造云工厂就是我们的巴士底狱。我敢打赌，等您冲进巴士底狱时，法国人早准备好武器迎战了，先生。"

雅克愤怒地背过身去。艾萨克打算要说话，但雅克伸出一只手来示意他安静。他那红肿的眼睛灼烧着，质问阿拉贝拉："你为什么要杀我妹妹？"

"她自杀了，"她尽可能平静地回答，"如果我能阻止她，我一定会这么做。可……"

但事情并没有那么简单。她喜欢玛丽·达盖尔，而玛丽也喜欢她——但玛丽被培养出的一种对英国的强烈仇恨使她不得不与天空海盗同盟。事实上，玛丽一直打算杀死阿拉贝拉和本，只是因为暴徒的到来而没有得逞。即便如此，在阿拉贝拉说自己希望能阻止玛丽自杀时，依然是诚实的。

　　艾萨克把手放在雅克肩上。"我为你失去妹妹感到难过，雅克，"他说，"但我们现在还有其他事情要处理。你必须和我们一起去看元帅。"

　　雅克目不转睛地看着阿拉贝拉："我要听听这个女人怎么说才能走。"

　　艾萨克耸了耸肩："那好吧。但我们现在必须走了。你准备好就立刻跟过来，不过得确保这些女人不会逃跑。如果她们中有任何人有小动作，就杀了她。我要锁住牢房的门。亨利会在外面守着。等你准备好要离开时就敲门，他会让你出去的。"他转向法比安和杰勒德："你们两个跟我来。"

　　法比安跟着艾萨克走出了牢房，亨利坐在门外的一张凳子上。杰勒德狠狠地咬了几下嘴唇，脸上饱含痛苦。然后他就去追其他人了。门砰的一声关上了，钥匙吱吱作响，门被锁上了。

　　"等一下，我呢？"萨莉转身面向雅克问道，"我一开始跟法国佬关在一起，因为当局认为我在塔拉尼斯的时候被他们的想法感染了。现在我又要被关在伦敦塔了！一个英国女孩在自己的国家里自由行动怎么这么难？"

雅克心烦意乱地揉了揉前额。他的嘴唇翕动，胸膛剧烈地起伏着，看起来似乎快要崩溃了。"我会让你走的，别担心，"雅克嘟囔着，"我只是……只是需要听完这个故事。"他转向阿拉贝拉："请告诉我到底发生了什么事。"

"你的妹妹和我成了朋友，"阿拉贝拉娓娓道来，"她护理我的伤口，一个海盗把迈尔斯摔成了碎片，她还是把他修好了。她是一个善良能干的人，我真的很喜欢她。我想我们可以成为朋友——只是她憎恨我的国家，当塔拉尼斯人被击败，英国舰队将要取得胜利时，她一定觉得世界末日到了。她相信法国舰队将被摧毁，她无法忍受。所以她把枪对准了自己。事情的经过就是这样。"

这并非事情的全部经过，但这是他需要听到的部分。

雅克什么也没说。他的手紧紧地捂在脸上，胸部颤抖着，阿拉贝拉注意到他在抽泣："她是我唯一的亲人……"

阿拉贝拉犹豫了一下，还是把手放在了他的肩膀上，雅克没有推开，这让她很欣慰。"玛丽告诉了我有关艾伦森的事，"她说，"关于他如何在她面前杀了你们的父母……"这话让雅克想起自己在铁马上射死了艾伦森。他原谅了阿拉贝拉。"你杀了他，不是吗？你为你的父母报仇了。"

雅克点了点头，眼中充满了泪水，哽噎得说不出话来。

她看着他痛苦不堪的脸，感到一阵震颤。在他的举止之外，还有其他的东西，超越了痛苦；她以前在贵族或权贵面前瞥见过这种东西。她回忆起他们在"泰坦"号上的谈话。也许雅克现在可以成为她们的盟友，帮助她们逃离。"你曾说必须制止拿破仑的行为，"她问道，"当时你是认真的吗？"

他说话时嘴唇颤抖。"我不像玛丽，"他说，"我不憎恨英国人，我只憎恨这场战争。我每天都能看到它对人们的影响。走错路的人越来越多。像杰勒德·梅斯尼尔这样卑鄙的人，像法比安·勒鲁这样的精神病患者，像亨利·伯恩这样愚蠢的追随者。这些人在战争中表现得很好。即使是像艾萨克·德雷福斯这样的好人，在战时也会做坏事。正如你所说，我妹妹人很好，但战争扭曲了她的思想。她敬仰拿破仑，他在她的眼里是不会做错事的。我……很久以前就意识到拿破仑对法国是有害的，这场战争对法国是有害的。没错，必须阻止他。"

"太棒了！"凯西高兴地叫道，她差点儿为雅克的话鼓起掌来。随后，她向门口扫了一眼，降低音量，轻声问道："那么，你会帮助我们吗？"

雅克咬牙切齿地说："以前我不帮你的原因全都在于玛

丽——她还活着的希望，还害怕她会因此永远恨我。"他的嘴唇干白，眼睛僵硬。"元帅说他有充分的理由相信她还活着。他想要我忠实于使命，他用这个谎言赢得了我的忠诚。原来他自始至终都知道她……玛丽……"当雅克再次意识到妹妹已经死了的时候，他惊恐地瞪大了眼睛。然后，他慢慢地平静了下来："告诉我我能做什么。"

"首先，或许你可以跟我们说说关于'凤凰'的事情。"碧翠斯说。

他摇了摇头，仿佛从噩梦中摆脱出来："什么？"

"'凤凰'。"她重复道。

"这是一只鸟，不是吗？一只神话中的鸟，死后从它的灰烬中重生。"

"这我们知道，"凯西说，"但它也意味着别的东西，一些对这次战争来说特别的东西。"

阿拉贝拉澄清道："我在'泰坦'号飞船上的时候，听到拿破仑在谈论它，说'凤凰'很快就会在他的掌握之中。"

雅克皱起了眉头。"既然你提到了，我听到皇帝今早说了些类似的话，就在我们降落在海德公园的时候。我们坐在'泰坦'号飞船的舱口，看着机器人士兵攻击你们的部队。他说……现在，什么来着？啊，对了，他说：'如果一切按计划进行，我会在这一天结束之前得到"凤凰"。'然后他说：'一旦我拥有了"凤凰"，战争就会取得胜利。'我不知道他是什么意思。"

凯西检查了一下窗外是否有异常，只见天色已晚，一束金粉色的光线射了进来，她眯起了眼。"这一天快结束了，"她说，"不管'凤凰'是什么，他可能已经得到了……"

"我们必须离开这里。"阿拉贝拉说。

"总算有人说了点听得懂的了。"萨莉说。

凯西对雅克笑了笑："你会帮助我们的，对吧?"

第三十四章　凤凰

　　亨利打了个哈欠，调整了一下他那顶花哨的红黑帽子。"沉默的雅克"，他们过去常常这样叫他。这个小伙子的话一直不多，只是默默地继续做事。现在，通过他这次的表现，也许他们以后会叫他"狂躁的雅克"了吧。亨利正舒服地坐在向后仰的凳子上，背部塞进过道墙壁上的一个小凹槽中。这时，他听到门上传来一声巨响。

　　"我已经准备好离开了！""狂躁的雅克"从厚厚的橡木门的另一边喊道。

　　"好吧，好吧，"亨利又打了个哈欠，伸了个懒腰，"正开呢。"他用钥匙转动锁，推开了门。

一只拳头飞了出来，抢在他的鼻子上。亨利听到了骨头碎裂的声音，同时嘴里尝到了血腥味。他与冲过来的女人疯狂地扭打在一起——这个女人的体格与在格兰维尔攻击他的那个人一样强壮。他感到自己被推到了过道的尽头，正掉进一片虚无的空间。砰！砰！砰！当他们从台阶上跳下来的时候，亨利的头和肩都不见了。一切都消失了，只剩下痛苦和困惑，他觉得自己的身体在扭曲和翻滚。

"抓住他！"雅克喊道。

亨利拼命地爬下楼梯。在他逃走之前，凯西伸手一把抓住了他的靴子。然后和雅克一起把他拉起来，放在过道的地板上。亨利小声咒骂着。他鼻子破了，流血不止。凯西用手狠狠掐住他脖子上的颈动脉，直到亨利的嘴唇不再嚅动，身体陷入昏迷状态。

"你刚才对他做了什么？"萨莉直勾勾地望着凯西。

"血液阻塞，"碧翠斯回答，"长时间阻止血液流通到大脑，从而导致暂时的昏迷。"

雅克盯着凯西，小声地说："你身手真不错。"

"谢谢你，先生。"凯西笑着说。

"我们最好现在就走。"碧翠斯说。

他们沿着台阶跑到一条通向格林塔的小径上。阿拉贝拉走在最前面，继续之前的追踪任务。后面传来了一阵沉重的脚步声。他们连忙躲进一段下行楼梯的阴影中，一队法国卫兵正沿着城堡内墙走过。

她打算走到最后一层阶梯处的门前，碧翠斯用嗞嗞声阻止了她。碧翠斯蹲在楼梯顶上，凝视着北方。其他人则重新爬上阶梯，看看她在看什么。穿过格林塔右侧的阅兵场50码之外，有一群骑着马的人。四个机械半人马站在六个人旁边，这六个人分别是拿破仑、基佐、艾萨克、杰勒德、法比安和戴安娜。

凯西把手按在了自己的嘴上。阿拉贝拉知道她的感受。尽管她听说了戴安娜的背叛，但在这种情况下看到她仍然令人震惊不已。一直等到这群人在白塔（坐落在伦敦塔的中心，带有四角堡垒的巨型大厦）后面消失不见，他们才敢开口说话。

"那是……在双角帽里的那个人——真的是……？"萨莉不能完全说出他的名字。

"是的，"雅克嘲讽地说，"他就是我们伟大的皇帝！"

"我们应该跟着他们。"碧翠斯小声说。

"你一定是在开玩笑吧。"萨莉说。

"是的，我们应该跟着他们。"凯西说。

萨莉惊恐地看着他们，然后转向阿拉贝拉："女士，看在上帝的分上，请给她们讲讲道理吧。我们靠近就会被杀死。我的意思是，你有没有看见那些用枪代替手的金属怪物？我们会被屠杀的。"

阿拉贝拉觉得左右为难。碧翠斯和凯西是正确的，当然——她们有责任去调查拿破仑的目的。但她也迫不及待地想离开这里，找到迈尔斯。一想到他痛苦地躺在路上，任何经过的法国军队都能随意蹂躏他，她就感到痛心。然而，阿拉贝拉知道迈尔斯想要她做什么。

"对不起，萨莉，"她叹了口气，"我们必须这样做。"

萨莉向雅克寻求支持："先生，您得明白这个计划很荒唐。"

雅克皱了皱眉。"我同意帮助你们逃走。"他说，"但这是……别的事情——"

"终于有人发出了理智的声音。"萨莉笑着说。

"不过，"雅克说，"我想和你们一起去。"

"不！"萨莉喊道。

"不行。"阿拉贝拉用柔和的声音说。

"没事的，"雅克向阿拉贝拉保证，"我和你一样讨厌拿破仑，我想帮忙。"

"不是说这个……"阿拉贝拉欲言又止。

"那……是什么？"雅克问道，"你不相信我？或者你觉得我能力不够？"

"都不是，"阿拉贝拉连忙说，"只是我现在需要你帮个忙。"

雅克困惑地盯着她："帮什么忙？"

"我的机器人，迈尔斯——我把他落在了比灵斯门市场附近的街道上。你能帮我找到他，带到这里来吗?"

"你的机器人?"

"它……他对我很重要。"

雅克低下了头："那么我会尽我所能。"

"谢谢！我们在半小时后会在中塔那里跟你会合。"她瞥了一眼萨莉，"你同时可以帮助萨莉逃离这里。"

"太好了。"萨莉如释重负。

雅克从他的斗篷下方的皮套里拔出一支长柄手枪。"拿着这个，"他对阿拉贝拉说，"保重。"

阿拉贝拉犹豫了一下，接过武器，塞进腰带。

萨莉和雅克离开后，姐妹团成员缓慢地向北走去，避开格林塔上阴沉的绞刑台，绕开它东部的边界，一直走到阅兵场的西南角。一座巨大的营房和仓库，扎在鹅卵石铺成的广阔区域的北边，白塔向南延伸。拿破仑和他的随从到达了东北角，在营房的另一边消失了。姐妹团成员紧随其后，躲在了营房墙壁的阴影中。

等到了拐角处，她们停了下来，聚集在一起，这样她们就能看到拿破仑和他的军队要做什么。姐妹团成员正好目睹了他们爬上了一段短短的石阶，那里正通往一座塔的入口。

碧翠斯看到这里，仿佛透不过气来。这引起了其他两个人的注意。她对一切都表示惊讶是不寻常的。

"那是什么？"阿拉贝拉不解地问。

"马丁塔。"碧翠斯的回答帮助不大。

"是吗？然后呢？"

"我刚刚意识到'凤凰'指什么。我真蠢，没有弄明白这个问题。"

"哦？"

碧翠斯看向阿拉贝拉。"你说得对，拿破仑是在追寻王冠上的宝石，"她说，"马丁塔就是它们存放的地方。但他不是在追寻王冠、权杖、魔法球，或任何其他的王权标志。而是在追寻一颗宝石——所有的宝石中最大的那颗。"

"凤凰宝石，"凯西低声说，"当然。"

阿拉贝拉听说过凤凰宝石——每个人都听过。但她从未对钻石和珠宝的世界有特别兴趣，所以她了解得还很浅显。她甚至没有意识到凤凰宝石是王冠的一部分。

"世界上最大的切割钻石，"碧翠斯告诉她们，"梨形的，七十六面，镶在王室权杖内。"

"你知道得很多。"凯西印象深刻。

碧翠斯点点头，眼睛异常明亮："在我容易犯罪的青葱岁月里，我曾经想过把它偷走。"

艾萨克命令杰勒德、法比安和半人马们在塔楼的入口处站岗。然后他、拿破仑、基佐和戴安娜进入马丁塔。

"也许你有机会实现你的梦想，"凯西说，"从拿破仑那里偷回宝石。"

"也许吧。"碧翠斯说。

"我只是理解不了，"阿拉贝拉说，"我们做出的种种努力只是为了偷钻石……"

塔内发生了一场爆炸，声音非常沉闷。十分钟过后，强盗皇帝和他的同伴们重新出现了。拿破仑站在城墙上，伸出手，手掌向上。在暮色中，有一样东西在那里闪闪发光。

第三十五章 虚弱的护盾

拿破仑手上的"凤凰"引得碧翠斯看得着迷了，耽搁了太久。半人马突然动了起来，向阅兵场前进，后面是骑士和拿破仑，戴安娜和基佐也在不远处。

"快过来！"凯西小声说，将碧翠斯拉到不显眼的地方。她们三个人开始沿着营房的边缘拼命地奔跑，因为那里的阴影最深，更好躲避。她们能听到半人马士兵的咔嗒声和铁马的嗞嗞声，他们正从身后的鹅卵石路上走过。阿拉贝拉祈祷她们三个不会被看到。

然而接下来……一团糟！

大楼前面的草坪上摆放着一排礼炮，她们经过礼炮时，碧翠斯突然发出一声尖叫，跌倒在地上。

阿拉贝拉吓坏了，回头瞄了一眼，碧翠斯躺在草地上抓着自己的腿，痛苦得龇牙咧嘴。她的腿一定是狠狠地撞到了一门礼炮上。

一种不祥的寂静笼罩着整个阅兵场。这时，拿破仑和他的守卫及其余随行人员停了下来，转身寻找声音的来源。凯西将碧翠斯拽进阴影里，她们三人试图躲在一架礼炮后面。

铁蹄咯噔咯噔渐行渐近。

"来人是谁？"有人厉声问道。这声音听起来像是艾萨克。

"投降吧，不然我们就开枪了。"另一个人带着跟杰勒德一样的鼻音说道。

这时，传来有人从马上下来的声音。

阿拉贝拉开始慢慢地向前爬行，她的脸颊紧贴着草地。一声枪响：

嘣！

砖瓦在她的头上方炸裂。"别动，"法比安喝道，"站起来。"她就那样躺着，一动不动。

脚步声越来越近。一只手紧紧揪住她的衣领，把她拽起来，她差点儿喘不上气来。

她听到身后几码处的基佐惊呼："哟嘿，这不是阿拉贝拉女士吗？"他的声音里带着微笑，"你可真厉害，还敢再来……杀了她。"

"我的荣幸。"杰勒德吹动了阿拉贝拉的头发——因为揪住她衣领的人正是杰勒德。她能感觉到他正摸索着胸前装枪的皮套，同时用另一只手紧紧地揪着她。

杰勒德误以为她仍然手无寸铁。如果他把她从阴影中拖出来，就会看到一把长筒手枪在她的腰带上晃来晃去。因为她就在黑暗中，所以想要藏着这把枪非常容易。阿拉贝拉把枪从垂直转向水平，开了火。

子弹从杰勒德的背上擦过，飞了出去，射到基佐的脚上。

杰勒德惊叫。

基佐痛苦地尖叫着。

法比安开了枪，但是在黑暗中他没打中阿拉贝拉，反而击中了正在咆哮着的杰勒德的头部，当场就把他打死了。法比安再次开枪，阿拉贝拉感到肩膀一震，虽然没有受伤，但这使她更为踉跄。她开始跑起来。在法比安第三次开枪前，凯西抡起拳头给了他下巴一击。他瘫倒在地，头昏眼花。

"追上她们！"基佐大叫，他从马背上摔了下来，手里拿着他那沾满鲜血的靴子，"杀了她们！"

艾萨克此时作为私人保镖留在皇帝的身边，而四个半人马士兵已经向前疾驰，开始盲目地向阴影中射击，震碎了窗户玻璃，墙上都是深深浅浅的弹坑。

凯西用胳膊肘挽着一瘸一拐的碧翠斯紧跟在阿拉贝拉的身后。等她们到了格林塔，三个女孩左转急速穿过了草坪。她们现在暴露在外面，子弹如致命的毒虫一样在周围的空气中嗡嗡乱叫。她们躲在4英尺高的绞刑台后面，这是一个简单的木质结构，在四根支柱上搭了一个平台，对角交叉着支撑台面。

半人马士兵的马蹄声怒吼着，向她们奔来。阿拉贝拉搜寻着逃生路线。格林塔三面封闭，北边有个小教堂，西面和南面是连栋房屋，都无法逃生。唯一的出口是穿过塔内墙的血腥塔下方的铁闸门。这塔离东南方向的开阔地面尚有75码的距离。阿拉贝拉能听到碧翠斯急促的呼吸声贴近她的肩膀，她知道碧翠斯忍着疼痛很可能跑不快。

"你被击中了，贝拉，"凯西喘着气，"你没事儿吧？"

阿拉贝拉瞥了一眼自己的肩膀，没有看到任何血迹，只有一个红色的标记。"我没事儿。"她说。她心想：这子弹一定是打偏了，或者……一开始打到我的额头，然后是肩膀。难道我莫名其妙受到保护了？

从绞刑台的另一边传来蒸汽冒泡的嗞嗞声，阿拉贝拉知道半人马已经接近了。马蹄声从两边逼近她们时，姐妹团成员正爬下台面。她们先是蹲在那里，看着草皮被子弹打得粉碎。很快，半人马机器人开始向交叉杆射击，迫使姐妹俩往回走。金属制半人马没有弯腰或蹲伏的设计，所以只能从高角度射击。

突然，她们面前的地面发生了一场剧烈的爆炸。只一瞬间，阿拉贝拉看见火焰像一个红色的镂空半球一样绽放，显现出最近一个半人马的隐形护盾的轮廓。半人马却丝毫不受干扰。不过姐妹团成员却被爆炸的力量震得向后倒退，衣服和脸上都溅满了泥土。她们眨着眼睛，盯着草坪上的弹坑。

"发生了什么事？"凯西叫道，"这是援救吗？"

"我也不知道。"阿拉贝拉从平台下窥视，想看看到底是谁发射了炮弹。眼前的一切使她脸色苍白。她抓住凯西和碧翠斯的手。

"他们来了。"她低声说。

"谁？"

"半人马士兵，"阿拉贝拉回答，"从塔楼，从四面八方来了好些个。"

在昏暗的灯光下，他们很难被单独地看出来，就像徐徐降临的夜幕吞噬了道路上的一切。蜂拥的人群从北部、南部和西部聚集在格林塔中心的绞刑台上。姐妹团成员趴在地面上，子弹打在绞刑台的木架子上，拍击着她们的发梢。凯西喊了起来，抓住自己的上臂，血液从她手指间流出。不断响起的马蹄声和枪弹声如风暴一般震动了整个地面，掩盖了其他所有的声音。

突然，阿拉贝拉意识到自己必须得做点什么。她没有对另外两个人说一句话，就从绞刑台下面爬出来，站在人群的众目睽睽之下。

"贝拉！"凯西大叫，"不要！"

阿拉贝拉开始慢慢地远离她们，走向阅兵场。周围枪声肆虐。一颗子弹击中了她的臀部，使身体左右摇晃起来，但她还是继续往前走。另一颗打到了阿拉贝拉的大腿上，她有点踉跄，但没有失去平衡。随后三颗子弹几乎同时打在了她的手臂、背部和脸颊上。她剧烈抖动着，险些失去平衡，但仍继续走着。

当半人马士兵发现她的踪迹时，子弹如涓涓细流变成了汩汩洪流。她感觉自己就像一个拳击手受到从四面八方而来的猛击，她的身体左右抽搐。她想把自己猛掷在地面上，以躲避这枪林弹雨带来的痛苦。但阅兵场上人群越来越关注她的举动，所以她忍痛继续朝他们走去。

"我的天哪！"基佐惊叫着，跺起那只没有受伤的脚，面红耳赤，"她有护盾！她绝对有护盾！可这怎么可能呢？"

如果她有护盾，那也是很弱的类型，因为每颗子弹都能伤到她——现在更是如此，每颗子弹都擦破了她的身体部位。不过奇怪的是，事情变得越来越容易了。疼痛越来越少，她的皮肤也没有破裂的痕迹。她很高兴能把战火从凯西和碧翠斯那里引开。凯西被子弹击中的伤口流着血，这表明她没有护盾保护。

为什么我有护盾保护而凯西没有呢？阿拉贝拉心想。

她的脚离开了草地，踏上了鹅卵石。艾萨克在拿破仑面前护着驾，这让阿拉贝拉想出一个主意。这可能是她挽救朋友生命的唯一方法。她开始更加急迫地走动，直奔皇帝而去。

艾萨克的脸绝望地扭曲着，他用枪瞄准、射击。子弹击中了阿拉贝拉的鼻尖，她迅速将头躲开。但到现在，她觉得自己仿佛是由印度橡胶制成的一个行走的娃娃，无法穿透，不可阻挡。她继续向前进。艾萨克一边拉着皇帝和他一起开始后退，一边把他的子弹一股脑儿倾泻出去。等阿拉贝拉离得够近时，他把他的手臂枪拉回来，用枪托打她的头。但阿拉贝拉觉得那只不过是一阵风。

阿拉贝拉无视艾萨克的所作所为。她举起枪对准地球上最有权势的人，说："告诉他们不要向我和我的朋友开火，否则我就杀了你。"

第三十六章　十分显赫的人质

　　当她注视着自己的俘虏时，阿拉贝拉突然觉得忘记了怎么呼吸。她正站在历史的面前，不是某一个人而是一种精神，一种概念——一个由人类意志组成的国家。

　　拿破仑给了她这样一种感觉。他那眼罩下的凝视，露出的不透明的棕色眼睛，无所畏惧。在强迫自己保持冷静后，她一下拉回了击铁。拿破仑并没有退缩。她必须要这么做吗？如果她这样做了，她的名字将会回荡在历史长廊中——但眼前这个人"执拗的无畏"使她犹豫不决。

　　这时，基佐打破了这种僵局。

　　他厉声下了个命令，于是从后面向阿拉贝拉逼近的半人马突然停了下来。闪闪发光的黑色队伍中泛起了一阵涟漪。枪支停止射击。

顿时一片寂静。

寂静中传来轻推引擎的舒缓的声音。两辆蒸汽摩托车转过街角的白塔，驶近拿破仑、阿拉贝拉和艾萨克。其中一个是蒙面骑士，另一个则是迈尔斯。

"晚上好，我的女士。"迈尔斯说。由于身材矮小，迈尔斯不得不向前倾斜，伸展双臂，才能把手伸到车把上。"我真希望我能在状态良好的时候找到你。"他大胆地说。

"我很好，谢谢你，迈尔斯。"阿拉贝拉说，尽管她的身体像经火炉炙烤般疼痛。但她看到他时，感受到的温暖远远超过了她经受的所有痛苦。"你还好吗？"她问迈尔斯。

"受到一些颠簸，不过没事儿，我坚信自己仍然处在合适的工作状态。"

她稍稍瞥了一眼另一个年轻人，他的脸上蒙着一块布。她很确定他是雅克。"谢谢你能回来，先生。"她说，"你的时间安排……还有这些摩托车，都很完美。"

"你不会得逞的！"基佐冲着阿拉贝拉大叫，"我绝对饶不了你！"

阿拉贝拉不理他，继续向那个年轻人讲话，同时把眼睛和枪对准皇帝。"先生，"她说，"我的朋友们在我身后的绞刑台下面。请告诉她们都到这里来。"这个骑马的人便举起一只手召唤她们过来。

片刻之后，碧翠斯和凯西过来了。碧翠斯一瘸一拐的。凯西失血过多，面色苍白，一只手扶着另一只受伤的手臂。

阿拉贝拉在想如何能让所有的人都安然无恙地离开塔楼。最恰当的做法是把拿破仑当人质，但她怎么能在骑着蒸汽摩托车的时候这么做呢？

蒙面骑士在这方面比她领先一步。他转向拿破仑，说："阁下，你知道怎么骑蒸汽摩托车吗？"

拿破仑看着他，摇了摇头。

"呃，其实这很简单……"

随后的几分钟完全超出了阿拉贝拉、艾萨克和整个半人马军队的想象，他们看到蒙面骑士给皇帝展示了他的两轮机车。他分别指出了点火开关、火管锅炉、双缸发动机、冷却风扇、锅炉给水、燃油供给、散热器和空气泵。在骑士模拟如何骑行时，阿拉贝拉偷偷地把枪对准了皇帝的脖子。拿破仑在整个过程中若有所思地点点头。

这位身材矮小的专制皇帝才宣布自己基本了解了机车的操作，就自己爬上了机车，开始发动。他的"小老师"就站在他的身后，把自己的猎枪对准了他的后脑勺。然后，机车向前冲了几英尺，导致皇帝著名的双角帽飞了出去。这辆车开始猛烈移动，直到拿破仑掌握了节流阀和刹车的灵敏度。

戴面具的骑士随后向碧翠斯招手，碧翠斯一瘸一拐地向前爬到他的身后——这辆蒸汽摩托车的座驾的长度足以坐下三个人。

与此同时，驾驶另一辆摩托车的迈尔斯向后移了一下，给阿拉贝拉和凯西留下空间。

骑士转向基佐并发出警告："如果我们离开塔楼的过程中有任何人开了枪，击中我们任意一辆车，你们的皇帝都将必死无疑。"

基佐眯起眼睛，喝道："就按你们说的。但是杀死你们每一个人是我必定会完成的个人使命。"

骑士向拿破仑耳语，接着退后。"按照您自己的步调来，阁下。"他说。

皇帝在阅兵场周围转了一个大圈，开始顺时针绕着白塔骑行。阿拉贝拉跟在后面几码处，他们骑车从基佐、戴安娜和落马的骑士们面前经过，经过马丁塔，向南穿过内部守卫，左侧是康斯特堡警卫塔、宽箭头塔和盐塔。阿拉贝拉在紧张地等待着又一场枪林弹雨的到来，然而一直等到小车队从两个拱形的通道向左拐，到达城堡码头时，一声枪响也没有。

傍晚的微风拂过河水黑色金属般的表面。桅杆破碎的船只在昏暗的灯光下投射出长长的影子。他们的左边是伦敦塔桥，著名的塔楼中的一座已经倒塌了，像是被一个粗心的巨人踩碎。扭曲的悬索电缆凌空挂着，散落的褐色石头和黑色瓷砖形成了新的小岛，河水盘旋在它的周围。

现在怎么办？阿拉贝拉想着。我们要把皇帝扣押为人质——或者杀了他？

有东西疾驰着接近她们。一道阴影掠过阿拉贝拉——艾萨克骑着他的铁马，斗篷在身后飘扬。他从马鞍上跳下来，站在摩托车前。车被迫倾斜，引擎啸叫着，把车上的人被晃下了车。

当皇帝以杂乱的姿势落地时，有个闪光的东西从他口袋里飞出，在鹅卵石上滚过。

"凤凰宝石！"碧翠斯叫道，开始向它爬去。

阿拉贝拉加快了速度，希望赶在艾萨克前面，不让他拿到宝石。艾萨克看到阿拉贝拉接近，端起了枪，瞄准凯西。阿拉贝拉不得不转而保护自己的朋友不被击中，她的摩托车的后轮开始打滑。

就在碧翠斯快要抓到宝石的时候，艾萨克抢走了它。蒙面骑士备好摩托车，向碧翠斯叫道："别管了，快走！"

她不情愿地爬上了车。艾萨克看见他们疾驰而去，转而瞄准他们。子弹打中了一个轮子，骑士没法控制车了。阿拉贝拉只能看着车前轮撞到停车桩上，后半部分高悬空中，骑士和乘客都飞了出去。

碧翠斯直接被甩过码头，掉进泰晤士河。骑士则扭曲着撞到地上，力道之大差点让他跟碧翠斯一起掉到河里。就在滚到边缘时，他紧紧抓住了几块鹅卵石，无力地挂在那里。艾萨克仔细地瞄准了他的头。

　　"我不会让你得逞的。"阿拉贝拉对他说道。她从车上挂的皮套里取出一把霰弹枪，对准艾萨克。

　　艾萨克看着阿拉贝拉，躲在多米诺面具后对着她做鬼脸。在他身后的骑士抓住机会爬了上来。艾萨克却出乎意料地笑了起来。他注意到阿拉贝拉身后正发生的事。她转身看是什么……这么惊奇。在外墙的堡垒上，在韦克菲尔德和圣托马斯的塔楼上，法国士兵正聚集在城垛上瞄准她。他们又被包围了。而拿破仑作为人质暂时保证了他们的安全，她转头看着城堡门内。

　　"结束了，"艾萨克对她说，"放弃吧。"

　　"到河里去。"凯西在阿拉贝拉耳边喊道。

　　"什么?"阿拉贝拉以为自己听错了。

　　"快去!"

　　"好! 我们走!"

第三十七章　蒙面骑士

阿拉贝拉掉转车头，对准泰晤士河，打开节流阀的时候，子弹已经在他们身边砰砰作响。车疾驰向前，越过城墙边缘，后轮发出刺耳的声音。

一秒钟后，他们撞进了冰冷、黑暗、恶臭的河流中。凯西身体前倾，在车的抛光胡桃木仪表盘上拨动了一个开关。当阿拉贝拉感到她的靴子正沉入冰冷、潮湿的黑暗之中时，传来了一声空气压缩后喷出的"扑哧"巨响。一艘黑色的大帆布筏在车周围成型。凯西靠在迈尔斯身后，拽了一下绳子，发动了新变形的"车船"尾部的舷外发动机。一股动力涌出，推着车船顺着河流飞速向前，掀起巨大的白色浪花。阿拉贝拉回头看了一眼，松了一口气。另一辆车已经随他们一起变形，紧跟在他们身后。那个神秘的蒙面男孩在开船，碧翠斯刚被从河里捞上来，浑身湿透地坐在他后面。

艾萨克在码头上看着他们离去，嘴巴震惊地张成一个圆圈。他们逐渐脱离了法国人的射击范围，子弹落在他们身边的水面上，但势头已弱。

凯西盖过发动机的嘈杂声，向阿拉贝拉喊道："之前我没空跟你讲这个功能！英国机械！能同时有个船干吗只制造个车呢？"

"太棒了！"风吹得阿拉贝拉的头发在脸上乱飞。她沉浸在不可思议的逃生中，兴奋地颤抖。

车的把手连在车船后面的舵上。她航行经过伦敦塔桥一半残骸形成的新岛，通过剩下的桥，靠近南岸，继续向西，前往哈迪斯。

"你刚才真是太惊人了！"凯西叫道，"你怎么突然有护盾的？"

"我也不知道！"

她们向上游进发了大概2英里，接近了斯特兰大桥（就是几个小时前，阿拉贝拉驾驶"王子"号降落时差点撞到的那一座桥）。这时，车船的航道上出现了奇怪的东西。黑暗的河流中涌出了泡泡，接着是一个爬行动物般的鼻子，双眼突出，滴水的铜鳞片在夜幕中闪闪发光。

阿拉贝拉停靠在旁边，怪物的眼睛后面打开了一个舱口，冒出一个年轻男子的头。

"嘿！"他说道。

"你好，蒂姆·帕沃斯！"阿拉贝拉回道。她抓着他扔给她的绳子，爬上了"克拉肯"号的甲板。

一刻钟不到，两艘车船的气都被放光了，存在指挥塔下密封的舱室中。乘客们都忙着换上干衣服。蒂姆·帕沃斯下士掌舵，从深绿色水面开往被他描述成"冥河"下游入口的地方。

他们已换好干衣服，众人就聚在大圆桌旁。碧翠斯给凯西包扎好了胳膊。阿拉贝拉坐下时皱了皱眉头。现在逃生的兴奋感已经消失，她比以往任何时候都清楚地感受到自己所受的瘀伤。

"先生，谢谢您救了迈尔斯。"她跟神秘骑士说道。他不知为何坚持戴着面具。

"不客气，女士。我必须感谢您在城堡码头上救了我的命。要不是您，我就被那个骑士杀了。"

"骑士？"阿拉贝拉皱了皱眉，"但你肯定知道是你的同事，艾萨克·德雷福斯。"

"啊，见鬼，真的？"本·福雷斯特摘下他的面具，他的法国口音也逐渐转为得克萨斯口音。

"福雷斯特先生！"阿拉贝拉喊道。

凯西叫道:"特工Z!我还以为你跟教授回实验室,去创造蓝宝石了呢。"

"你说的是圣石。"本说道。

"达盖尔先生在哪?"阿拉贝拉问道。

"我跟迈尔斯碰到了他,他在中塔入口处等你。"本回答道。

"雅克先生十分热情,我的女士,"迈尔斯插话道,"他发现我在比灵斯门市场附近有些混乱。我猜我摔下车时,其中一个将人形轮连接到大脑入口轴的活动齿轮轻微受伤了。"

"也就是说……"

"我失忆了。但是雅克先生治好了我,现在我又记起所有的事了。然后福雷斯特先生骑着一辆蒸汽摩托车到了,身后还拖着另一个……"

"我向雅克先生保证我会处理好一切,"本说道,"保证迈尔斯能与女主人重聚。他看上去并不高兴,但我说服他这是最好的。雅克离开后不久,我和迈尔斯听见了塔里的枪声。剩下的你都知道了。"

"先生,那你在伦敦塔里到底在干吗呢?"阿拉贝拉问道。

"我当时……"他看上去反常地找不到合适的词,"我担心,呃……"

"担心什么?"阿拉贝拉逼问道。

凯西笑道："他在担心你，傻瓜！"

本和阿拉贝拉皱眉看着凯西直到她脸红。"很明显不是吗？"她说道，"他先是突然出现在'塔拉尼斯'号上帮你打败了天空海盗。几天后，他又闯进'泰坦'号把你救了出来——对了，艾米琳告诉了我那个小恶作剧。现在又是这个，很明显，亲爱的贝拉，福雷斯特先生已经完全——"

"——不让我自己处理自己事，"阿拉贝拉打断了她的话，用刚才盯着凯西的眼神锁住了本，"没错，福雷斯特先生，你已经开始习惯出现在这些，呃……关键时刻。你碰巧在跟踪我吗？"

"我在关注任务，"本防御般地架起胳膊说道，"不只关注你，还有凯西和碧翠斯，更别提我的金属小朋友。我不认同你的老大斯图亚特少校在没有任何后援的情况下，把你扔进毒蛇窝里的做法。事实证明我是对的，不是吗？有上千把枪瞄准你，没有证据能看出来有任何撤退策略。实际上，当时你的前途跟我老爸一样'光明'——他那时在阿拉莫被整个墨西哥军队包围了。你也知道后来他的结果如何！"

阿拉贝拉竭力控制住情绪。"我有一些你已故父亲没有的条件，"她双唇颤抖说道，"一方面，我的枪指着拿破仑的脑袋。"

本抬起头说："没错，我本来想问那个的。你到底怎么做到离他这么近的？"

"她有护盾。"碧翠斯说道。

"某种程度上有护盾，"阿拉贝拉愁眉苦脸地说道，"我能感觉到每一颗子弹。"

"你是说你身上的那些瘀伤是……子弹伤的?"

阿拉贝拉点头道："那是我拥有条件的另一个方面。"

"哇喔!"本往后一靠，"真了不起，但是怎么回事?"

"我不知道——这也不重要。不管我这个能力是怎么来的，事实是，你来之前我们已经完全控制住了局面。凯西、碧翠斯和我原本可以以拿破仑为人质，在任何时候离开你所谓的毒蛇窝。福雷斯特先生，不管你认为我们需要你帮助的念头能让你如何高兴，但事实上，我们并不需要。从迈尔斯得来的消息看，似乎我要感谢达盖尔先生解救了迈尔斯，而非感谢你。你所做的不过是把我的机器人带入敌人的据点，让他遭受不必要的危险。"

"贝拉，"凯西轻声说道，"你不觉得你有点，呃，严厉吗? 我相信福雷斯特先生是出于好意。他听到枪声，本能地……这么说吧，他想帮忙。"

本什么也没说。他的双手扭在膝盖上，下巴肌肉仿佛在跟一块十天大的软骨摔跤一样颤抖。最后，他转向阿拉贝拉："女士，你让人难以忍受! 记住我的话，这将是我最后一次帮你做任何事……迈尔斯，如果我再跟你的主人说这么多话，你可以向我开枪。"说完他站起来，大步走到船前，坐到了帕沃斯下士旁边。

阿拉贝拉盯着自己的双手，试图让它们不再颤抖。在桌子旁边的沉默中，她无意间听到本气势汹汹地问下士在潜艇上的工作情况。

她想：显然，他要钻进技术性问题来缓解碰到我这样一个令人难以忍受的人的愤懑。

"你还好吧，阿拉贝拉?"凯西问道。

"当然没事!"阿拉贝拉猛然说道，又用更平和的语气说，"我不是故意刺激他，但他应当明白我不是什么没用的女性。如果我没对他直接说出来，他会一直试图在各处救我，那我就没法工作了。"

"克拉肯"号的汽灯穿透了昏暗的水域，照射着泰晤士河堤岸的黑桩。大家看着河底有一扇门在缓缓地打开。这是一扇巨型圆门，藏在古代沉木之中。

"很多女性不介意特工Z来救她们。"凯西评论道。

"不错，但我不是'很多女性'中的一员。"

"他在'泰坦'号上救了你的命。"碧翠斯指出这一点。

阿拉贝拉瞪着她。"我的命由我自己来决定求生或牺牲，"她说道，"而且，他说不定也没救我。"

"什么意思?"凯西问道。

"如果我现在有护盾，或许那个时候我也有，只是没释放出来。归根结底，我大概不需要福雷斯特先生的火箭。"

"大概不用吧。"凯西叹息道。

"克拉肯"号穿过打开的门进入水下气闸。船里的人们等待着水位缓缓下降。码头很快就会出现，他们可以离开船，进入哈迪斯。

"不管怎么说，"凯西在等待的时候说道，"我觉得你把你的想法说得太明白了。照刚才福雷斯特先生说话的样子看，我怀疑他再也不会烦扰你了。"

"很好。"阿拉贝拉说道，同时尽力让自己为此感到高兴。

第三十八章　汇报

"再向我解释一下你是如何躲过追杀的。"次日清早，艾米琳如是询问阿拉贝拉。

"我觉得我是得到了弱版以太盾的庇护。"阿拉贝拉答道。

"你知道那是怎么发生的吗?"

"一无所知。"阿拉贝拉答道。身上的多处瘀伤，让她无法舒服地保持坐姿，只能不断地在椅子上扭来扭去。不过，过度的疲劳至少让她很香地睡了一觉。第二天早餐结束后，艾米琳喊着她、凯西、碧翠丝和迈尔斯一起去会议室，就在哈迪斯地下迷宫里的一条不知名的走廊旁，地方很隐蔽，以便她们向上级汇报任务情况。

"我有一个推测。"迈尔斯说道。

阿拉贝拉有些吃惊地瞥向她这位有逻辑思维的朋友，坐在大皮椅上的迈尔斯瞬间矮了不少。

"尽管说吧。"艾米琳说道。

"我的女士很可能在'泰坦'号上就接触到了以太盾生成器……她当时正处在半人马军队所在的区域，而以太盾生成器刚好在那一瞬间传送出一股以太能量，可能就传递了一点到她身上。"

艾米琳转向阿拉贝拉以证实迈尔斯所说的话。

"是的，"阿拉贝拉激动地点点头说，"我记得当时看到这种奇怪的金色光束从以太盾生成器里散发出来，覆盖了半人马军队，不过当时并没有蔓延至我，但我觉得迈尔斯说得对：肯定也覆盖了我。"

"好，是个幸运的突破，"艾米琳说着转身面向其他人，"能毫发无损地逃离塔楼，你们简直太棒了。但是，你们获得的情报仅能协助我们推测出拿破仑此战的目的。"

"长官，"阿拉贝拉说道，"有一个骑士，名叫艾萨克。他告诉我英国的其他城市也正遭受袭击，是真的吗？"

艾米琳摇摇头说道："他在撒谎，目前为止，伦敦是唯一被法国进攻的城市，我承认这有点让人捉摸不透。但更令人猜不透的是法国这次袭击不按常理出牌。他们直接略过常规的攻击目标：既没有试图控制以太波通信传播设施，也没有占领我方军事基地和政府办公楼。除了向伦敦城里投掷数千万吨燃烧弹外，他们唯一集中攻击的目标是我们的银行以及没有任何军事战略价值的古代堡垒——伦敦塔。据你所说，拿破仑占据伦敦塔的全部目标就是从王冠上偷取钻石。这真是他想要的吗？"

"那是一块凤凰钻石，"碧翠丝说，"世界上最大的切割钻石。"

"那又怎么样呢？"艾米琳耸耸肩说，"终究不过是一块石头而已。我确定法国人自己在卢浮宫里就有大量这样的珍藏。"

碧翠丝点点头："有摄政王钻石、仙希钻石、圣路易斯绿宝石和玛丽·安托瓦内特女王的鲁斯波利蓝宝石，还有——"

"好了，好了，碧翠丝，我们了解了！"艾米琳恼怒地吸了一口气，"重点是，挑起这么大的战事难道只是为了偷取一颗钻石？"

"凤凰钻石有540克拉呢，"碧翠丝说道，"相比之下，摄政王钻石才410克拉，而仙希钻石仅55克拉。"

"抱歉，打断一下，碧翠斯。你说这些意味着什么呢？"凯西问道。

"克拉是钻石的重量计量单位，"碧翠丝解释道，"钻石体积越大，克拉数越大，就越有价值。"

"好吧，所以这颗大克拉的钻石价值连城，"艾米琳说道，"可拿破仑实际上并不缺钱，不是吗？或许这钻石对他来说还有某种情感价值？这颗钻石有什么历史渊源吗？"

"18世纪早期，印度安德拉邦挖掘出一颗重达900克拉的钻石，凤凰钻石就是从上面切割下来的。"碧翠丝解释道，"最初钻石由孟加拉的王公贵族所有。后来在1757年，英国东印度公司在普拉西战役中获胜后，便夺走了这颗钻石。1765年，该钻石又被赠予国王乔治三世。那时恰逢国王病重，可是国王在得到该钻石后竟奇迹般地痊愈了，因此给它取名为'凤凰'。"

"就像神话里的凤凰一样，国王涅槃重生了。"凯西笑着说道。

"法国是否曾经占有过这颗钻石？"艾米琳问道。

"没有，"碧翠丝回答道，"法国从来没有拥有过该钻石。"

"太奇怪了！"艾米琳说道，"还能告诉我一些关于该钻石的事情吗？有没有什么不同寻常的？"

"它的切工出奇地好，"碧翠丝说，"亮度、火彩和闪光度都十分均衡，从而创造出一种专家所谓的绝佳的光效应。"

"我虽不知道这是什么意思，"凯西说，"但是听起来很有意思！"

"而且这颗钻石还可以发出一种不同寻常的荧光。"碧翠丝补充道。

"什么意思?"艾米琳提示道。

"'凤凰'在强烈的阳光下会发出绿光。要知道大部分钻石不会发出荧光。大约三分之一发蓝光。极少数发出黄色、橙色、粉色或红色的光芒。据我所知,'凤凰'是唯一能发出绿光的钻石。"

"我以为钻石就是闪闪发光的。"凯西咧嘴笑道。

"'凤凰'的非凡不只在于它的大小,"碧翠丝说完又略带苦涩地补充道,"当时就差3英尺我就能把它夺回来了。"

"没事,"艾米琳叹了一口气说道,"有时候就是这样。谢谢你,碧翠丝。我支持你加入我们的外勤队。他们在偷回'凤凰'钻石前需要有关它的简要说明。也许你自己也想参加这种偷袭吧。"

碧翠丝难以置信地睁大了眼睛,回答道:"我愿意,长官,谢谢你。"

碧翠丝出发后,艾米琳对其他人说道:"有个坏消息,那就是法国此次入侵不单单是偷取历史上最珍贵的钻石。既已偷到了王冠,拿破仑似乎也不急着离开。事实上,更多的法国飞艇在夜间登陆了。他们已经从伦敦的银行运出大量黄金，足以支撑以太盾庇护‘泰坦’号及半人马军队好几周，也许是好几个月。我不敢想那时他们对伦敦造成的破坏会有多大。他们可能会开始用以太盾庇护其他飞船了，这将给最终到达这里的皇家空军带来麻烦。”

“长官，我们的皇家空军什么时候才能到？”凯西问道。

“我们还需要四天，才能从海岸基地召集到足够的船只和部队与法军相抗衡。那时，我们一定要把伦敦看成已被攻占的城市，把我们自己当成顽强不屈的抵抗战士。法国人决心要将我们全部消灭。他们知道我们一定藏在某个地下基地，只不过不知道具体位置罢了。法国军队目前正在大肆搜查我们的地下铁路网。基地被发现是迟早的事。我怀疑在皇家空军到来之前我们能否撑得住，这意味着要想活下来，我们必须发起反攻。”

“我们该怎么做呢？”阿拉贝拉问道。

“已经有一些进展了，”艾米琳笑着说，“我想是时候回实验室看看了。”

第三十九章　布雷登火药炸弹

"看，布雷登火药。"布雷登·斯多姆教授拿着一颗小型蓝色结晶体说道。阿拉贝拉觉得这颗蓝色结晶体异常漂亮，仿佛海浪的那种神秘而又深沉的蓝色。

教授眯起眼睛看着站在旁边的本，似乎在刺激这个美国人因结晶体的名字反驳他。但本只是一言不发，似乎正完全沉浸于思考别的什么事中。

阿拉贝拉循着本的视线的方向望去，却发现他所盯着的那个角落除了一个空老鼠笼，其他什么都没有。他眉头紧皱，双唇紧闭。"他在躲避我，"她心想，"他仍然觉得我令人无法容忍。"

"这种物质，"教授说道，"我和我的助理已经研究了二十四小时，反正我是一直在研究。他大部分时间花在逛伦敦塔了，跟个游侠骑士似的。"他再次转向本，此时的本正专注于一块油地毡覆盖的地板。

"能穿透以太盾吗？"艾米琳问道。

"当然能，"教授回答道，"这颗结晶看起来小得很，不过据我们的计算，它的能量大到足以穿透母舰周围的以太防护罩。不过，我们遇到了一个问题……"

艾米琳眉头一皱："你告诉我已经解决了，教授。你是这么说的！"

斯多姆教授有点不好意思地低下了头，说道："是的，好吧，也许我对成功的宣言有点为时尚早了。我们后来发现了一个特定的……以太盾效果。"

"是什么？"

教授叹了口气："布雷登火药能够穿透以太盾，但是如果与一枚大型的爆炸性炸弹放在一起的话，以太盾很快就会意识到威胁，进行自我激活。"

"所以，你的意思是门开了，然后就立马关上了。"凯西说道。

"正确！"教授说道。

"所以我们怎么才能摧毁半人马呢？"阿拉贝拉问道。

"只需要很小的爆炸，"教授说，"等以太盾意识到危险，就太晚了。但是为了摧毁与'泰坦'号规模相当的物体，我们需要让尖端装有布雷登晶体的炸弹携带更多的燃烧弹。"

"我不确定我们能做到，"阿拉贝拉说道，"'泰坦'号上有一个房间堆满了烈性炸药，要引燃它们不会耗费多少时间的。"

"我担心那些炸药不在船上了，"艾米琳说道，"根据侦察员的汇报，炸药被用于炸开城市银行的金库，以便他们盗取所有的黄金。"她叹了口气："我想我们又得重新计划了。"

"未必，"凯西一边说着，一边尽力地让大家开心起来，"至少我们现在可以攻打半人马军队了。"

艾米琳点点头："说得好，凯西。教授，多久能造出几千发尖端装有布雷登晶体的炮弹和子弹?"

"这个，呃……"教授面带难色。

"要多少工人都没问题，"艾米琳说，"如有需要我们可以从地下铁道的避难所拖些志愿者过来。"

"问题是，你看……"斯多姆教授急促而激动地说。

"用上你所有的布雷登晶体，我们还会成立一个化学家小组来创造更多的这种晶体。"

教授悲哀地盯着这颗小晶体。"我们没有预料过……"他开始说道。

"没有预料过什么，教授?"

教授抬起头说："这就是所有的晶体。"

"就那么点?"艾米琳指着晶体，脸色瞬间阴沉了下来。

"我们花了一天时间才提炼出这种大小的晶体。"教授说道。

"我们需要几周的时间才能像你说的那样大批量生产布雷登晶体。"

"我们没有几周那么多的时间。"艾米琳悄声说道。

实验室里一片死寂，只能听见水龙头滴滴答答敲打洗涤槽的声音。

阿拉贝拉想：我们完了。

"还可以试试别的。"本突然扬起头说道。每个人向他投去了期许的目光。

"这种布雷登晶体"——读这个单词时，他的表情有些痛苦——"与以太能量完全相反。"

"什么意思?"

"我指的是就像把一群得州人安置在有一群墨西哥人的沙龙酒吧。"

"我们仍然不明白是什么意思。"艾米琳说道。

"他指的是这两种能量会互相毁灭彼此。"斯多姆教授有些兴奋地说。

"千真万确!"本说道，"我们不需要任何炸药。我们只需要这种晶体。如果能把晶体射入强大的以太能量源中——

比如'泰坦'的以太盾生成器中——它将会……"

"……引起爆炸，爆炸产生的能量足够毁灭整艘飞船！"教授说着，嘴角上扬，似乎已经大获成功。

"而且可以摧毁所有半人马的以太盾。"凯西说道。

教授和本激动地点点头。

"我们怎么把晶体射入以太盾生成器中呢？"艾米琳问道。

"远程火箭就可以，"教授说道，"必须是非爆炸性的，这样以太盾就不会视其为威胁。我们需要知道的是以太盾生成器在'泰坦'号的哪个角落。"

"在靠近军械库的大厅里。"阿拉贝拉说道。

"所以是在吊舱尾部，"本说道，"教授，您收到我发的'泰坦'号平面图了吗？"

"当然，亲爱的孩子。"

过了一会儿，所有的人都围在圆桌边，桌上平铺着"泰坦"号五个甲板的详细构造图纸。"你看，它到底在大厅的哪个位置？"教授问阿拉贝拉。

阿拉贝拉所指的位置是她曾经进去过的那个房间的另一端。

"正好在中间，就在舱口的正对面，"教授大笑，"完美！"他用手指在图纸上划了一条直线，表示装有布雷登晶体的火箭的计划飞行路线。

"很好！"艾米琳说道，"教授，你多久能——？"

"等一下，"阿拉贝拉打断道，"舱口有多高？"

"大约有吊舱的一半高。"教授说道。

"那就起不到作用，"阿拉贝拉说道，"以太盾生成器在一个高台上。大厅本身的高度就达到了整个吊舱的高度，而且以太盾生成器离舱顶的距离还不止一半。从舱口射入的火箭会撞到高台，射不中以太盾生成器。"

教授猛地跌坐在椅子上，竖起的头发似乎都快耷拉下来了。他伸手从旁边的盒子里拿过一个甜甜圈，开始大口吃起来，一脸郁郁寡欢。"这么近，"他叹息道，"可是又这么远。"

"我可以把晶体带上'泰坦'号，亲自扔进以太盾生成器。"阿拉贝拉建议道。

她正说着，就看到本沉下脸来。

"怎么进去？"艾米琳问道，"侦察员说每个入口处至少有十个半人马守卫。再说了，他们已经完全掌控了海德公园，周边有巡逻队把守，连一只苍蝇都飞不进去。"

"一定会有办法，"阿拉贝拉坚持道，"我已经不止一次溜上那艘船了。"

"你要知道这将会是个单程旅行，亲爱的，"斯多姆教授郑重其事地说道，"把布雷登晶体投到以太盾生成器中后，你就没时间逃生了。我们在讨论的是瞬间汽化。"

阿拉贝拉点头道："我知道。"

她的声音坚决，语气强硬——没有人能够猜到她内心的颤抖。

她感觉到凯西正紧紧地抓着自己的手，强忍着啜泣声。

"我不能命令你这么做，"艾米琳说道，"一切必须建立在绝对自愿的基础上。"

阿拉贝拉咬咬嘴唇："没关系，我自愿的。"

是什么驱使她做出这样的选择？这真的是她说的吗？

她听到右边有桌椅碰撞声，抬起头看着本离开房间，留下身后瞬间关上的门。透过圆形的窗户，她看到本正快速地离开长廊，径直走向空中蒸汽机车厢和地下铁路。笼罩在他头顶的乌云别人都能看得见。

没有跟任何人说一句话，阿拉贝拉突然离开，跟在本的后面。又一次，她无法解释原因——只知道自己必须这么做。

泰晤士河上微波荡漾，堤坝上形成了面积不大的灰色沙滩，看起来跟河岸两边相差无几。法国飞艇上的侦察员们怎么都想不到，那些黑木桩后就隐藏着地下铁道的出口匝道。除此之外，还有哈迪斯。

阿拉贝拉在沙滩上找到了本，他正往水里丢石头，她也跳下去和他一起丢。

"你介意我坐这儿吗?"她问道。本没有回答,于是阿拉贝拉坐在沙滩上凸起的木桩上,这是古老的登岸码头地基遭侵蚀后留下的。

"我做了什么让你心烦的事吗?"阿拉贝拉忍不住问道。

本扔石头的手停在半空中,转向她,扬起眉毛说道:"我看起来心烦吗?"说着继续扬起胳膊,把石头扔进水里,石头划过三四十英尺的弧度,哗的一声消失在灰绿色的水里。

"你刚才为什么走出实验室?"她问道。

"可能因为我不想眼睁睁地看着像你这样的人去送死。"本说着又拾起一块石头。

"像我这样的人?"阿拉贝拉问道,这下轮到她扬起眉毛了。

本噘起了嘴。他继续在沙滩上找石头,不过阿拉贝拉知道他在想怎么回答。

本依然没有回答,她开始追问道:"是像我这样的人?还是我?"

两人再次陷入了沉默。本找到一块圆而扁平的石头,开始擦掉表面的沙土。

阿拉贝拉不放弃,说道:"凯西对你行为的看法是正确的吗,福雷斯特先生?第一次在塔拉尼斯,然后在'泰坦'，后来在伦敦塔。"她笑了，"真想不到，这些地方都是以'T'开头的。我想知道下次你要在哪里救我呢？泰姬陵，廷巴克图，或许是得克萨斯州？"说着，她脸上的笑容渐渐消失了："不，我可能永远都去不了这些地方里的任何一个。"

"你还真是个好特工，"本低声地说，分明是从牙缝里挤出这么几个字，"你才十八岁。为什么就要下定决心牺牲自己呢？"

"那你又为何要决意制止我呢？"

"先回答我的问题……我就会告诉你。"

"你保证？"

"我保证。"

阿拉贝拉耸耸肩，拉了一下风衣袖子上松了的带子。"没有那么复杂，"她说，"我没有家人——除了艾米琳。我有两个朋友，凯西和迈尔斯。我很爱他们，但是我更爱我的祖国。"她仰起头面朝天空，"我从来都不想为了活着而活着，福雷斯特先生。我想活得有意义。如果献身能帮助我的祖国，那就是一种赋予我生命意义的方式。"

"你就没想过其他方式吗？"

"其他方式？"

"赋予你的生命意义的其他方式。"

"比如？"

"我不知道。爬山？寻找尼罗河的源头？帮助穷人？至少不用以生命为代价。"

阿拉贝拉摇摇头："这就是我选择的生活。这就是我一直要做的，也是我从小就立志要做的。我爸爸……他为国捐躯。"

那不是只有她自己才知道的故事吗？

她的手指游走在软皮夹克上——这是她爸爸的夹克。

"我憎恨战争，贝拉，"爸爸过去这么告诉阿拉贝拉，"我憎恨战争，但是我将永远不会停止爱我的祖国。"

她至死不渝地相信爸爸的话。

"有时候，我想象我爸爸，"她说，"在云端的某处看着我。我这么做是想成为他的骄傲。如果你想知道更多，这也许就是我选择这条路的真实原因……"她看着本，"所以我已经回答了你的问题。该你回答我的问题了。"

本凝视着那块圆盘形的光滑石头。

"你选择你的生活，"他说，"我选择我的生活。你知道，有选择就有牺牲。你牺牲的是长命百岁。我牺牲的是……陪伴。我独自工作，独自生活。因为我的工作需要保密，也很危险。我交不起朋友。但是……"

本陷入了沉默。

"但是什么？"阿拉贝拉急切地问。

"但是，如果友谊也能选择的话，我……呃，我想跟像你这样的人做朋友。"

"像我这样的人？"阿拉贝拉笑了，甚至连心跳都加快了。

"是你。"他说。

她低下了头，所以本并没有看到她脸颊的绯红："谢谢你，福雷斯特先生。那么我可以说自己并没有那么令人无法容忍吗？"

本回忆起来不禁叹息。"对此我感到抱歉，"他说，"我生气的时候，有时会说一些我……不，你没有让人无法忍受。"

"没关系，"阿拉贝拉说，"我可能有一点不令人喜欢。我想我曾对你刻薄，也不领你的情。凯西也这么认为。我觉得我只是不习惯别人对我的帮助而已。我不知道当一个男士决定要帮我时该怎么做。我觉得我能自己搞定一切——一直以来我都是这么想的——也许我应该意识到有时接受他人的帮助也是可以的。事实上，我……"意识到自己在胡说之后，阿拉贝拉就停下来了。她抬起头看着本，慢慢地说："我很荣幸你能想着跟我做朋友。如果可能的话，我也很乐意。也许我们的生活相差很大，如果我们的选择曾是……但猜测的意义何在呢？"说着，阿拉贝拉又一次望向天空——

每逢感到不安或不确定时她都会抬头仰望天空："今天极有可能是我生命的最后一天。"

说这话的时候她的声音有些颤抖。阿拉贝拉能感觉到自己的内心在啜泣。既然是一个正确的决定，那为什么她无法在内心深处认同？她又为什么感到如此悲伤？刚才又是什么促使她追着本出来呢？难道是因为，她在内心深处希望本能说服自己不要这样做？她的一部分感到现在只要本说几句话就能改变一切。如果本告诉她，比如说他爱她，定会在她内心深处引发一场不小的震荡，谁能知道阿拉贝拉会因为这个表现出什么样子呢？

但是本没有回应。

他是一个"囚犯"，她也一样。他们都是受制于自己选择的囚犯。

相反，本面对这河水，向后一靠，将圆盘形的石头抛掷出去，就像把愤怒和怨恨一并抛出去一般。他这回投掷石头的方式与上次不同，石头呈扁平的抛物线落入水中，掷出之前还用食指旋转石头。结果，石头像铁饼一样旋转着，飞到了河的另一边。它平坦的底部在河面上做了一系列小小的反弹，阿拉贝拉数了数，反弹了六七次才沉没。

"也许不是。"本说话的时候，盯着石头消失的地方。他转过身来，嘴角上扬，露出微笑："也许今天并不是你的最后一天。"

"什么意思？"她问道。

"跟我来！"本喊着，跑向了堤坝的台阶，打开鹅卵石间隐蔽的舱口，"我想到了一个计划。"

第四十章　冒险的计划

"弹跳炸弹。"本跟围站在实验室后面圆桌旁的各位说道。

"什么?"艾米琳问道。

"谁?"凯西问道。

"一种弹跳炸弹。"惊奇不已的斯多姆教授喃喃道。

桌子上是一张海德公园的地图,是艾米琳应本的要求从外勤部拿到的。本指着九曲湖窄长的东岸,说道:"'泰坦'号在这里登陆,后面大约1000码处就是平静开阔的水域。炸弹在合适的高度以合适的速度投进湖中,只要角度合适,旋转不出问题就能——"

"等一下,"艾米琳说道,"我没听错吧?你真打算借助湖面弹出炸弹?"

"不是弹出，是掠过，"本说道，"就像用扁平的圆石头打水漂。只是'掠过炸弹'听起来没有那么好听。"

"我认同，"教授点点头，"缺那么点韵律节奏感。"

本拿起自来水笔，在地图上粗略地画了一艘飞船，表示"泰坦"号。用十字标出以太盾生成器的大概位置，然后画了一条直线与九曲桥相连，桥在湖的拐弯处，一路通向"泰坦"号飞船。

"阿拉贝拉说以太盾生成器高于舱盖顶部，"本解释道，"一般火箭袭击都是像这样直线行进，是无法实现目标的。但弹跳炸弹是曲线行进……"

现在本在原先画直线的地方画了卷曲的波浪线，表示炸弹穿过湖面。"最后的弹跳，"他说着画了最后的弹跳，"将搭载布雷登晶体的炸弹以向上的轨迹穿过舱口，弹跳到足够的高度抵达以太盾生成器。"本把笔尖移到十字处，潦草地写上"爆炸"一词。

"聪明。"教授长呼一口气说道。

其他人则充满怀疑和问题。

"对我来说似乎是一个遥不可及的想法。"艾米琳评价道。

"那怎么让炸弹弹跳呢？"凯西问道。

"怎么让炸弹在正确的位置弹跳，正好向上就能穿过舱口？"阿拉贝拉问道。

"细节，细节，"教授说道，"我已经知道什么原理了。"

"理论上，"艾米琳疑惑地说，"我提醒一下大家，法国军队很快就要攻打过来了。我们现在需要的是可实践的方案，不是理论。"似乎是为了强调她的观点，沉闷的砰砰声此刻响彻整个实验室，薄薄的云石膏灰尘瞬间从天花板掉落下来。

"只要你批准，少校，"教授说，"我们能够立刻再付诸实践——看看我们能否将福雷斯特先生的理论转化为可行的东西。"

艾米琳看了教授很长时间，考虑做决定。

"我把布雷登晶体带到'泰坦'号上的请求还是有效的，女士。"阿拉贝拉说。

"我知道，阿拉贝拉，"艾米琳说道，"但是我不允许——除非我们无路可走。"她转向本和教授，"伙计们，你们有四十八小时。如果那个时候无法实践，我们可能就不得不选择阿拉贝拉的方式了。"

"四十八小时！"教授结结巴巴地说道，"但是这完全是没有尝试过的技术……"

"能得到这么多时间我们就很幸运了，"艾米琳坦率地通知他，"哈迪斯可能很快就会被法军发现了。如果我是你，就会马上开始行动。"

弹跳炸弹的研制工作立即展开，为保证所有的人力物力都用于该项目，其他实验工作均已告一段落。桌椅和设备都被挪到一边以腾出地方。装满水的窄长水箱就放在实验室地板中间，相当于九曲湖。水箱一端安有弹簧释放装置。模型制作者在另一端建造了原始版本的"泰坦"号，里面安装有一个仿制的微型以太盾生成器，就安装在与真实情况差不多的位置。一切都是按着1：100的比例建造的：比如水箱有9.5码长，"泰坦"号3码长。这将使在规划实际操作时更容易把所有的东西都放大。

仅仅几个小时，本就研制出了更加稳定和精确的旋转筒，与旋转圆盘比起来，更容易从空中发射，大小不同、重量各异的旋转筒从不同的高度进行试验，成功程度也不同。教授，这个高尔夫狂热爱好者，意识到利用逆旋转可以大大提高反弹的高度。在这一天里，他们慢慢地计算出了最佳值，并加以放大：

空运高度：60英尺

空运速度：130英里/小时

离目标的距离：394码

逆旋转：500转/分钟

导弹长度：60英寸

直径：40英尺

重量：2250磅

入口角：10度

弹跳次数：5

下午的晚些时候，研究工作一连完成多项突破。迈尔斯和缓地指出布雷登晶体靠近旋转筒时，可能不会产生毁灭以太盾生成器的预期后果，事实上，可能甚至都不会穿过"泰坦"号的以太盾。所以，教授等人设计了一个新试验：第一现场测试布雷登晶体和以太盾发生器。水箱一端的"泰坦"号模型换成了斯多姆教授的微型以太盾生成器，在另一端的释放装置中安置了旋转筒，旋转筒里插有一小片布雷登晶体。

教授要求所有工作人员离开实验室后，开始进行实验。每个人都躲在跟实验室相隔三个房间和两堵厚水泥墙的地方。这将是纯布雷登晶体与以太能量源的首次接触，没有人知道爆炸的威力到底会有多大——即使只是1∶100。

所有的连接门被密封，大家都准备好之后，一个实验室助理按动了以太波发射器的按钮，启动液压发动机内部的释放装置。电机驱动给旋转筒提供逆旋转的皮带。自旋速度达到每分钟500转，正好54秒。此时机械将自动开启，炸弹将被释放。教授用洪亮的声音大声读着秒数，读到54秒时就停了下来，大家都屏住了呼吸。

一秒钟后，他们听到一种类似粉尘爆炸的沉闷声响，阿拉贝拉听着像沙袋的爆裂声。教授带领大家回到实验室。一打开门，温水从中涌出来。整个房间被水淹没了有至少1英寸。烟灰污点覆盖了几乎整个墙面，墙后面正好是以太盾生成器所在的位置，金属罐接近生成器的那一端已经扭曲变形，像是用比纸板还不结实的材料做的。水从破裂的水箱中溢出，引起了洪水。以太盾生成器可以说是消失殆尽了。

研究人员高兴地发出一阵喝彩。

"这可以回答你的问题了吗，迈尔斯？"教授眉开眼笑道。他转向艾米琳："请批准，少校。我想是时候放大看看真实情形下的威力了。我们已经改装了一架空中运输飞行器，在夜色的掩护下把它弄到水库之类的地方——当然是伦敦之外的地方。然后我们就可以做个虚拟演习。"

他和本听不清艾米琳的回应。因为她的话语被哈迪斯另一个地方的一声巨大爆炸声淹没了。

几秒钟之后，他们听到走廊之外的喊声和尖叫声，声音是从查令十字地铁站那里传来的。

阿拉贝拉跑去查看发生了什么。一转弯，她就看到英国士兵在撤退——他们中还有几个伤员。"回去！"一个看到她的士兵喊道，"法国人已经攻到车站了。"

又一次爆炸震动了地面，阿拉贝拉没能站稳。灰尘和石膏溅了她一身，她跟跟跄跄地返回实验室。

　　"他们已经攻进来了！"她向艾米琳喊道，"哈迪斯被攻破了！"

第四十一章
世上最棒的飞行员

这个消息把大伙儿惊得目瞪口呆。艾米琳反应最快。"我们别无选择，"她说，"今天就必须反攻。"

"不可能，"教授表示反对，"我需要改装空中运输艇，制造炸弹，训练飞行员，运行测试……这是不可能的事。"

"必须做到，"艾米琳坚持道，"你尽管做该做的，我们会想办法尽力拖住法国人。但是下午就得反攻，否则我们就全没命了。阿拉贝拉、凯西，跟我来……"说完，艾米琳下了楼梯。

凯西紧跟其后，但阿拉贝拉踌躇不前。"先生们，你们原先想要让谁驾驶空中运输艇？"她问本和教授。

斯多姆教授转向本："年轻人，你觉得谁合适？"

"像这样的任务，我说过我们需要世界上最好的飞行员才行。”

阿拉贝拉瞪了他一眼，然后跺脚走开了。

她在拐角之前又回头看了一眼。本已经回实验室了，教授还站在走廊里一脸愁容地凝视着脚边集聚的水坑。"我想我们最好开始吧，"他喃喃地说，"有人有拖把吗?"

接下来的三个小时，阿拉贝拉几乎都是躺在两条走廊的交叉口，角落里到处都放着枪械，随时准备用来攻击任何进入视野的法国士兵。哈迪斯就是为这种防守而设计的。迷宫般曲折的走廊用于迷惑进攻部队，并为防御者提供了大量的藏身之地和射击之处。幸运的是钢筋混凝土的墙壁和天花板虽然看起来不养眼，但坚固耐用，足以承受猛烈的炮击。因为现在哈迪斯被发现了，地面上的炮击此起彼伏，非常激烈。每次轰炸都会让基地震荡不已，还有很多灰尘掉落，罩住了阿拉贝拉及周边的一切，宛如盖上了一块灰白色的毯子。基地的其他地方，也不时传来嗒嗒作响的枪声、下命令的喊声以及跑来跑去的脚步声，不过还没有声音抵达她这边。凯西也在哈迪斯的某处保卫着自己所管的走廊，艾米琳和碧翠斯也一样。此时，不可能知道她们的遭遇如何，也无法知道战斗的整体情况，只能说她们还没有输。

随着时间的推移，由于得不到任何消息，阿拉贝拉变得越发无聊、紧张和沮丧。但令她倍感宽慰的是，终于收到了艾米琳发来的一封以太电子信息，让她立即返回实验室。

"祝你好运，阿拉贝拉！"她姑姑说道。

"谢谢。"

她到达实验室时，被告知直接进入地下跑道。本、教授和迈尔斯围在"科曼奇王子"号旁边，也跟着总工程师一起向地下跑道走去。

"啊哈！我们的女飞行员来了！"教授看到她时如此喊道，"这项任务需要一位极具天赋的飞行员，我们相信你就是我们要找的那个人。"

阿拉贝拉瞥了本一眼："好吧，我是世界上最好的飞行员，似乎如此。"

"是我们在短时间内能找到的最好的。"本说道。他眨了眨眼，但这样的幽默似乎很牵强。本的表情，与其之前的乐观主义相比非常生硬。计划已经结束，任务也已赋予他们，一切都发生得比他们希望的要快得多。

"亲爱的女士，"迈尔斯说道，"你必须在只有60英尺高的地方（不会超过树木的高度）行动，并以每小时230英里的速度直线飞行。轻微的摆动可能意味着命中或失手。我计算了一下，你成功的概率是——"

"嘘，迈尔斯！"阿拉贝拉说，"我不想知道。我确定成功的概率微乎其微。没关系，我不在乎。"

迈尔斯缓慢地行驶，剧烈地振动着，喷出大量的蒸汽。他说："只要我还在运作，我就永远无法理解人类。"

"是真的，你可能不会，迈尔斯，"教授评论道，"这就是原因，人类和钢铁军队之间的战争不可避免，我们人类最终会取得胜利——关键的区别是，你们的物种会运用逻辑战斗，而我们永远不知道何时会被击败。"

工程师指出了对"科曼奇王子"号所做的改进，经过改进，它现在能够携带布雷登晶体炸弹，并配有旋转和释放装置。蒸汽冷凝器已经移到尾部附近，以便为机身下的一个新舱腾出空间。炸弹由一对卡钳夹住，可通过卡钳摆动释放炸弹。旋转将通过一个由格兰维尔—沃利斯液压发动机驱动的皮带传递，该发动机安装在炸弹的右舷。

"我们已经从机械的角度做了我们所能做的一切，"教授对阿拉贝拉说，"其余的就取决于你了。你的飞行需要做到完美。你得确保螺旋桨直指'泰坦'号的舱口，机翼要保持绝对的水平，释放炸弹之前，还须保证飞行器与目标保持合适距离和高度。"

"我怎么知道什么时候的距离和高度才是准确的呢？"阿拉贝拉问道。

"湖里有一个小岛，"教授说，"这个小岛只有60码长，甚至连个名字都没有，但当你的左翼越过它的东岸时，将是释放炸弹的时刻。"

"然后分秒计时。"

"没错！至于高度，看看这个。"教授跪下来，指着艇身腹部的什么东西。阿拉贝拉也照做了，看到"王子"号的地板上装了一扇观景窗。一对碳弧聚光灯已经放在它的两边。"当聚光灯在水面上聚集在一起时，你就会处于正确的高度。"他说。

"所以，这已经变成了一项夜间任务。"阿拉贝拉说道。

"也许你应该检查一下时间，我亲爱的女士，"教授说，"太阳一个多小时前就下山了。

阿拉贝拉检查了她的计时器。这是真的——时间竟然过得这么快！

"如果出了什么差错呢？"

"那就中止释放，回来进行其他的尝试。记住，我们只有一次机会。就像我说的，一定确保万无一失。"

阿拉贝拉爬上机翼，在驾驶舱里寻找一个新安装的按钮或操作杆。她一个都没看到。"我怎么才能，呃，释放炸弹呢？"她问道。

"别担心，那是我的工作。"本说。

"你的工作？什么意思？"

"我会和你一起做这件事的，女士。"他笑着说。

"希望你不介意吧!"

"如果你专注于飞行,我们觉得会更好,"教授说,"在乘客座位旁边有一个操作杆,等到时机成熟,'福雷斯特大师'会用它来打开卡钳释放炸弹。"

"我肯定我能拉动操作杆!"阿拉贝拉厉声说道,本陪伴她的主意令她感到不自在。

"还有一点比这更重要的是……"本说。

阿拉贝拉怒视着他:"一些你认为我做不到的事?"

"我不知道你能做什么,女士,"本平静地回答道,"但是我们不能冒险。尽管这颗炸弹里没有真正的炸药,即使我们做的那次小测试成功了,但以太盾仍有可能启动,所以当空中运输艇撞上'泰坦'号时,我必须做我所该做的事。你知道:清除我头脑中的所有暴力想法,保证拉动杠杆时,除了积极的、友善的心灵感应外,别无他物。"

阿拉贝拉戴上手套和皮革飞行帽。"好吧,福雷斯特先生,"她生硬地说道,"我想我们最好开始吧。"

本和她一起跳上了机翼,有那么一瞬间他们站得很近。他隐约地闻到了引擎的味道,心情舒畅。阿拉贝拉不安地想起了几天前在塔拉尼斯的那一刻,当时他们也离得这样近。飘浮在空中的城市周围的乌云散去时,他们拥抱在了一起。但现在她不能想这件事,而是必须把注意力全部集中在当前的任务上。本拉开了驾驶舱的座舱罩说道:"请,女士。"

她无视他伸出的手，自顾自地爬进了驾驶舱。

"还有一件事，"等两人系好安全带后，教授说道，"如果成功的话，可能会是一场巨大的爆炸，所以在投下炸弹后，你们必须尽量拉大自己与'泰坦'号的距离。"

阿拉贝拉对教授竖起大拇指，之后启动引擎。她关上座舱盖，"王子"号开始缓缓向前滑行。当飞艇沿着地下跑道累积速度时，煤气灯塔向后飞的速度也在加快。阿拉贝拉离开地面，进入茫茫黑夜时，她感觉到本就在自己身后。这几乎是个有形的东西：像温暖的皮革——坚硬却温柔——她渴望去依靠。阿拉贝拉闭上眼睛，驱走了那些念头，至少现在是做到了。几秒钟后她睁开眼睛，开始集中注意力，眼神里透着坚毅。

阿拉贝拉飞得不高，正好在帕尔·马勒和皮卡迪利的废墟上方，处于隐伏在破碎乌云之上的"德萨利纳"号和"匕首"号火炮的射程之外。海德公园就在大约1英里以外的地方，但她可没时间欣赏它的树木和草坪，那一抹淡绿色，就像它煤气灯下那一片浅浅的海域。在它的东南角，到处都是"泰坦"号巨大的银色船身。半人马在附近巡逻，公园边缘的道路及周边地区的情况也差不多。至少现在，海德公园这一小块领地已经被法国占领。艾米琳说得对：从地面接近

"泰坦"号几乎是不可能的。阿拉贝拉脆弱的护盾可能在某种程度上保护了她，但这种保护作用可能也正在开始消失。

飞过山顶上方的公园时，阿拉贝拉引起了半人马的注意。有几个举起了枪支，朝着空中射击，不过都没有击中目标。对此，他们似乎没有显得多么紧张；显然，他们并未把她当作一个威胁。

"现在打开旋转器。"本说道，她听到液压发动机启动了，需要54秒来加快炸弹的旋转速度，因此她绕着公园转圈，消磨掉一些时间。在她绕第二圈的时候，阿拉贝拉靠近了目标，驾驶"王子"号往南飞之前，在九曲湖的北面拐上了一条西边的路线。阿拉贝拉飞行在九曲湖西端——也叫"长水"——上空时，冷静自信，呼吸沉稳。从脚边的观景窗向下望去，阿拉贝拉看见两个明亮的光圈在水面那油黑色的涟漪中飞舞。这是艇身下的聚光灯投射出来的。光圈离得很近，但还并未相交。她轻推控制杆，慢慢向前，"王子"号下降了几码。此时光圈汇聚在一起：它们正好处于比水面高出60英尺的地方。

阿拉贝拉检查了速度——每小时124英里——然后轻轻打开节流阀。桥从他们下面闪过。现在整个九曲湖已尽收眼底。此外还有"泰坦"号。它那金色的舱口敞开着，很诱人。经过对控制杆和舵踏板的微调，阿拉贝拉改变了方向，螺旋桨毂毫无偏差地指向吊舱入口，似乎她真的打算在船里降落一般。她能看见聚集在那里的几个人——骑着马的军官——怀疑他们在想什么。他们对接下来要发生的一切一无所知!

速度表现在在130英里/小时左右徘徊,小岛在左边快速上升。一切都已就位。阿拉贝拉准备告诉本这个消息。但当她开口说话时,一件怪事发生了。一件黑色斗篷或者什么类似的东西拍打着掠过她的驾驶舱窗,暂时挡住了她的视线。

一只鸟? 不,太大了!

阿拉贝拉感到左舷机翼颠簸着,仿佛有物体从机翼上扫过似的。

"快停下来!"她喊道,"看在上帝的分上,那是什么?"

然后,阿拉贝拉看到了眼前的东西,震惊不已,瞬间瞪大了眼睛。

阿拉贝拉躲了一下以防碰撞。"你看见了吗?"她气喘吁吁地说,声音很大,比"王子"号引擎发出的声音都要尖锐。

"你真的看到了吗?"

"我相信是一个人在骑着马。"本说道。

第四十二章　会飞的马

他们做梦都不曾想到。当阿拉贝拉向后盘旋时，他们又看见了那个人，与他们并排飞行。这个用多米诺面具遮着脸的人，头戴一顶三角帽，身披一件黑色斗篷，斗篷在他身后随风舞动。他在空中骑着一匹马——一匹铁马，巨大的铁翅膀，上下摆动着。他看起来像一个骑士——一个会飞的骑士！翅膀从马的肩膀上伸出来。他们升起来后，她向下瞥了一眼，那是一个复杂的机械装置，马身由中空的铁网构造，她猜想，那匹马之所以部分中空，是为了减轻重量便于飞行。

骑马者转过脸面向他们，阿拉贝拉认出了面具后面那双冰冷而无血色的眸子，还有那顶帽子下面探出的浅金色头发。是法比安，他们当中最为可怕的那个。目光相遇后，法比安的嘴角露出一丝微笑，她看到了他那颗金牙闪着亮光。然后他从夹克里抽出一支长手枪，瞄准驾驶舱窗。阿拉贝拉将控制杆卡到右边，翅膀随即倾斜。她听到两声巨响和一声爆裂声。有东西爬上了座舱罩玻璃。法比安现在已经凌驾于她之上了。她能看见踏过天空的马蹄。阿拉贝拉减速行驶，打算占据其身后的位置，这样就可以用飞艇的机枪把他炸飞。但她的右舷机翼很快就受到了沉重的震动，在飞船上引起了一种抖动的涟漪。她转过身去，看看是什么原因造成的，竟看到法比安从马上跳下来，扑到了机翼上。阿拉贝拉着实被吓了一跳。那人是完全疯了吗？

他趴在机翼上，双臂伸出，抓住机翼的边缘。右手依然紧紧地握着手枪。帽子不见了，但他那狂躁的微笑却依旧挂在脸上，此刻他正缓缓地靠近她。阿拉贝拉尽可能地加大飞行的倾斜坡度，机翼倾斜，几近垂直，但是他继续紧紧地贴在那里。那疯狂的目光仿佛在告诉阿拉贝拉，他是不会轻易被震掉的。

她能做什么？

在那一刻，本决定采取行动。他向前走去，拉开一个扣环，滑开了座舱罩。空气猛地灌进舱内，冲击着阿拉贝拉的意识，挤压着她所有的思想。

"不!"看到本的所作所为时，阿拉贝拉叫了出来。她把手伸向本，却被他推开了。本从座位上爬出去，在呼啸的空气中挤到了机翼上。他摇摇晃晃，跪下身来，几乎马上就要滑下去了，不过他设法抓住了机翼的边缘，稳住重心。他转身面对法比安，两人相距1码。法国人正慢慢地挪动手枪，寻找合适的瞄准位置。本已经能够行动自如了，他背对着顶盖坐下，用脚踢飞了法比安手中的枪。枪脱手而出，掉进了漫无边际的黑暗中。法比安的脸缩成一团，他抓住本的脚踝，试图把他从原来的地方拽下去。但本伸出另一条腿勾住了法比安的头。法比安失去了抓地力，直接滑下了机翼。

　　阿拉贝拉满心希望他已坠落身亡。但是，如噩梦般，他的一只手再次出现在机翼的边缘，紧随其后的是另一只，瘦长的手指紧紧地抓住铆钉。法比安的头也很快进入视线，从嘴里流出的血丝飞进了疾风中。他的脚一定是在"王子"号较小、较低的翅膀上找到了平衡点。空中运输艇的前进势头把他的身体固定在适当的位置，所以他不再需要用手抓着了。本一脚还没踢出去，法比安就伸手抓住他的衣领，把他从依靠着座舱罩的位置拉下来，这样两个人就是面对面了。本用双手在法比安喉咙周围比画着，法比安试图把本拉下机翼的边缘。这场斗争中，法比安占了上风，因为他的脚固定在下翼上，他的身体被背对着的空气压得紧紧的。与此同时，本在光滑的金属表面滑来滑去，就像冰冻海面上的幼海豹一样。

阿拉贝拉在驾驶舱里无助地看着这一幕。如果她能让"王子"号倒过来，她早就行动了，好像会让法比安飞起来似的——但这是一种特技飞行不可能做到的事。相反，她被迫扮演着无能的旁观者的角色，法比安开始反复用拳头殴打本的脸。本拼命地与法比安搏斗，但他既无法保护自己，也无法进行反击。阿拉贝拉试图让机翼来回摆动以干扰法比安，但法比安似乎拥有超级平衡力。

这时，阿拉贝拉看见空中运输艇下方有一匹铁马。起初她以为那是法比安的马仍在空中飞奔。但她后来发现那匹马的背上有人——另一个骑士。她祈祷那是她的朋友雅克。

法比安用最后一击，把他晕眩的对手推下了机翼背面。看着本倒下的一瞬间，一声喊叫从阿拉贝拉的喉咙里钻了出来。她砰的一声前推了一下控制杆，"王子"号立刻往下冲。当空中运输艇骤降时，她看到了本。他摔在了下面的第二匹飞马上，从马的头部和肩部重重滑下。她的心跳又开始加速。

当"王子"号的起落架开始摩擦着罗敦小路边树木的顶梢，嘎吱作响，正处于海德公园南边的阿拉贝拉终止了俯冲的模式。她驾驶着"王子"号急剧上升时，意识到法比安正沿着机翼靠近她。阿拉贝拉伸手去拉座舱罩，准备关上，法比安却用手拽住舱罩的边沿，又一次将其推开。他身子向前倾倒，几乎要触到她的头顶。阿拉贝拉用力推他，试图将其推出驾驶舱。但法比安已经无法阻挡了。他恶狠狠地用手按住阿拉贝拉的脸，挡住了她的视线。他手掌上充满了油脂和金属的臭味，让阿拉贝拉几乎无法呼吸。阿拉贝拉感到他的上半身重重地落在自己的身上，他的左手绕过她的右手，控制杆被他向前推动，"王子"号做出了另一个令人尖叫的俯冲动作。

阿拉贝拉使劲地咬住法比安的右手，直至能尝到血的味道。在剧烈的疼痛中，法比安分开了手指，但并没有放开她。透过他手指的缝隙，阿拉贝拉看见地面上的煤气灯在不断地旋转着。

他要把他们两个都杀了！

突然，不知从哪里冒出来一个铁蹄，砸到了法比安的头骨上。他瞬间晕倒，失去知觉，右手从阿拉贝拉的脸上掉下来；左手也停止了对控制杆的按压。阿拉贝拉立即驾驶"王子"号摆脱扭曲的俯冲，同时把法比安推出驾驶舱，并关上了舱罩。法比安纹丝不动，身体从机翼上弹落下来，消失了。阿拉贝拉咬紧牙关，强迫自己保持控制力。法比安已经不复存在了。他真的不复存在了！

与她左舷平行飞行的是她看到的另一个骑士，本仍旧悬在铁马上。那个骑士转过头来，举手打招呼。是雅克！她瞬间感到无比宽慰。是他救了本，还用铁马蹄砸了法比安的头。她为此欠他一个人情，希望以后能有机会感谢他。当前，她有一个相当重要的工作要做——这一次不会有本的帮忙。

阿拉贝拉很快重新定位了自己的方位：公园西侧的肯辛顿宫上面。她向北绕了一个大圈，重新启动了液压发动机，在与法比安的争斗中，这台发动机曾一度熄火。下面公园里的半人马已经认定她是一个威胁。他们向她射出了搜索光束，并举起了武器，但她飞得够高，能躲避炮火的袭击——至少目前如此。她向下俯冲到湖面进行最后一次尝试，情形将不同于上次。阿拉贝拉只希望子弹不会在关键时刻损坏引擎或令其偏离航向。

阿拉贝拉降落至长水时，炸弹正以其准确的旋转速度旋转。观察窗显示，湖面上的光圈正逐步聚集。她深吸了一口气，试图恢复先前那种平静的心态。但是任务似乎超出了她的能力。与法比安发生冲突后，她的神经就像不和谐的铃铛。她真希望本还在身边专门释放控制杆。她怎么可能驾驶飞机，而且……

冷静点，阿拉贝拉。清除你头脑中所有的负面想法。

阿拉贝拉试图超越自己——把所有的紧张和愤怒都抛至

脑后。她尽量不去想战争，尽量忘记自己是英国人他们是法国人这一事实。对于海德公园的树木、鸟儿和松鼠来说，战争毫无意义：一种不愉快的震动，一种难闻的气味。百年之后，这将是一段历史，一段值得小学生阅读的历史。那时像她这样的年轻女子将在法国度假。她今天所做的就是实现这一目标的第一步。她在开启这一结束战争的进程。这是爱的行动……

　　阿拉贝拉经过九曲桥时，行驶速度达到每小时 130 英里。一旦光圈安全汇聚在一起，她就会将螺旋桨毂对准"泰坦"号的舱口。她成了"王子"号，"王子"号也成了她。她似乎能让它动得比自己的四肢都更巧妙、更优雅。她隐隐约约意识到子弹在向自己飞来，刮伤并刺穿飞艇的表面，但她保持机翼如岩石般坚硬稳固。小岛正向她的左舷驶来。就在岛上多石、绿树成荫的海岸呼啸而过时，阿拉贝拉伸手去释放杠杆。"王子"号突然显得更轻了，液压发动机的嗡嗡声开始缓和。从下面传来微弱而低沉的扑通声，透过观察窗，阿拉贝拉看到一簇白色泡沫飞溅而出。模糊中，她辨认出旋转筒的黑色形状，因为旋转筒在第一次弹跳中向上腾起，而后又向下坠落。尽管教授最后警告说，一旦释放了炸弹，就要马上远离，但她仍然循着这起落的路线，向"泰坦"号飞去。在这一切之后，她必须完全确保命中目标。到第四次反弹时，她就会知道了。或者到第五次……

第四十三章　世界之破裂

雅克在林木线上方飞行，一路向东穿过公园，跟踪阿拉贝拉女士的空中运输艇，飞越了狭长的湖面，直奔"泰坦"号而去。他不希望抓住她——飞马速度很快，但也没多快。他想知道她在玩什么。她是打算驾驶自己的飞行器撞上旗舰，以某种方式破除以太盾，做跟另一个飞行员——那个半途从"泰坦"号中救出她的人一样的事？

他瞥了一眼悬在飞马脖子上的年轻人。他就是自己昨天在伦敦塔外遇到的那个美国人。他说服自己交出迈尔斯，让那台小机器人与他的女士团聚。这个男人似乎在跟踪阿拉贝拉。他就是神秘的飞行员吗？

雅克看着阿拉贝拉越来越接近"泰坦"号的巨大腹部。飞行器上掉了什么东西？他这么认为，但是天太黑了无法确定。即便湖岸上的半人马的枪口冒火，她的机翼和弹射轨道都十分稳定。他辨别出了聚集在舱口入口处的士兵的轮廓，枪声四起。

美国人微微动了一下。他在嘀咕什么。听起来像她的名字。雅克几乎没有注意到，他的注意力正集中在向"泰坦"号飞驰的微型空中运输艇上。在最后一秒，还想要飞进去一般，她陡然向上飞行。就在这时，雅克看到一个筒形物体从湖面上滑了一下，就向上飞起穿过了舱口，突破了士兵线。

一种自我保护的本能告诉雅克，他也应该让自己保持清醒。某件事情即将发生——一件大事。他站起来，使出手臂和腿部可以使出的全部力量促使飞马飞得更高。当他爬上去的时候，雅克感觉到空气中有一种强烈的震颤，仿佛巨人突然从睡梦中醒来。他透过一个闪闪发亮的薄气泡向下窥探着"泰坦"号。在这惊人的一系列动作中，"泰坦"号的以太盾变得可见——但时间仅有一秒。气泡的银紫色表面立即起了褶皱，它被巨大而肿胀的黑色吞噬了，最终破裂。

整个世界似乎都啪的一声被打开了。

接下来，雅克眼睁睁地看着自己被一阵炽热干燥的气流抛向天空。他的脑袋里充斥着一种深沉而折磨人的嘎吱声，听起来像是地球骨骼的断裂声。

数秒内，他不知道自己身在何处，飞马或美国人是否还在他身边。他只知道自己被惊人的能量，以惊人的速度高高抛起，并且有一种向远超过自己的力量投降的奇异的轻松感。

似乎在很长时间之后，力量开始减弱了。他向上的轨迹放慢了，更像是在飘浮，飘浮在将其高高抛起在公园上空的上升气流上。最后，他开始下沉。随着势头的加强，下沉变成了下降，下降又变成了坠落。

他坠入了水中。这就像是一场爆炸，像玻璃在他身下被砸碎一般，最后坠落在一间寒冷、黑暗、泥泞的地下室昏迷不醒。雅克浮出水面，几近窒息。然后他咳出一大口令人作呕的湖水。他在哪里？海德公园里的湖？在从煤气灯罩散发出的幽灵般的光芒中，这里看起来与往日不同了——比以前更空旷。那么"泰坦"号——这两天在湖边蹲伏的巨大怪兽呢？没有影儿了！搜索光柱和半人马中队都已不复存在——"泰坦"号曾经的位置只留下一个阴森恐怖的空洞。

阿拉贝拉究竟做了什么？

附近传来响亮的扑通声，接着是不怎么响亮的声响。有物体浮出水面，雅克认出了闪闪发光的铁头和滴水的翅膀。

飞马幸存下来了！还有那个美国人，脸朝下浮在水面上……

"王子"号掉头向上，旋转着穿过云层，就像被一个巨大而愤怒的孩子扔掉一样。飞行员受到了强大能量的冲击，很快就昏了过去，躺在驾驶舱的座位上。身边只有来自"匕首"号附近的炮火声。

在茫然与几乎无意识的状态下，她把手和脚放在熟悉的位置，试图控制飞艇，但收效甚微："王子"号翻着跟头，肯定无法飞行，阿拉贝拉也感觉到自己意识不清。她最容易陷入遗忘，就像陷入了一张柔软的床。她感觉眼睛被拖曳着，大脑也在试图停止运转。她睡着了，伴着以太盾生成器的呜呜声，地球近乎留给她一条死路……

惊人的决心迫使她睁开眼睛，迫使她的肌肉开始运作。方向舵和襟翼开始带动周边的空气流动。胡乱的翻滚成了俯冲。当她将控制杆拉紧至极限时，俯冲逐渐转化为水平飞行。也许，她距离黑暗的湖面只有十几码了。

好"王子"！它的两边都被炮火炸开了，并几乎在与阿拉贝拉一同制造的大爆炸中被撕成碎片。然而，直白地说，它并没有让阿拉贝拉失望。

阿拉贝拉躺在九曲湖东北部的草地上。这一路跌跌撞撞，晃来晃去，她差一点就从驾驶舱里掉下来，划过机翼，摔死在地面上。在湖边的阴影中，她可以看到六个半人马发出的亮光。它们举着手臂枪正朝她走来，但行动游移不定，仿佛他们头上的齿轮正在接受矛盾的指示。她开始向后爬，试图躲在"王子"号的轮子后面。半人马开火了。阿拉贝拉听到子弹射入她身后的树林，她从腰间拔出雅克的手枪，向最近的一个半人马的头部开火。子弹直穿半人马苍白的金属面部。它停了下来，胳膊瘫软，就像断线的木偶一样倾倒在地。

以太盾已经不复存在了！

阿拉贝拉又打了四发子弹，击倒了四个半人马。再一次扣动扳机时，击铁敲了一下空膛。最后一个半人马笨拙地朝她走来，手臂摇来晃去。枪声更密集了，她正考虑紧急撤退。几声枪响传来，听起来像敲打小军鼓发出的砰砰声。剩下的半人马突然转过身去。

在她们身后，她看到九曲湖里出现了一个弯弯曲曲的滴着水的东西。竟是一名骑士，扭着脖子持枪指着半人马。他骑着马朝她走来，水从马钢铁的肋部和他的三角帽帽檐淌下。

当一个火球照亮了他身后的湖面时，这个人影就变成了一个轮廓，橙色的云笼罩了天空。阿拉贝拉抬了一下眼睛，她看到装甲炮车隆隆驶来。英国军队正向海德公园行进，一路上向半人马巡逻队投下炸弹。她还注意到九曲湖的范围扩大了。"泰坦"号所在的位置现在变成了一个边缘破碎的巨大火山口，溢满了湖水。

骑士继续行进。看到他带着的那位乘客——一位还活着的乘客——阿拉贝拉微微一笑。这不过是她内心深处灿烂阳光的苍白表现而已。她强忍着晕眩爬了起来，走向他们。

第四十四章 典礼

在"泰坦"号遭到破坏之后，法国人立即开始全面撤退。天亮时分，伦敦上空云雾缭绕。大部分的法国地面部队不战而降。伦敦塔上的那些人一直到下午三点左右才撤退，不过到7月23日晚，英国国旗又一次飘扬在白塔之上，霍雷肖·纳尔逊也回到了他的圆柱上，所有的半人马都被停用或毁灭，敌军士兵则面临监禁。

至于拿破仑，则杳无音信。大多数伦敦人希望他在那场吞没"泰坦"号的爆炸中丧生。但其他一些忧心忡忡的人则认为这位以运气闻名的小个子将军可能已经上了一艘飞船，逃离了英国。

法国的入侵时间不长，但破坏巨大。伦敦一片混乱，建筑物损毁严重，大部分黄金储备与"泰坦"号一起被炸毁。

然而，伦敦人挺直腰板走出了地下避难所，虽然脏乱不堪，但依然是那么乐观而坚定。这座城市幸存了下来，相信将会得到重建，并建得更大更好。

次日早上，阿拉贝拉起得很晚。最近的冒险之后，她需要休息。她在海德公园的一个较低的楼层与凯西共住一个房间。午餐后，她们在城市的街道上漫步，试图接受所有发生的事情，庆祝还活着的事实。

"我以为我们会像安妮·博林一样，死在格林塔上。"凯西笑道。

"我从不相信我们能离开格兰维尔的以太盾生成器室，"阿拉贝拉道，"从那以后的每一刻都感觉是一种幸福。"

凯西点点头。

"福雷斯特先生好吗？"她突然问道，"达盖尔先生呢？"

"我相信他们很好，"阿拉贝拉说道，"福雷斯特先生正在医务室休养，不过我上次看到他时，他看起来状态不错。我睡觉时，达盖尔先生在接受艾米琳审讯。"

"那我就放心了，"凯西说道，"应该说你最放心了。"

"为什么要提我？"

凯西笑道："我知道你对福雷斯特先生有感情，就跟他对你一样。"

阿拉贝拉脸红了："我不知道你在说什么。我们现在就是朋友关系。如果福雷斯特先生还想跟我做朋友的话，以后我们会一直是朋友。"

"哦！"凯西说道，她似乎很失望，"可是你们的关系似乎可以再进一步。因为你们看起来……很配。"

"我们绝对不可能！"阿拉贝拉向她解释道，"我们一直都在斗来斗去！"

"呃，现在你不能和他斗，他还在休养呢。"凯西温柔地说道。

"我不敢保证。"

"你会去见他吗？"

"可能。"阿拉贝拉毫不在意地回答，而她并未感觉到自己的毫不在意。事实上，她想见他想得都快疯了，但同时又认为可能应该保持距离。毕竟，向一个不需要朋友的人展示友谊，意义何在呢？

她们坐在白厅花园的长椅上，看两只鸽子争夺一小块面包。阿拉贝拉想起扔炸弹之前自己的想法：对于这些鸟来说，这场战争毫无意义。

"那么，我们接下来要做什么？"凯西对此感到很好奇。

"看情形而定。"

"看什么情形？"

"这取决于拿破仑——如果他还活着的话。"

"我确实希望他已经死了。"凯西颤抖了一下说道。

阿拉贝拉想到拿破仑已经在"泰坦"号上被炸成碎片了。如果他死了，现在谁又会成为他们的敌人？这个想法使她感到异常空虚。

但他并没有死——她可以肯定。

凯西看起来不怎么高兴。"我很抱歉，"她说道，"我不由自主地想起了戴安娜。我的意思是，她一定是在'泰坦'号上……对于我曾经当成朋友的人来说，这是多么悲惨的结局。"

阿拉贝拉将一只手放在她的肩上："她从来不是你的朋友。这完全是假装……无论如何，我确定她还活着，拿破仑也一样。"

"真的?"

阿拉贝拉点点头说道："他只是来这里偷凤凰钻石，一旦到手，我确定他会带着戴安娜和其他心腹直接回国。整个入侵不过是为了转移我们的视线。他喜欢糟蹋伦敦，并将自己置于霍瑞的纪念碑。对此，我毫不怀疑——但这绝对是一个烟幕。他为凤凰钻石而来。我只希望能知道原因。"

当她们回到海德公园时，迈尔斯正在房间里等着她们。这个条理分明的英国人身穿燕尾服，打着白色领带，看起来简直完美无瑕。

"迈尔斯，你看起来确实很帅，"阿拉贝拉说道，"什么情况?"

"我们要去宫殿,亲爱的女士。女王要为你授勋。"

"哦,天哪!"阿拉贝拉说道,瞬间紧张起来,"真的?"

"多么令人振奋啊!"凯西喊道,"真为你高兴,贝拉。"

"你也会得到一个,凯西,"艾米琳说着走进了房间,"我们都有!"

仪式就在花园里举行,因为宫殿遭到炸弹破坏,本身不安全。尽管如此,这是一个辉煌的时刻。"苍穹姐妹团"成员穿着礼仪制服:蓝色长裙配蓝色夹克,红色腰带加白色衬衫。伴着铜管乐队的吹奏,她们并肩而立,维多利亚女王在乔治·贾勒特爵士的陪同下向露台走来,身后侍者的托盘里,是一枚枚闪闪发亮的勋章。除了姐妹团成员,本和雅克也在场。阿拉贝拉不禁偷看了他们一眼,这是自前一天晚上以来首次见到他们。本和雅克看起来都非常帅气,他们头戴高帽,身穿双排扣礼服——虽然本的脸上还有法比安的拳头造成的伤痕,但她注意到他拿着手杖,正视前方。而雅克却注意到她朝自己的方向看来,对她微微一笑。

姐妹团的成员被轮流点名,乔治爵士向女王一一介绍,女王说完祝贺词,就将紫色丝带坠着的勋章挂在其胸前。轮到阿拉贝拉,乔治爵士告诉女王毁坏"泰坦"号的炸弹就是她扔的。女王陛下仔细地看着她，说："谢谢你，亲爱的。你为我们做了一件大事。从我们的卧室窗户就能看到巨大的'泰坦'号。很不美观，我们也并不开心。"星空下，大家在铺着白色亚麻布的长桌上享用着烛光晚餐。除了乔治·贾勒特爵士因为一些紧急事务离开之外，所有参加授勋仪式的人都出席了晚宴。衣着整洁的侍者用银盘托出道道珍馐。

阿拉贝拉发现自己就坐在雅克旁边。她借此机会感谢他在九曲湖的帮助。

"这是我的荣幸，女士。"他回答道。

"你是怎么去那里的？"她问道。

雅克用餐巾擦了擦嘴巴说道："我知道塔楼的事情之后，法比安就决定要杀了你。我们的士兵找到你的地下基地时，法比安就埋伏在外面。他怀疑你会试图突围，你出发后，他就跟着你。而我跟着他。"

"你觉得他现在死了吗？

"我倒希望如此，但谁知道呢？指不定他落到哪棵树或哪潭水里。"

"我觉得帮助我们对你来说一定很难……"阿拉贝拉猜测道。

雅克耸耸肩："也未必。毕竟，我输得一无所有了。心都空了，不为任何人所跳动了……但是必须阻止拿破仑，我就知道这么多。"

"你现在要做什么？"

"你的上司乔治·贾勒特长官要我为你们政府工作，当间谍。基佐知道——假设他还活着的话——我仍是法国忠实的仆人。我也是他那里最好的铁马骑士，他一定希望我继续做一名骑士。所以我想我对你的国家有用。"

"你会吗？"

"我不知道。我现在需要休息一下，想想自己真正想做的。玛丽去世了，一切都变了。"他看着她说道，"你呢？你现在准备做什么？"

"我会继续留在'苍穹姐妹团'，"阿拉贝拉说道，"为我的国家执行飞行任务。"

他苦笑了一下说道："我羡慕你有这么明确的目的。"

阿拉贝拉啜了一口汤。

"我可以问你一些事吗？"雅克说道。

"当然。"

他向本点了点头，本正在桌子的另一端与迈尔斯交谈。

"为什么这个美国男孩总是在你身边？"

"你不是第一个想知道这件事的人，"阿拉贝拉笑着说道，"事实是，我不知道——我也不相信他会这样做。"她感到自己的肩膀被轻轻一拍，转身发现是艾米琳，她看起来很紧张。阿拉贝拉感到一阵急促的焦虑。"我们必须回到海德公园，"她的姑姑说道，"出现了紧急情况。"

第四十五章　破碎的石碑

　　在哈迪斯的一条隐匿的走廊里，仍穿着礼服的"苍穹姐妹团"成员聚集在一起。严肃的乔治·贾勒特爵士走出会议室，身后的门随之关上。他对艾米琳快速点了下头，就转过身来，蓝眼睛注视着凯西、碧翠丝和阿拉贝拉，目光冰冷。

　　"我需要警告你们，女士们，"他说道，"你们进入这个房间时都会感到震惊。请不要受情绪影响。保持冷静。找地方坐下，仔细听着。之后，你们才能问任何想问的问题。"

　　他打开门，站在一旁让她们进入。好奇的阿拉贝拉跟在其他人后面鱼贯而入。她看到凯西有些踉跄，目光被里面的东西牢牢地抓住了，似乎被吓得迈不动步了，艾米琳把凯西引到她的座位。阿拉贝拉越过了门槛，转头看到了凯西刚才看到的东西。除了一个孤独地坐在远端的人影之外，房间里长长的抛光橡木会议桌上空无一物。

阿拉贝拉感到一阵惊喜，紧接着是一阵愤怒。因为坐在那里的是叛徒戴安娜·坦普尔，她完美的粉红色嘴唇上荡漾着傲慢的微笑。她身穿紧身皮夹克，戴着黑色丝绸围巾，袖口的花边也是黑色的。她的黑色短发闪闪发亮，绿眼睛扫过每个人时，闪着亮光，仿佛在等待她们的掌声。

阿拉贝拉想要走过去，用围巾把她勒死。她的拳头紧握。然后，她感觉乔治爵士的手放在她的手臂上，将她转向空椅子。

"下面我介绍Y特工，"乔治爵士说道，她们全部坐下了，"你们认识的戴安娜·坦普尔，'苍穹姐妹团'成员之一。"

阿拉贝拉感觉嘴里突然像纸一样干燥。她倒了一杯水，喝了一口，手又开始颤抖了起来。

"Y特工过去几周一直在为我工作，"乔治爵士解释道，"她潜伏得很深——隐秘且十分危险，我无法冒险将这一切告诉你们任何人——甚至连斯图亚特少校都不知道。"

艾米琳的脸涨得通红。她嘴角透出的紧张令阿拉贝拉意识到，她对自己一直被蒙在鼓里有多愤怒。

至于阿拉贝拉，她再也无法保持安静。她站起来，指着戴安娜。"那个女人阻止我炸毁'泰坦'号，阻止我杀掉拿破仑！"她吼道，"她告诉基佐我放了炸药。我们的间谍到底是什么样的？"

乔治爵士转向她。那张被从颧骨到嘴角的白色长疤分成两个区域的脸，表情并没有丝毫改变，但他的语气却很苛刻："你不记得我告诉你要冷静地听吗，阿拉贝拉？等听完了一切，你就有机会发表自己的看法。"他把注意力转移到戴安娜身上，"现在我要把说话的权利交给Y特工，她已经为我们收集了一些信息，如果你们直接从她那里听到会更好。"他快速地点了点头。

戴安娜瞥了瞥她戴着黑手套的手，清了清嗓子说道："开始之前，我想向你明确一件事情，阿拉贝拉。"她眨了眨眼睛，看着阿拉贝拉，"我不是叛徒。我跟你一样爱着这个国家。如果我阻止你摧毁'泰坦'号，杀掉拿破仑，那是因为我能看到更大的图景——你完全意识不到的图景。我之所以知道，是因为我研究过这些东西。我知道这个国家面临的真正威胁在哪里，而且他们并不依赖'泰坦'号……"

阿拉贝拉惊呆了。她在说什么？那个拿破仑不是威胁？那个基佐不是威胁？只有乔治爵士钢铁般的怒视才让她不再因这非难而爆发。

"如果拿破仑死了，法国会出现权力斗争。"戴安娜说道，"法国政府的战争贩子就会与和平主义者进行斗争，而

第四十五章　破碎的石碑　327

战争贩子几乎肯定会赢得胜利。他们是一个强大的团体，远比拿破仑更危险。而只有拿破仑才可以控制住这些人。这就是为什么要留下他的原因，这样才能保证我们的利益，至少现在如此。你在'泰坦'号上的滑稽行为几乎毁了这一切。唯一可以肯定的是，它给了我一个展示对拿破仑的忠诚的机会，所以尽管基佐决心杀了我，他还会继续信任我。"

"你确定拿破仑现在还活着吗?"乔治爵士问道。

戴安娜点点头："昨晚我离开'匕首'号时，看见他逃跑了。"

阿拉贝拉挤压桌子的硬边，需要坚固的东西来支撑一个突然变得非常柔软和不平衡的世界。拿破仑是敌人，不是吗? 他把伦敦夷为平地，不是吗? 真实的情况到底是什么样的?

甚至连艾米琳似乎也在努力理解戴安娜所说的话："所以你是拿破仑的保镖，是吗?"

戴安娜摇了摇头说道："不，我在那里的目的只有一个，找出他想要凤凰钻石的原因。"她提及钻石时，碧翠丝坐在自己的座位上，耳朵就像猫的耳朵般竖起。

戴安娜瞥向乔治爵士，似乎在征求其意见，以便继续说下去。他点了点头。

"你们大概都已经搞清楚了，征服永远不是拿破仑的真正目标。"戴安娜说道，"这并不是说他每晚都沉沉睡去，做着这样的梦。他希望就在昨天下午，我们的政府可能会投降。但他内心深处知道这不会发生。他的入侵舰队太小——即使有以太盾撑腰，他也不会占领整个国家。经过半个世纪的战争，法国疲惫不堪。它的人力和物力正在耗尽。传统意义上的战场胜利不能满足他的需求。这就是他决定偷凤凰钻石的原因。"

　　戴安娜温柔而轻微沙哑的声音令人着迷。这种嗓音引诱着他们，就像灌木丛中难以捉摸且闪闪发光的东西。阿拉贝拉像其他人一样被这种嗓音揪了去——愤怒依然在她心中悸动，然而渴求真相的贪得无厌使这种嗓音顿时黯然失色。

　　"我知道你在想什么。"戴安娜微笑着说道。

　　"区区一块钻石，哪怕是像'凤凰'这样巨大而有价值的钻石如何能助拿破仑实现其衰落的梦想？要回答这个问题，我们必须回到四十多年前。1801年，拿破仑在埃及作战。他的军队正忙于对抗马穆鲁克王朝和奥斯曼帝国时，一队法国考古学家进入沙漠，在古墓中寻找古代宝藏。他们发现古墓中有一块破碎的石碑，上面写满神秘的象形文字。这是他们在远征时的几个发现之一，当时几乎没有引起注意。数十年来，这块破碎的石碑就藏在卢浮宫博物馆的一个金库中，落满灰尘——直到去年，有人终于得以破译时，它才瞬间成为有史以来最有价值的古代遗迹。你们知道吗，上面记录着制造炸弹的方法……"

"炸弹?"凯西忍不住脱口说道，"我们现在说的是埃及人吗? 古埃及人?"

"没错，"戴安娜回答，"这块破碎的石碑上描述的炸弹与地球上迄今为止见到的其他炸弹都不同。由于研制过程中利用了以太能，所以称之为以太弹。显然，埃及人在距今为止数千年前就已经发现了以太能。他们利用以太能建造金字塔。而且他们设计了这种武器——一种威力强大的炸弹。我们都见识了数千吨传统爆炸物对伦敦的破坏。但是，一枚以太弹的威力比这大得多。毫不夸张地说，它可以将整个城市夷为平地。"

随后的沉默充满了恐惧。

"你是说拿破仑拥有……制造这种武器的技术吗?"艾米琳问道。

"可能性很大。"戴安娜说道。

"但是，凤凰钻石跟这些有什么关系?"碧翠丝问道。

"我觉得你们所有的人都可能猜到了，碧翠丝。"戴安娜说道，"他需要凤凰钻石来制造以太弹。"

在座的各位都盯着戴安娜。

"为什么？"阿拉贝拉问道。

"因为其特有的品质——嗯，一种特有的品质。"

"它的大小？"凯西猜道。

戴安娜摇摇头。

"亮度、火彩和闪烁度的完美平衡？"碧翠丝提示道。

戴安娜再次摇头。

"那你一定是在说它的荧光了。"碧翠丝说道。

"没错！"戴安娜说道，"这正是我要说的。'凤凰'的荧光让它从其他所有钻石中脱颖而出，而这正是制造以太弹所需的品质。以太盾需要黄金来驱动，但以太弹需要钻石——准确地说，它需要'凤凰'发出的特定的绿色荧光。"

"打断一下，"碧翠丝说道，"但是埃及人怎么知道18世纪初发现的钻石呢？"

"他们不知道，"戴安娜说，"所以他们没有成功制造出来……但他们对此进行了描述。他们详细地描述了这种特定的钻石及特定的荧光。而'凤凰'符合这个描述。"

"现在他有了'凤凰'，他必定能制造出以太弹？"艾米琳问道。

"不能。"戴安娜说道，"还没有。制造炸弹的表述不完全。破碎的石碑，就像我说的，是掉下来的部分而已。它一定是某块大石头的一部分，缺少的部分描述了配方的其余成分。"

艾米琳闭上眼睛，缓缓地呼着气。

"这块石碑残片的缺失部分在埃及的某个地方？"

"我们必须这么假设，"乔治爵士说道，"但拿破仑不会就此罢休。拿破仑打算制造这枚以太弹是确定无疑的。他把他的计划称之为——什么来着？再说一遍，戴安娜。"

"'钢铁苍穹'行动。"她说道。

"哦，对，"乔治爵士喃喃道，"'钢铁苍穹'行动。"

他站起来，缓缓地扫视了一圈，依次与空中姐妹对视。他的目光在阿拉贝拉身上作了短暂的停留，但她可以感受到其强度。

"女士们，"他说道，"凤凰钻石以神话中的一种可在灰烬中重生的鸟命名，现在拿破仑已经拥有了它。新的生命将会在火中诞生。有了'凤凰'，他就可以制造一枚以太弹，足以将敌人烧成灰烬，让他的帝国再次崛起。浴火重生，就是他的梦想。拿破仑要做的是找到缺失的那块石碑残片。他很快就会前往埃及找石碑残片。你们的任务就是阻止他……"